人文新视野（第20辑）
2022年第1辑

人文新视野（第20辑）

New Perspectives in Humanities N° 20

史忠义　孔　杰　臧小佳　主　编

中国社会科学出版社

图书在版编目(CIP)数据

人文新视野．第20辑/史忠义,孔杰,臧小佳主编．—北京：中国社会科学出版社，2022.9

ISBN 978-7-5227-0974-1

Ⅰ.①人… Ⅱ.①史…②孔…③臧… Ⅲ.①文艺理论—西方国家 Ⅳ.①I0

中国版本图书馆CIP数据核字(2022)第203426号

出 版 人 赵剑英
责任编辑 郭晓鸿
特约编辑 杜若佳
责任校对 师敏革
责任印制 戴 宽

出 版 中国社会科学出版社
社 址 北京鼓楼西大街甲158号
邮 编 100720
网 址 http://www.csspw.cn
发 行 部 010-84083685
门 市 部 010-84029450
经 销 新华书店及其他书店

印 刷 北京明恒达印务有限公司
装 订 廊坊市广阳区广增装订厂
版 次 2022年9月第1版
印 次 2022年9月第1次印刷

开 本 710×1000 1/16
印 张 15
插 页 2
字 数 229千字
定 价 79.00元

编委会成员

人文新视野

2022 年第 1 辑

总第 20 辑

New Perspectives in Humanities

N° 20

合　办

中国社会科学院比较文学研究中心

Center of Comparative Literature

Chinese Academy of Social Sciences

西北工业大学外国语学院

School of Foreign Studies

Northwestern Polytechnical University

主　编

史忠义　孔　杰　臧小佳

目　录

法国文学研究

诗学研究

跨学科与跨文化研究

法国文学研究

“旅行”想象：法国科幻小说研究

沈阳师范大学外国语学院
■李　佳

【摘　要】“旅行”想象作为科幻小说的原型，孕育了科幻小说的四大类别并定义了科幻文学（literature of science fiction）与奇幻文学（fantasy literature）的本质差别。得益于“科幻小说之父”儒勒·凡尔纳的创作，法国科幻小说一直广受世界关注，但也导致其他法国科幻小说家的作品被忽略，其文本价值被低估。而自17世纪中叶至今近四个世纪以来，法国涌现出多位杰出的科幻小说作家和众多经典的科幻小说作品。对这些作家作品的梳理以及对当今法国科幻小说发展新趋势的总结，是中国法国科幻小说研究不可或缺的组成部分。

【关键词】旅行　科幻　法国　新趋势

“Travel” Imagination: The Research of French Science Fiction Novels

【Abstract】“Travel” imagination, as the prototype of science fiction novels, gives birth to the four categories of science fiction novels and defines the fundamental distinction between the literature of science fiction and that of fantasy literature. Jules Verne, “the father of science fiction novels”, has long made French fiction novels well-concerned throughout the world, which also leads to the neglect of the other French science fiction novelists' works and the underestimation of their textual values. But during almost four centuries from mid-17th century till now, there have been many other distinguished science fiction novelists and classic science fiction works. To organize these novelists' works and summarize the new developing trend of current French science fiction novels, it is an essential part to research French science fiction novels in China.

【Key words】Travel　Science Fiction Novels　France　New Trend

在外国文学研究领域，“旅行”想象源自古希腊人对海上航行奇妙经历的畅想。作为科幻文学的原型，它孕育了当代西方科幻小说的四大类别并定义了科幻文学与奇幻文学的区别。“科幻小说之父”儒勒·凡尔纳正是凭借其“奇幻旅行”系列让法国科幻小说为世界所瞩目，但同时不免遮蔽了其他法国科幻小说家的光彩，使读者对法国科幻小说缺少系统性的全面了解，某种程度上也使中国的法国科幻小说研究基本等同于凡尔纳研究。面对这种不平衡的局面，本文梳理了自17世纪中叶西拉诺·德·贝热拉克（Savinien de Cyrano de Bergerac）起至今近四个世纪法国科幻小说的代表作家作品，并在此基础上总结了当今法国科幻小说发展的三种新趋势：严肃文学与科幻小说创作的频繁交叉、中国元素的显著凸显，以及经常以到异邦旅行为主题的“乌托邦”小说的广泛流行。

一　“旅行”想象与科幻小说的起源

自遥远的古代，带有幻想意味的旅行或者探险故事，就一直是西方文化中最受欢迎的文学形式。古希腊“荷马史诗”《奥德赛》为我们提供了大量例证，例如，奥德修斯奇异的海上航行。奥德修斯在返回国土的途中来到艾尤岛遇到女巫喀尔克，后者将奥德修斯的手下变成了猪；奥德修斯战胜了喀尔克，最终艰难地返回家园。有趣的海上航行以及陆地上的艰难跋涉，在古希腊人的文化传统里占有重要地位。这一类以奇异旅行为主题的文学创作，随着古希腊文化的广泛流传而获得了长足发展，汇聚并形成了近代西方科幻文学发展的源头。英国科幻小说家、科幻文学评论家亚当·罗伯茨（Adam Roberts）在《科幻小说史》一书中总结道：“我们现在称之为科幻小说的文学类型，起源于古希腊小说中的幻想旅行作品；我发现凡尔纳的奇异旅行（voyages extraordinaires）这个词最适合于用来描述这些文本。”① 揭示了旅行想象这一母题与法国科幻小说创作的深远而紧密的联系。

科幻小说的原型

在故事中，古希腊人可以建造船只航行到艾尤岛，或者到赫拉克勒斯之门柱，甚至越过生死的边界去到福人岛、美洲或者北极。虽然没有证据证明希腊人真的进行了这些航行，但我们有理由据此进行假设：航行技术的发展允许希腊人进行远距离的海上旅行，而且一种描写奇异旅行的文学类型应运而生。我们知道，直到今天，“技术”仍然不能像小说中描写的那样，将普通人轻而易举地送往月球。但正是关于“旅行”的瑰丽想象，孕育了科幻小说的萌芽。这类以奇异旅行为主题的文学创作，向上指向天空中的旅行，向下指向进入地球内部的旅行。因此，我们将“空间旅行”视作科幻小说最重要的原型。除此之外，还包括从“空间旅行”中衍生出来的“时间旅行”故事和内嵌于奇异旅行的“技术故事”。之所以将“时间旅行”视为空间旅行的衍生，最主要的原因是这一亚文类出现的时间在19世纪末，在时间上明显晚于前一类创作。而“关于技术的故事”随着人类科学技术的进步，逐渐从旅行故事中分离出来，成为20世纪科幻小说创作的主要形式。

科幻小说的类别

以科幻小说的原型为基础，我们可以勾勒出科幻小说的三大类别：空间旅行的故事，主要描写到其他世界、行星和星系的旅行；时间旅行的故事，可以回到过去或者奔向未来；想象性技术的故事，描写机械、机器人、计算机、赛博格人以及网络技术带给人类的影响。除此之外，还有第四种类型——乌托邦小说。虽然我们将乌托邦小说归入科幻小说的大类，但同时也需知道，乌托邦小说的创作和发展是以哲学和社会学

① ［英］亚当·罗伯茨：《科幻小说史》，马小悟译，北京大学出版社2010年版，第1页。

理论为起点的。许多认为应该把乌托邦小说排除在科幻小说之外的评论家，他们的理由是：乌托邦小说究其根本是一种讽刺文学，它的力量来自故事描绘的“理想”社会与大家所生活的不完美社会之间的隐含对比①。然而从科幻的视角来看，乌托邦小说经常会描写“到异邦或者跨时间的旅行”②，而且其创作核心在于对理想世界的“构建”。随着科幻小说的发展，科幻作家设计出自洽的或然世界，已经成为科幻小说带给读者的“最可赞之物”，而这种构建性大部分来自乌托邦小说，让我们有理由将乌托邦小说视作“在整个 19 世纪和 20 世纪都与科幻紧紧交织在一起”③ 的类科幻。综上所述，无论是空间旅行、时间旅行、超人类的技术旅行还是乌托邦想象，就其本质而言，科幻小说是对“不同者”的实验性想象。这种想象，以内嵌于文本的技术描写为显著特点。

“科幻”与“奇幻”

科幻区别于奇幻，“后者涉及奇幻的或者非现实主义的传奇。奇幻的机制是魔法而不是技术”④。比如，20 世纪奇幻文学的代表作《指环王》和《哈利·波特》系列，魔法赋予主人公无穷的魔力，在魔法世界里正义与邪恶进行着殊死较量。但需要注意的是，“魔法的”奇幻和“科学的”科幻之间的根本区别并不在于“魔法”这一表象。从根本上来说，奇幻是圣礼的、超自然的，科幻是技术的、非同寻常的，二者之间存在着天壤之别。但这并不等于说，科幻小说中不能出现宗教主题，而且恰恰相反，很多伟大的科幻作品都与宗教这一主题息息相关，比如《黑客帝国》《星球大战》都在创作中反映了对理性主义与宗教辩证关系的深度思考。同样，在奇幻文学作品中也常常可见对于技术的大胆想象和细致描述。

① ［英］亚当·罗伯茨：《科幻小说史》，马小悟译，北京大学出版社 2010 年版，第 3 页。
② ［英］亚当·罗伯茨：《科幻小说史》，马小悟译，北京大学出版社 2010 年版，第 3 页。
③ ［英］亚当·罗伯茨：《科幻小说史》，马小悟译，北京大学出版社 2010 年版，第 3 页。
④ ［英］亚当·罗伯茨：《科幻小说史》，马小悟译，北京大学出版社 2010 年版，第 9 页。

二 "旅行"想象与法国科幻小说发展史

关于法国科幻小说的起点，不同的学者有不同的参照系。以近代西方科幻小说的起点为例，几位颇有影响力的科幻小说评论家曾发表过不同的观点。布莱恩·阿尔蒂斯（Brian Aldiss）把整个西方近代科幻史的起源追溯到玛丽·雪莱的《弗兰肯斯坦》；托马斯·迪什（Thomas Disch）则上溯到爱伦·坡；帕特里克·帕林德（Patrick Parrinder）则认为始于威尔斯和凡尔纳；除此之外，塞缪尔·德兰尼（Samuel Delany）认为应该追溯到1926年雨果·根斯巴克（Hugo Gernsback）创办第一本真正意义上的科幻杂志《惊奇故事》（*Amazing Stories*）。由于批评家的个人偏爱和出发点的不同，其对科幻小说起源的追溯也有所不同。在法国文学范围内，我们不难达成共识：儒勒·凡尔纳是法国近现代科幻小说最重要的奠基者。据此，本书将法国科幻小说划分为三个历史阶段：第一阶段前凡尔纳时期，即法国科幻小说的"早期创作"；第二阶段凡尔纳时期，即"技术小说"的黄金时代；第三阶段后凡尔纳时期，即法国科幻小说的"多元发展时期"。

第一个历史阶段指19世纪中叶及以前的法国科幻小说的"早期创作"，即前凡尔纳时代。这一阶段的代表作家和作品有：西拉诺·德·贝热拉克的《月球王国的滑稽故事》（*Histoire Comique des états et Empires de la Lune*，1657）和《太阳王国的滑稽故事》（*Histoire Comique des états et Empires du Soleil*，1662）；尼古拉·艾德姆·莱斯蒂芙·德·拉布勒托纳（Nicolas Edme Restif de La Bretonne）的《一个飞人的南方发现》（*La Découverte Australe par un Homme Volant*，1781）和《遗作》（*Les Posthumes*，1802）；查理曼-伊希尔·德丰特耐（Charlemagne-Ischir Defontenay）的《星，或仙后座》（*Star ou Ψ de Cassiopée*，1854）；亨利·德·考克（Henry de Kock）的《飞人》（*Les Hommes Volants：Histoire extraordinaire*，1864）。在天空中的旅行，尤其是到其他星球的"星际旅行"，是这一时期旅行故事模式中的新路径。究其原因，随着科学技术的进步，"地心说"被

打破，人类对地球、太阳和月球的关系有了全新的认识，对地球之外的未知空间充满好奇，在科幻文学创作领域直接表现为对于外星生活天马行空的想象，以及对星际旅行前所未有的热情。以质朴的科技构想为基础，充满热情的星际探索是法国早期科幻文学创作的突出特点，也是自古希腊旅行幻想小说之后科幻小说重新兴起的标志。

第二个历史阶段即 19 世纪中期至 20 世纪初，是法国科幻小说的“黄金时代”，也可以称为“技术小说的时代”。虽然英语评论家更愿意将 1938—1958 年视为英语科幻文学的“黄金时代”，但对于法国来说，属于儒勒·凡尔纳的 19 世纪无疑是法国科幻文学史上最光彩夺目的华章。亚当·罗伯茨在《科幻小说史》中将凡尔纳称为技术小说时代的“第一位天才作家”[①]。儒勒·凡尔纳的《气球上的五星期》（1863）是第一部给他带来成功的作品。随后出版的《地心游记》（1864）、《从地球到月球》（1865）、《格兰特船长的儿女》（1867）、《海底两万里》（1869）、《环游月球》（1870），让向下的“地心旅行”、“海地旅行”和向上的“太空旅行”、“星际旅行”成为整个凡尔纳科幻小说创作的标志性主题。内嵌于旅行主题之内的对于机械、航海、远距离航行与补给技术的细致描写，也让凡尔纳成为科幻小说历史上最擅长进行技术描写的作家。对于技术的热情讴歌和大胆想象是内嵌于 19 世纪法国科幻小说“旅行”主题之下的另一显著特点。除了凡尔纳之外，奥古斯特·维里耶·德·利尔－亚当（Auguste Villier de l'Isle-Adam）是法国科幻小说黄金时代的另一位代表作家，他在 1886 年发表的小说《未来夏娃》（*L'ève future*）中创造了科幻小说史上第一位高度类人的女性机器人形象“安卓”（Andréide），“开启了后世女性机器人或赛博人的创作潮流”[②]，将技术发展与人类身体改造的联系推向新的发展高度，孕育了“技术小说”的新主题：赛博人类。德·利尔－亚当的作品将人类不断向未知空间探索的目光，带回人类自身，成为 20 世纪日本著名科幻漫画《攻壳机动队》

① ［英］亚当·罗伯茨：《科幻小说史》，马小悟译，北京大学出版社 2010 年版，第 2 页。

② 吴湜珏珊：《科学腹中的真与幻——利尔－亚当〈未来夏娃〉中女机器人安卓的类人形象初探》，载《科普创作评论》2021 年 2 月（总第 2 期）。

(*Ghost in the Shell*) 的创作灵感的来源。

第三个历史阶段指 20 世纪初至今的“多元发展”时期。在这一历史时期,“旅行”仍然是科幻小说最重要的母题,并且得到了前所未有的深化。比如:时空旅行、平行空间穿梭、过去与未来的无尽循环,开始逐渐进入科幻小说创作并且变得炙手可热。1944 年法国科幻小说家勒内·巴尔亚韦尔(René Barjavel)在《不谨慎的旅行者》(*Le Voyageur imprudent*)中首次提出了“祖父悖论”,开始在文学创作中思考时空穿梭中人作为行为主体对过去和未来的影响。在科幻小说创作中,将“旅行”想象置于连接过去与未来的无尽循环之中,而不再仅仅是面对未来的畅想。关于过去和未来的双重想象,共同走入科幻文学的创作视野。科幻小说关于“不同者”的畅想,开始回指“从前的”自我。除时空旅行外,向微观世界的探索,是第三阶段法国科幻小说的另一特点,其代表作家作品为贝尔纳·韦伯(Bernard Werber)的《蚂蚁帝国》(*Les Fourmis*)三部曲。贝尔纳·韦伯以独特的平行视角,描绘了发生在人类世界和微观蚂蚁世界之间史实般的“对决”,向我们展示了经过漫长进化之后雄伟瑰丽的昆虫世界。“蚂蚁帝国”三部曲取得的巨大成功,使韦伯被誉为“法兰西天才作家”。20 世纪法国科幻小说创作“多元化”发展的另一个代表人物是皮埃尔·布勒(Pierre Boulle)。皮埃尔·布勒在 1963 年发表的小说《人猿星球》(*La planète des singes*)中描绘了发生在遥远的类地行星“梭罗尔”上猿猩作为高等生物统治类人生物的场景,将现实生活中的人类与“不同者”角色互换,以颠覆性的视角反思自我与他者的关系。由于独特的视角和大胆的想象,《人猿星球》深受读者喜爱,并被改编成影视剧搬上荧幕。

三 法国科幻小说新趋势

随着科学技术和人类认知的发展,法国科幻小说呈现出三种新的发展趋势。第一,纯文学和科幻文学的交叉越来越频繁,比如,菲利普·福雷斯特(Philippe Forest)的小说《薛定谔之猫》(*Le chat de Schrödinger*),

以量子力学为背景讨论人类身份和生存的意义。此外，近年来科幻小说被长期归入通俗文学、大众文学的状况逐渐发生了改变。在法国文学场内，以科学幻想为背景的小说创作开始摘得原本只授予严肃文学的重要官方文学奖项。比如，法国乌力波团体的主席艾尔维·勒泰利耶（Hervé Le Tellier）在2020年凭借《异常》（*L'Anomalie*）摘得了龚古尔文学奖，该书目前已被译成37种文字，在世界各国发行。小说《异常》的创作以物理学的“平行空间”理论和宇宙系统的“3D打印”为主题，讲述了2021年3月10日，一架满载乘客的法航飞机在飞行途中遭遇强大气流，险象环生逃过空难平安着陆的故事。然而，三个月后，同一航班又出现在美国的肯尼迪机场附近，飞机上乘坐的是原班乘客。这场极为罕见的“异常”现象，令法美两国备感紧张，两国情报部门展开了严密调查。在小说中，读者可以感受到类似于“第三类接触”、“时空穿越”和“人工智能程序控制人类”的科幻场景。作者以太空漫游类科幻作品的创作思路，“讲述了那些法国人与美国人跟自己‘复本’相遇之后的所思所行”①。在通常的印象中，乌力波团体的作家作品都非常难读、难解，作者会在写作中有意给自己和读者设计种种障碍。然而，《异常》借助平行宇宙理论让“难解”合理化，找到了严肃文学与复杂科学理论共生的有效途径，并成功获得读者和文学评论界的关注与认可。

第二，从中法科幻小说创作的互文性视角来看，进入21世纪后，中国元素开始越来越多地出现在法国科幻小说场域中。比如：在菲利普·福雷斯特的小说《薛定谔之猫》中经常会出现具有中国意蕴的描写。作者甚至会在作品中有意杜撰与中国有关的传说，以营造神秘、未知的氛围，用福雷斯特自己的话说，《薛定谔之猫》从第一页开始“时不时提到的中国”② 是一个“充满先贤智者和神话传说的神奇古国”③。艾尔维的小说《异常》中不但多次涉及中国描写，更在开篇题词中引用了道家典籍《庄子·齐物论》中的“予谓女梦，亦梦也”，引出小说亦真亦幻

---

① ［法］艾尔维·勒泰利耶：《异常》，余中先译，海天出版社2021年版，第341页。

② ［法］菲利普·福雷斯特：《薛定谔之猫》，黄荭译，海天出版社2014年版，第1页。

③ ［法］菲利普·福雷斯特：《薛定谔之猫》，黄荭译，海天出版社2014年版，第1页。

的创作主题，将中国传统哲学二元转化的思想融入科幻小说创作之中。在法国天体物理学家戴维·埃尔巴兹（David Elbaz）2010年出版的小说《爱丽丝·陶的未来回忆》（*Alice Tao se souvint du futur*）中，也不难发现中国道家哲学与科幻小说之间的交融。小说女主人公正是一位有着海外留学背景的中国女学者陶小月，她的外文名字叫“爱丽丝·陶”。“爱丽丝”这个名字取自著名的幻想小说《爱丽丝梦游仙境》，“陶”这个中国姓氏的罗马拼音Tao与老子《道德经》中的“道”一致。作者用双关的形式暗示了小说创作与中国道家思想之间千丝万缕的联系，并在正文中大量引用了《道德经》中的句子。将具有神秘色彩的中国道家思想和科学技术对记忆的探索交织在一起，思考人类生命生生不息的力量源自何处，丰富了科幻文学的创作维度。

第三，乌托邦主题开始成为科幻小说创作的新热点。虽然长期以来，众多科幻小说评论家并不主张将“乌托邦”小说归入科幻小说的行列。但就法国科幻小说创作来说，进入21世纪之后，“乌托邦”“反乌托邦”“异托帮”逐渐与科幻小说创作相融会，成为法国当代科幻文学最具生命的主题之一。法国作家米歇尔·维勒贝克(Michel Houellebecq）的《基本粒子》（*Les particules élémentaires*)、《一个岛的可能性》（*La possibilité d'une île*）是这类创作的代表。在《基本粒子》中，维勒贝克描写了用克隆技术进行无性繁殖、导致人类灭亡和新人类诞生的场景。小说《一个岛的可能性》在克隆人达尼埃尔24和达尼埃尔25对先辈达尼埃尔1的追忆中展开，最后结束在克隆人玛丽23和达尼埃尔25对憧憬中的天堂——一座不可能的岛屿的追寻之中。虽然维勒贝克从来没有将自己的创作归入科幻之列，也有学者将其创作视为“社会批判小说”，但以科幻之名，反思时代之病，以文学之笔，集虚无主义之大成描绘当代法国社会的精神状态，成为21世纪法国文学创作的又一新视角——“借科学幻想的名义讲述追求真理的小说”①，同时让对“乌托邦”的寻找和重构成为“旅行幻想”之下最重要的科幻小说的创作分支。“乌托邦”“反乌

① ［法］米歇尔·维勒贝克：《一个岛的可能性》，余中先译，文汇出版社2007年版，第400页。

托邦”主题的凸显，其原因之一是“科学的幻灭”。20世纪40年代美国科幻小说家艾萨克·阿西莫夫（Isaac Asimov）提出著名的“机器人三大定律”[①] 之后，对人类未来的担忧，对人与机器关系的重新审视，开始成为科幻小说新的时代主题。人类开始担心被自己的创造物控制、打败，甚至毁灭。机器人制造、克隆技术等以类人物创造为主题的技术类小说创作与以社会批判为特点的乌托邦主题相结合，让“反思”成为科幻小说创作最重要的时代功能之一。在此背景之下，构想未来极端条件下人与地球关系的“环境保护”主题成为乌托邦科幻衍生出的重要亚分支。法国科幻小说家让－马可·利尼（Jean-Marc Ligny）的《水源危机》（*Aqua*™，2009）、《出逃》（*Exode*，2010）、《种子》（*Semence*，2015）、《联合》（*Alliance*，2020）以及即将出版的《晦暗时代的十个传说》（*Dix légendes des ages sombres*，2022），围绕水资源匮乏、温室效应、核危机等一系列极端生态问题展开科幻创作，大胆设想：如果没有水源人类应该如何生存？地球还适合人类存活吗？人类应该如何面对有可能到来的毁灭性打击？离开地球会更好吗？利尼笔下的未来既可怕又现实，警醒我们关注科技发展给地球生态带来的影响，反思人类行为，凸显了乌托邦科幻的警世价值。

四　结论

“旅行想象”作为科幻小说的原型，孕育了“空间旅行”“时间旅行”“技术想象”，以及经常以描写到异邦或者跨时空旅行为主题的“乌托邦”小说四大类别，并且揭示了科幻小说区别于奇幻文学的本质差别。自1657年西拉诺·德·贝热拉克发表《月球王国滑稽故事》开始算起，近四百年来，法国科幻小说经历了从鲜为人知的开创性思考，到

① 机器人三原则：第一条，机器人不得伤害人类，或看到人类受到伤害而袖手旁观。第二条，机器人必须服从人类的命令，除非这条命令与第一条相矛盾。第三条，机器人必须保护自己，除非这种保护与以上两条相矛盾。

凡尔纳“奇幻旅行”系列的辉煌，再到以技术为手段反思人类行为、人类本质的三大历史阶段。“旅行想象”作为创作母题贯穿其中，体现了人类不断向外探索的冲动和对“不同者”真实而强烈的愿望。随着科技的高速发展和人类自我认知的变化，这种对“不同者”他异性的关注，逐渐与人类对自我的反思相结合，启发我们思考如何与不同者相处，如何与过去和未来的“自我”相处。当科学技术的力量日益强大，开始不断突破人类生存的极限，打破人类自我认知的边界时，以巴尔亚韦尔为代表的法国科幻小说家身先士卒，带领读者从对“不同者”天马行空的畅想转向叩问“我是谁”“我从哪里来”“我将去向哪里”。将科学技术的发展与关于人类本质的哲学思考相结合，开启了“哲学性科技反思”的创作潮流。

【作者简介】

李佳，沈阳师范大学外国语学院法语系讲师，华东师范大学外语学院法语系法国文学专业（翻译方向）在读博士生。主要研究方向为《道德经》在法国的翻译与接受、中国现当代文学外译、翻译理论及法语文学。

【通信地址】电话：13664124199，邮箱：ruguohuakai@126. com

奈瓦尔诗歌中的“我是另一个”①

西安外国语大学

■周　权

【摘　要】“我是另一个?”，钱拉尔·德·奈瓦尔正是用这样一个神秘的话语，在1854年为自己的肖像画做了注释。这种宣称自己是“另一个”的想法诠释了诗人对自己身份认知的深刻不安。本文通过“‘另一个’和‘同一个’：人称代词的模糊性”；“时间上分裂的自我：寻找统一性”；“个人神话的诗意诠释”；“‘我是另一个’：诗学的现代性一面”这四个方面探讨诗人在其主要的诗歌作品集《波希米亚小城堡》和《幻象集》中是如何试图通过克服他者与自身之间的矛盾来表达自己，并在此过程中认识自己的。

【关键词】奈瓦尔 《幻象集》 《波希米亚小城堡》 “我是另一个”

“I am another” in Neval’s Poetry

【Abstract】 “I am another?”, It is with such an enigmatic phrase that Gérard de Nerval annotated his portrait in 1854. This idea of claiming to be “the other” bears witness to the poet’s profound unease with his perception of his identity. Through “ ‘another’ and ‘the same’: the fuzziness of personal pronouns”; “the self divided in time: looking for unity”; “poetic interpreta-

① 基金项目：本文系西安外国语大学博士研究生科研基金一般项目“钱拉尔·德·奈瓦尔的作品研究”（项目编号：syjsb201717）和国家留学基金委2018年建设高水平公派研究生项目（项目编号：留金发［2018］3101）的阶段性研究成果。

tion of personal myth”; “‘I am another’: the modern side of poetics”, this article discusses how the poet tries to express himself by overcoming the contradiction between the other and himself in his main poetry works, *Les Petits Chateaux de Bohême* and *Les Chimères*.

【Keywords】Nerval *Les Chimères* *Les Petits Châteaux de Bohême* “I am another”

一 “我是另一个”：有问题的身份

1854 年，在朋友纳达尔（Félix Nadar）为他做的一幅肖像画上，奈瓦尔（Gérard de Nerval）直接写道：“我是另一个?”评论家让 - 皮埃尔·里夏尔（Jean-Pierre Richard）认为这个“另一个”与“我”仍然是统一的整体，它还没有超出“主观诗”的范畴，尽管已经显出自我的裂痕。这个“我是另一个”停留在一个“被撕裂的内心中”，一个“我”对自我进行思考和辩论的圈子里。换句话说，一句“我是另一个?”，传达出了诗人对自我身份探寻的深刻不安。

我们知道，在奈瓦尔短暂的生命历程（1808—1855）中，他先后经历了母亲过早的离去、父亲随军出征长期未归、当时法兰西第二帝国的动荡不安等事件，这些都对他的精神状态造成了严重影响。1841 年和 1851 年的两次精神危机也因此成了他诗歌创作的两次重要节点。尽管这两段过程中，他曾经部分时间被关押在精神病诊所接受医治，但也正是在这段时间，他爆发出惊人的创作天赋。《波希米亚小城堡》（*Les Petits Chateaux de Bohême*）和《幻象集》（*Les Chimères*）是两部凝结他主要诗歌创作结晶的作品集。

《波希米亚小城堡》出版于 1853 年，主要讲述了“三个城堡”的故事，涉及了三个不同的空间和时间，即“诗人的三个时代”：第一座城堡汇集了诗人在多野内（Doyenné）地区的幸福回忆，以散文文体及抒情对仗的十一首颂歌形式表现出来；第二座城堡借用戏剧题材《科里拉》（*Corilla*），形成了一个以歌谣为主的抒情插曲。最后，第三座城堡由两部分组成：《神秘主义》（*Mysticisme*），即后来在《幻象集》中使用的十四行诗，以及《抒情主义》（*Lyrisme*），即大部分改编自德国民谣的诗歌。整个系列（颂歌、抒情散文、民谣）因此也沉浸在浓厚的“音乐”氛围之中。

《幻象集》于次年出版。这部由十二首十四行诗①组成的作品集以“幻象”这样一个标题结合了三个基本含义：精神幻象、神话幻象和诗学幻象。精神幻象是指梦境、幻觉等一般意义，也是对他的疯狂的一种温和委婉的说法。神话幻象，暗指诗歌中大量使用的神话元素，因为从词源学的角度讲，“幻象”指的是希腊神话中的怪兽奇美拉，它是一只长有三只头的怪物。诗学幻象指的是，诗人对火的女儿②和众神形象的召唤，最终指向了他的诗歌创作：奇美拉，一个混合的、复合的怪物。整部诗集试图克服基本的反常现象（自我的分裂，过去与现在，神话与历史，异教与基督教的分裂），追溯一条将精神、神话和诗意的幻象体结合起来的道路。

在这两部作品中，我们能够明显地感受到诗人试图表达自己，并以此来认识自己的愿望。但在两部诗歌文集中，似乎有必要进行区分：如果说《波希米亚小城堡》中的“我”似乎指的是自我的亲密声音，那么奈瓦尔经常使用的《幻象集》中的“我”，却显得更为神秘：它是指诗人还是指“他人”？这个他人又是谁呢？

实际上，在奈瓦尔的作品中，他认同一个想象中的“他者”，因为他认为这是文学创作的原则，正如作者在《火的女儿》③（*Les Filles du feu*）的序言中所说的：“有某些故事叙述者不把自己跟他们想象中的人物混为一体便无法发明创造。”④ 但是，这样做的风险是，不再将现实与精神分开：“对您来说可能只是一种小小游戏的东西——对我来说，变成了一种困扰，一种晕眩”⑤，这种对身份的迷恋最终导致了疯狂，导致

① 这十二首十四行诗分别是《不幸者》、《米尔多》、《何露斯》、《安特罗斯》、《黛尔菲卡》、《阿尔忒弥斯》、《橄榄树下的基督》和《金色诗句》（因《橄榄树下的基督》包含五小首，所以《幻象集》共包含十二首）。另外需要说明的是，本文中出现的所有有关奈瓦尔诗歌的引用，皆出自该版本：［法］钱拉尔·德·奈瓦尔：《幻象集》，余中先译，上海文艺出版社2014年版。

② 指《幻象集》中使诗人能够产生自我救赎的一些女性形象。如“米尔多”“女神”“母亲”“拉丁面容的女预言者”“圣女”等。

③《火的女儿》，1854年出版的作品集，主要为小说、散文，但也包括《幻象集》。

④ ［法］钱拉尔·德·奈瓦尔：《火的女儿》，余中先译，人民文学出版社2011年版，第93页。

⑤ ［法］钱拉尔·德·奈瓦尔：《火的女儿》，余中先译，人民文学出版社2011年版，第93页。

诗人在他者与自身之间产生令人眩晕的混淆。这首先表现在诗歌中人称代词的“模糊性”方面。另外，他的诗歌从某种抒情性发展到一种疏离的诗学，这种裂变是一个主体意识到时间的不可逆性，因此通过记忆追溯时间，但这一记忆过程中又叠加了真实和梦想，个人的过去和集体的神话，最终形成了幻象诗学。

二　“另一个”和“同一个”：人称代词的模糊性

关于“我”的表述在《波希米亚小城堡》[①] 这本作品集中占主导地位，特别是《幻想》(*La Fantaisie*)、《卢森堡公园小径》(*Une allée de Luxembourg*) 两首诗表现得更为明显（“然而，每一次我听到它的时候，/我的心灵就会年轻两百年……”；“然而，不，——我的青春已经消逝……/永别了，把握照耀的柔光，——”)。并且在抒情性的促进下，这一“我”的意味更加深沉。这种个人的声音也可以在《幻象集》的几首十四行诗中听到。我们看到部分诗歌或以“我”开篇（“我是”……“我思念你”[②]），或以第一人称“我”的标记结束诗歌（“在我眼中”，“我在她脚下”[③]）。这种声音描绘了艺术家在其诗歌活动中的形象。因此，在《不幸者》(*El Desdichado*) 中，“我”“曾两次胜利地渡过阿歇隆：/在俄耳甫斯的里拉琴上抑扬地变调/演奏出圣女的哀叹与仙女的呼叫”；在《米尔多》(*Myrtho*) 和《安特罗斯》(*Antéros*) 中：叙述主体“我”“伏在伊阿科斯的脚下祈祷，因为缪斯已让我成为了希腊的儿子”，“他们三次把我沉浸在科库托的水中，为独自拯救我那亚摩利人的母亲，我在她脚下重新将老龙的牙齿播种”；最后，在《阿尔忒弥斯》(*Artémis*)

---

① 《幻想》《卢森堡公园小径》以及下面即将谈到的《希达利丝》《小夜曲》《墓志铭》都出自《波希米亚小城堡》。

② 《不幸者》以“我是个阴郁者，——鳏夫，——不得慰藉的人”开篇，《米尔多》以“我思念你，米尔多，通巫的神圣女郎”开篇。

③ 《阿尔忒弥斯》最后一句是：“深渊中的圣女在我的眼中反倒更加神圣！”《安特罗斯》以一句“我在她脚下重新将老龙的牙齿播种”结尾。

中，“我”还肯定了自己对深渊之歌和邪恶之花的审美偏好：“白色的玫瑰，掉下来吧！你们亵渎了我们的神；/从你燃烧的天空中掉下来吧，白色的怪魂：/——深渊中的圣女在我的眼中反倒更加神圣！”

然而，这个“我”的人称形式却经常发生变化，在“我”、“你”或“我们”之间，身份的模糊性渐渐凸显出来。

一方面，主体被分割在两个矛盾的“我”之间，就像《安特罗斯》中敌对的两兄弟厄洛斯（éros）和安特罗斯（Antéros），亚伯（Abel）和该隐（Caïn）①。这样一来，主体就进入了与自己的冲突。被他那个时代的二元论困扰的奈瓦尔，展示了属于他的双重性。这种内部分裂导致了《不幸者》中主人公身份的痛苦摇摆，在第一节中，“我”同时被赋予三个身份属性：“我是阴郁者——鳏夫——不得慰藉的人”，这种对多重身份的肯定在第二诗节中又被逆转为一个对身份产生质疑的问题：“我是……吗?”（我是爱神，还是福玻斯？……是吕济尼昂，还是比隆?）

而且，不光是主体内部的分裂，诗人笔下也同时存在着“我”和“你”之间的分裂。许多诗歌实际上是以隐藏对话的形式出现的。这个第二人称代词戏剧化地表现了一种内在的撕裂（此时的“你”是对“我”的一种疏远），或者显示了另一个人（他的目光，他的话语）的必要存在，以构成自我的差异性和独特性。它最常出现在主体和一个女性形象之间的对话中：一个祈求从中得到慰藉的女人［《不幸者》、《米尔多》和《黛尔菲卡》（*Delfica*）］②，一个陷入深渊的女人（《希达利丝》/

① 安特罗斯，希腊神话中的利比亚巨人，只要身不离地，他就能从大地母亲身上汲取无穷的力量。亚伯和该隐都是亚当和夏娃的儿子，该隐为兄，亚伯为弟。该隐嫉妒耶和华看中了亚伯的供物，便杀死亚伯。

② 《不幸者》中的“在坟墓的夜晚，你给我以安慰，/还给我吧，那波西利坡和意大利海，/那给我沉郁之心几多欢愉的花卉，/和那葡萄蔓与玫瑰交织相缠的青藤”；《米尔多》中的“我思念你，米尔多，通巫的神圣女郎，/高傲的波西利堡万千火焰闪耀，/我思念你沐浴着东方之光的额堂/混杂在你金色长辫中的黑葡萄”；《黛尔菲卡》中的“你还听得出来吗，达佛涅，这首古老的浪漫曲？/在埃及无花果树脚下，或者在白色的月桂树下，/在橄榄树、爱神木和随风摇曳的杨柳树下，/这首爱情歌谣，它永远在重新开始……//你还认识它吗，那有宽阔内柱廊的殿宇？/还有那留着你牙印的酸涩柠檬？/那对于不速之客危险致命的岩洞，/内中沉睡着被征服之龙那古老的种……//你终日哭泣的那些神祇终将回环！/时光将带回远古昔日的秩序；/大地在一股先知的气息下震颤……”

Cydalise 或《阿尔忒弥斯》)[①] 或一个母亲形象《小夜曲》(*Sérénade*)[②]。但这个“你”也可以指父亲的形象，在《安特罗斯》中，“我”对奴役其祖先的耶和华发出了反抗的呼声[③]。在《橄榄树下的基督》(*Christ aux Oliviers*)中，“我”还与一位已逝的上帝对话[④]。

通过对“我”(有时合并为勉强可解的“我们”[⑤])的模糊使用，面对一个经常不确定的“你”，奈瓦尔似乎在逐渐远离抒情的“我”，宣布一种疏离，继而引发对时间的怀念或悲剧性的认识。

三 一个在时间上分裂的自我：用音乐寻找统一性

如果“我”被证明是一个被撕裂的亲密关系的场所，那是因为诗人意识到时间的流逝，意识到过去的自我和现在的自我之间不可避免的分离，这种分裂在《波希米亚小城堡》中以怀旧的方式表达，在《幻象集》的一些诗歌中带有悲剧色彩。这样做的目的是通过对记忆的召唤，重新建立一种存在的规则，并用音乐引导这段记忆的旅程。事实上，奈瓦尔将《波希米亚小城堡》的最后一节命名为“抒情主义”，回顾了抒情与音乐的亲缘关系。“抒情主义”(lyrisme)来自“竖琴”(lyre)一

① 《希达利丝》中：“哦，白色的恋人！/哦，如花似玉的年轻女郎！/被抛弃的情人，在痛苦中枯萎发黄！//深邃的永恒/在你的眼睛中微笑……/大地已熄灭的火炬，/请在苍天在次年燃烧！”《阿尔忒弥斯》中的“那不勒斯的圣女满手握着腾腾的火焰，/紫色心形的玫瑰，圣女菇杜乐的鲜花；/你可在空旷的天穹中找到了你的十字架？”

② 《小夜曲》中：“哦！是什么温柔的歌把我唤醒？/‘我守护在你的床前，/我的女儿！什么都没有听见……/睡吧，那是幻影！’‘我的母亲，我听见外面，有一曲天空的合唱！’‘你又要发烧了。’‘窗外的歌声，好像在渐渐靠近。’‘睡吧，可怜的孩子，你病了，/你还在梦想着小夜曲……/可风流的歌手都已睡去！’”

③ 《安特罗斯》中：“耶和华！最后者，被你的才华击败，/他，从地狱的深处，叫喊道：‘噢，暴君！’/是我的祖先柏洛，或者我的父亲大衮……”

④ 《橄榄树下的基督》中：“永恒不动的命运，静默无言的哨兵，/冷冰冰的必然性！……超越于你的偶然，/在终年不化的积雪下死神统治的冥间，/被越来越苍白的宇宙一步步冻成坚冰。//你知道你在干什么吗，原始的强力？/以你那些熄灭的太阳，彼此摩擦……/在一个已死的和另一个复活的世界之间，/你敢肯定能转达一丝永恒的气息？……//噢，天父！我在自身中感觉的难道是你？/你真的具有生活并战胜死亡的能力？/你会在这天使最后的努力之下屈服。”

⑤ 《阿尔忒弥斯》中，“白色的玫瑰，掉下来吧！你们亵渎了我们的神”。

词，这是一种在古代伴随着诵读诗句的乐器。奈瓦尔在音乐表达的意义上求助于它，因为音乐使记忆产生，就像奥尔弗斯的琴声使时间的复苏成为可能一样（“我曾两次胜利地渡过阿歇隆：/在俄耳甫斯的里拉琴上抑扬地变调/演奏出圣女的哀叹与仙女的呼叫”）。通过它的重复性，它确保相同的回归，从而确保自我的永久性。因此，奈瓦尔偏爱十四行诗的固定形式，并不断求助于声音的游戏。

拿《黛尔菲卡》和《幻想》这两首诗举例。这两首诗通过强调诗歌、音乐和记忆之间的联系，见证了记忆的这种创造能力。《黛尔菲卡》中，浪漫的唤起（“你还听得出来吗，达佛涅，这首古老的浪漫曲？在埃及无花果树脚下，或者在白色的月桂树下，在橄榄树、爱神木和随风摇曳的杨柳树下，这首爱情歌谣，它永远在重新开始……”），以幻象的形式引发了记忆（你还认识它吗，那有宽阔内柱廊的殿宇？还有那留着你牙印的酸涩柠檬？那对于不速之客危险致命的岩洞，内中沉睡着被征服之龙那古老的种……）。《幻想》也用强有力的证据向我们展示了乐曲与回忆之间的奇妙火花：“这是一段非凡的乐曲，为了它我会丢弃罗西尼、莫扎特和韦伯的所有作品一段十分古老的乐曲，忧郁而悲悯只是对我一人，它才有着迷人的魅力！然而，每一次我听到它的时候，我的心灵就会年轻两百年……那是路易十三时期，我仿佛看见在夕阳下发黄的一片绿油油的山丘……然后一个贵夫人，依在她高高的窗户，黑眼睛，金头发，穿戴古老的服饰，她呀，我或许在另一次生存的前世已经见到过……她在我的记忆深处！”

那么，通过对音乐与回忆关系的构建是否就能够找寻身份上的统一性？这种雄心壮志在十四行诗《墓志铭》（*épitaphe*）① 中受到嘲弄。这篇墓志铭提出了诗人内心的矛盾：“我”“时而活得像一只椋鸟那般快

① 《墓志铭》原文如下：他时而活得像一只椋鸟那般快乐，/曾经无忧无虑，是个温柔无比的情人，/时而忧郁而好梦想，像个忧愁的克里当德，/一天，他听到有人敲响他的门。//那是死神！于是他请求他少少等候/等他把最后一首诗的句号写毕；/然后，他舞动宇宙地出去，神曲颤颤抖抖/卧躺在冰冷的棺材的深底。//对于历史的陈言，他那么的慵懒，/他任由瓶中的墨水变涸变干。/他想知晓一切，但却一无所知。//等到时候来临，倦于再活在人间，/一个冬天的夜晚，他终于灵魂归天，/他走了，说道：“我为何曾经来此？”

乐，曾经无忧无虑，是个温柔无比的情人，时而忧郁而好梦想，像个忧愁的克里当德”难以捉摸。外在的凝视和内在的自省都不能提供认识自我的基础：诗人“想知晓一切，却一无所知”，无法回答关于他生命意义的终极问题（“我为何曾来此”?）因此，主体开始通过想象中对个人神话的诗意阐释来努力定义自己。

四 个人神话的诗意阐释

奈瓦尔的两个主要作品集的标题均强调了幻觉——《幻象集》，以及对梦境的构建《波希米亚小城堡》，从而构建了一个“内在”的神话。这种想象认同的游戏也可以在诗的标题中看到，它指定了文学（图勒国王/roi Thulé，爱尔·戴迪沙多/El Desdichado）、历史和神话（橄榄树上的基督/Christ aux Oliviers，安特罗斯/Antéros，何鲁斯/Horus）人物，并且诗人将其同化在他笔下的这些人物形象中。在个人历史和集体传说中，他投射出自己的形象。

对于这一点，夏尔·莫龙（Charles Mauron）曾在《从缠绵的隐喻到个人的神话：精神批判主义简介》（*Des métaphores obsédantes au mythe personnel. Introduction à la Psychocritique*）一书中提到过“精神弹性”①（élasticité mentale）这一概念。作者将奈瓦尔诗歌中的那些多重身份集合起来，进行比较并重新组合。他发现在一轮又一轮的神话和传说的面具中，一切最终都回到了同一事物上，回到了原来的起点。诗人发现自己在不同的空间（意大利、希腊、埃及等）或时间（神话的远古时代、异教的太古时期、基督教的开端、中世纪、路易十三的统治时期等）都有相似之处。他作品中使用的神话展现出了独特的普遍性和同时性：“我”达到了一个永恒的现在，现在的自己总是与先前的自己相似，奈瓦尔还抒情地肯

① Mauron, Charles, *Des métaphores obsédantes au mythe personnel. Introduction à la Psychocritique*, Paris, José Corti, 1963 [chapitre iv: «Nerval», pp. 64 – 80; chapitre ix: «Nerval: Artémis», pp. 148 – 156].

定了自己的永久性："第十三次回来了，它仍然是第一个/而且它总是一样，或者它是唯一的时刻。"（《阿尔忒弥斯》）

然而，诗人并不是没有反抗或反叛就能从时间的秩序中解脱出来；因此他偏爱反叛的人物，如安特罗斯反对耶和华（Jérovah）[①]，伊希斯（Isis）反对克奈夫神（Kneph）[②]。这些传奇人物不再是史诗般的叙事中的英雄，而是参与到对身份的抒情构建中。

血统的主题也是这种"增值的神话"的一部分，通过宣称有声望的祖先，异教诸神的祖先（"我的祖先柏洛或者我的父亲大衮"），历史人物的祖先（"那从福瓦山脉绵延繁衍下来的巨人"），甚至文学的血统（"哦，尊敬的杜·巴尔塔斯，我追随着你的诗句"），奈瓦尔总是试图通过神话的厚度达到自己的目的：在这里他不是从继承的角度考虑遗传，而是从重复和快乐的认同角度考虑。

然而，我们可以猜测，奈瓦尔有可能陷入这些想象中的身份，并陷入混乱；似乎最终被个人神话征服的身份只是一个"恐慌"的身份。在布兰奇（émile Blanche）医生的诊所里，奈瓦尔写下了他最神志不清的一封信："一个自认为聪明的疯子，如果 X = 热拉尔，他就会是个聪明人。"

五　"我是另一个"：诗学的现代性一面

我们知道，奈瓦尔"改编"了几位德国诗人的作品［《图勒国王》（*Roi de Thulé*）改编自歌德，《小夜曲》仿乌兰德诗作］。在十四行诗《致桑德夫人》（*à Mme Sand*）中，他介绍了诗人杜·巴尔塔斯（Du Bartas）的一整首十四行诗，并提出他想"追随"杜·巴尔塔斯的诗句[③]。

① 《安特罗斯》中，"耶和华！最后者，被你的才华击败"。

② 《荷露斯》中，"克奈夫神颤巍巍地震撼了天地/于是，母亲伊西斯挺起身起立"。

③ 《致桑德夫人》，出自《幻象集》前集，其前两个诗节这样写道："这被另一端岁月的艺术杰作弯成驼背的岩石/这塔拉斯孔的岩石往日里曾留宿/那从福瓦山脉绵延繁衍下来的巨人/众多的骸骨确切证实了他们的生存//哦，尊敬的杜·巴尔塔斯，我追随着你的诗句/我把我的诗行与你往日的诗行铸成一团：/但是，古老的福瓦伯爵的真正后裔/需要有证人好在我们的时代中开口发言。"

最后，《幻象集》最后一首十四行诗《金色诗句》（*Vers dorés*）所附的题记也将诗人的写作与其他文本联系起来[①]。如果说诗歌主体声音因此而显得淡化，而有利于其他声音，就像“我”隐藏在其他神话人物背后一样，那么我们有理由认为，在一轮又一轮的诗句重复中，主体重用他先前的文本。他的作品因此相互呼应，仿佛在开放和互利的标志下，组成了一个体系。

因此，对身份的追求是奈瓦尔诗歌写作的基础，其特点是回声、共鸣和调制的游戏。诗人的创作活动确实如同《不幸者》最后几行中所说的，在奥尔弗斯的琴上调节“叹息”和“呐喊”，调和抒情和疏离，个人历史和集体神话，时间和永恒，存在和出现，永久和多样性我们已经在第 17 页描述了“我渡过阿谢隆：/在俄耳甫斯的里拉琴上抑扬地变调/演奏圣女和仙女的哀叹和呼叫”的情形。如果奥尔弗斯在神话传说中的最后下场是由于追随日神被酒神信徒杀死[②]，那么这次失去了身份的奈瓦尔，自我比喻说，他已经成为“另一个人”，成为疯子，继续写作。

值得注意的是，在奈瓦尔的“另一个”中我们已经看到现代诗歌创作取向的萌发，自我松动了并渐渐作为对象朝意识的另一端移去。浪漫派诗人那个确定无疑、过分膨胀的“我”消逝了，随之而来的是常常带有问号、不那么确定的双重“自我”甚至是“他”。人称的变化表明诗歌进入一个新的境界：让意识的“我”和另一个尚无面目的“我”并存以表现多重而非单一的世界。《奈瓦尔全集》（伽利玛出版社）中的诗歌部分以“我”开头，而末尾一诗的主语用的是第三人称“他”[③]，对这一变化我们不能仅仅以巧合做解释。所以奈瓦尔的创作反映了人的精神活动的矛盾性。尽管他的诗依然有 16 世纪抒情诗的痕迹，并受到德国浪漫

---

① 《幻象集》的最后一首诗是《金色诗句》。这首诗的题记之处写道：“怎么！一切皆有感觉！——毕达哥拉斯。”根据奈瓦尔研究专家评说，《金色诗句》是受德里尔·德·萨勒的小说《十二位慑服于毕达哥拉斯的人》启迪而创作的。

② 俄耳甫斯是希腊神话中的诗人、歌手。歌声能使顽石落泪，猛兽低头。他曾入冥府救回他的亡妻欧律迪刻。

③ 他倦于历史的陈述/他让瓶中的墨水过于干涸/他要知晓一切然而他什么也不知/当厌倦这生命的时刻来临/冬天的夜晚，灵魂则使他心醉神迷/他走了，说道：“我为何而来？”

派的影响，但分裂的“我”和具有双重面目的灵魂，诗人的“我”与观众的“我”之间的距离，以及对生存世界之外的精神活动的细致深刻的再现已经体现了法国现代诗歌的创作趋向。所以，奈瓦尔的“幻象诗学”也蕴含着更深层次的现代性。

结　语

本文中，我们首先从人称代词入手，探讨诗歌中话语主体“我”的思想和形象演变，以及“我”与对立面“你”的对话，对“我是另一个”这一说法做了语言层面上的探析，接下来，我们又从音乐与时间的角度探寻过去的自我和现在的自我之间的分裂，然后又分析了诗人在定义自我时通过神话对个人身份的阐释和探索，“我”经常投射在不同的神话和宗教人物形象中，并通过诗人独有的精神弹性让主体“我”回到先前的那个时间或地点。最后总结诗歌在不断嵌套先前文本的过程中实现回声、共鸣和调制的写作。由此可见，奈瓦尔的创作反映了人的精神活动的矛盾性。其诗歌的“分裂”运动，双重性问题以及梦幻对追踪未知世界的或然性所起的作用，让我们认识到浪漫派诗人那个过分自我抒情的“我”渐渐消失了，反而趋向意识的另一端，那个对“我是另一个”的有力挖掘。这样一层对传统浪漫主义诗学的深层理念的撼动也标志着诗歌新型转向的开始，其诗歌的现代性有待我们进一步挖掘。

【作者简介】

周权，西安外国语大学博士研究生。研究方向为法国现当代文学与翻译。

【通信地址】陕西省西安市西安外国语大学长安校区，邮编710128，邮箱：zhouquan6561@163.com

《反回忆录》的时间叙事特征

浙江越秀外国语学院
■潘巧英

【摘　要】安德烈·马尔罗的《反回忆录》是一部思考时间的回忆录。一方面，作者顺应回忆的时间书写特点，将当下、过往和历史三个时空交织，颠覆了传统回忆录的线性时间叙事；另一方面，作者以时间为母题，生发对死亡、历史、艺术、宗教等主题的思考，并运用意象和空白等叙事手段将真实时空与虚构时空相互转换串联。这既反映了马尔罗对时间本质的认知，又表现出他对时间的反抗。

【关键词】安德烈·马尔罗　《反回忆录》　时间叙事

The Time Narrative Features of *Anti-Mémoirs*

【Abstract】André Malraux's *Anti-Mémoirs* is a memoir of thinking about time. On the one hand, according to the time writing characteristics of memories, the author interweaves the present, the past and the history, subverting the linear time narrative of traditional memoirs. On the other hand, the author uses time as the motif to generate thoughts on topics such as death, history, art and religion, turning the real time and space to fictional time and space with narrative methods such as imagery and blankness. This not only reflects Malraux's understanding of the nature of time, but also shows his resistance to time.

【Key words】André Malraux　*Anti-Memoirs*　Time Narrative

回忆录和时间之间具有一种紧密而微妙的关系，甚至可以说，回忆录是时间叙事的产物。法国著名作家和政治家安德烈·马尔罗（André Malraux）晚年最重要的作品《反回忆录》也不例外，时间成为其最重要的叙事特征和书写母题。马尔罗意识到传统回忆录中约定俗成的时间塑形规则，要么是“重大事件的见证”①，讲述伟大的故事或重大的时刻，将个人时间和历史时间合而为一，要么是将回忆录“作为自我反省”②的记录，把个体感受和人格成长摆到中心位置。③ 这两种叙事以历史或个人成长的线性时间为基础。在马尔罗看来，上述两种人习以为常的自然时序反而是对记忆的改造、重塑和扭曲，丢失了回忆录的真诚。他认为“人的记忆机制是非常个性化的”④，回忆录的书写形式应该因人而异、不拘一格。

正因如此，《反回忆录》呈现的时间叙事令人眼前一亮，同时也令人眼花缭乱。有读者认为作品中“时间和地点都是这样跳跃着，被打断重新组合，读者会产生杂乱无章之感”⑤，从而忽略该回忆录在别出机杼的表象之下掩藏着清晰的叙事结构。马尔罗自己曾表示：“《反回忆录》

---

① ［法］安德烈·马尔罗：《反回忆录》，钱培鑫、沈国华等译，漓江出版社2000年版，第6页。

② ［法］安德烈·马尔罗：《反回忆录》，钱培鑫、沈国华等译，漓江出版社2000年版，第6页。

③ 马尔罗在此凝练的两种回忆录类型，正好对应了目前学界界定的两种不同文类：回忆录（mémoires）和自传（autobiographie）。长久以来，法国并无区分回忆录和自传的传统，通常将两者都称为回忆录。1971年，菲力浦·勒热纳（Philippe Lejeune）在《自传契约》（*Le Pacte Autobiographique*）一书中提出：“在回忆录中，作者是一个证人：属于他自己的，是他的个人视角，［……］它是个人所属的社会和历史群体的历史。［……］相反，在自传中，言说内容就是个人，［……］。”（参见［法］菲力浦·勒热纳《自传契约》，杨国政译，北京大学出版社2013年版，第4页。）虽然目前多数学者认可这一文类区分，但反对之声亦不绝于耳。况且直至今日，不管是在文学创作还是在研究领域，依然出现两者纠缠不清的情况，这或许也说明了两者边界的模糊，将回忆录和自传区别为并列的两个文类尚值得商榷。如果我们不是用后视性视角去苛责马尔罗，那马尔罗能在回忆录和自传研究尚是一片荒芜之地的20世纪60年代总结出法国回忆录的这两大传统，并进行颠覆性的回忆录写作，实在具有前瞻性和实验性。

④ André Malraux，“un entretien exclusif avec Michel Droit：Malraux parle ...”，le Figaro littéraire（Paris）：I：n° 1120，2－8 octobre 1967，p. 3.

⑤ 杨正润：《实验与颠覆：传记中的现代派与后现代》，载《浙江师范大学学报》（社会科学版）2009年第2期（总第161期）。

有着分明的内部结构，初读之下难以分辨，然细究之后自会明晰。”[①] 想要厘清这内部结构，就首先需要从时间入手。然而，目前学界对《反回忆录》时间叙事的研究并未深入。一方面，确实无须大费周章就可以发现它颠覆了传统回忆录的线性叙事时间，呈现出跳跃的“模块式记忆结构”[②]；而另一方面，对《反回忆录》时间叙事的研究也就止步于这一层面，似乎这种时间结构就已经概括了该作品时间叙事的全貌，无须再进行深层次的解读。如此一来，专文研究《反回忆录》时间叙事者反而寥寥。因此，本文将从马尔罗最为重视的时间书写切入，试图拭去《反回忆录》表面的混乱，为读者呈现其清晰的叙事结构，并讨论马尔罗在其中表达的时间观，希望在回忆录研究蔚然成风的今日，能够有越来越多的目光聚焦到这部极具现代回忆录特征的作品。

一　时间之实：顺应回忆

“马尔罗的回忆不是求其实，而更多的是虚设的空间在时间的隧道里让思想遨游。”[③] 确实，《反回忆录》中的虚构时空俯拾皆是，时间之实却如秋日残花，只能在虚构时空的流沙中偶有所得。虚构的时空构成一个一泻千里、不就羁缚的文本世界，但同时让读者难以把握作品的时间线索，只能用碎片化、发散式、纵横交错等词笼统概括。要抓住该作品的内部结构，不能从流沙般难以把捉的虚构时空入手，而应该以客观的物理时间为基点。《反回忆录》中，三个维度的客观时空构建了文本的基本框架。

其时间之实的第一个维度自然是回忆的起点，即环境触发回忆或作者书写回忆的当下。回忆把过去和现在联结，甚至将过去重新置于现在。

① André Malraux, “un entretien exclusif avec Michel Droit: Malraux parle ...”, *le Figaro littéraire*: n° 1120, 2 – 8 octobre 1967, p. 3.

② 覃琳：《回忆录叙事研究》，对外经济贸易大学出版社 2019 年版，第 80 页。

③ 杨亦军：《“双重结构”与战争话语——再读马尔罗的〈反回忆录〉》，载《外国文学研究》2008 年第 3 期（总第 30 期）。

传统回忆录中，回忆和当下当然也是难以割裂的，但是两者串联出现在文本中的情况较为罕见，作者通常采用回顾性视角，当下的"我"刻意与过去的"我"保持距离。而马尔罗在书写回忆时并没有将现在遮蔽，反而将过去和现在的这种联结和重置展现得淋漓尽致。《反回忆录》乃是马尔罗的一本意外之作，事先并无腹稿和预设。1965年，在行往亚洲的船上，这或似曾相识或面目全非的时空成为触发他回忆的开关。所有的思绪就如同船下的流水般开始涌泻，时间母题生发出的关于历史、宗教、艺术、人类命运的思考随着记忆泥石俱下，形成一幅气势磅礴的回忆录画卷。马尔罗在访谈中说道："我的思绪随着船只流动，这有点类似条件反射，就像巴普洛夫实验里的狗那样。"① 因此他在文本中对这个时空的呈现不吝笔墨：开罗的大街、亚丁的码头、德利、新加坡、中国……序幕和前三部中，在开篇之前多次出现1965年这一显性的时间线索，并与回忆涉及的其他时空相互串联。而到了最后两章，显性的时间标记突然不见，作者"完全舍去了行动日程的时间表，多数只标明'新加坡'和'香港'，甚至有些小节还无'时'无'地'"②。时间标记的消失恰恰说明了当下对《反回忆录》的重要性。回忆录的第四部分讲述了亚洲之行时，马尔罗在新加坡与《人的状况》中克拉克男爵的其中一个原型人物相遇后的谈话，晚餐时和总领事等人的相聚，及与朋友梅里久别重逢的对话。第五部分则主要讲述了作者访问香港、广州、北京、延安的经历，重中之重是和陈毅、周恩来、毛泽东的对话，此外还有亚洲之行结束后返回法国途中飞机经过日本引发的遐思，以及回到巴黎后参加葬礼的情形。这两部分发生的事件几乎都是发生在当下这一时空。其中涉及的回忆和历史，几乎也是以当下对话的形式呈现。不在开篇之前标识显性时间，正是因为作者将两章内容都设立在第一维度的时空。当下的旅途成为切割《反回忆录》叙事章节的线索。从这一点来说，

① André Malraux, "un entretien exclusif avec Michel Droit: Malraux parle ... ", *le Figaro littéraire*: n° 1120, 2 –8 octobre 1967, p. 7.

② 杨亦军：《"双重结构"与战争话语——再读马尔罗的〈反回忆录〉》，载《外国文学研究》2008年第3期（总第30期）。

《反回忆录》的第一层时间叙事依然是线性的，只不过它依循的不是生命的成长，而是如流水般消逝的旅程时间。

于是在当下的旅途中，马尔罗极其真诚地回应着记忆的召唤，从而生发出另外两个维度的客观时空，它们分别是情节记忆和语义记忆构成的两个时空。从认知心理学的角度看，记忆可以分为情节记忆和语义记忆。情节记忆“指个体对自己在特定的时空内经历的事件，以及与之相联系的各种时空信息的记忆。[……] 其中包含的内容具有自传性质”[①]。简言之，情节记忆是对个人经历的回忆。语义记忆“指个体对语词、语义知识和关于世界知识的永久性记忆”[②]。换言之，语义记忆是对世界、国家、民族、文化、历史等内容的记忆。《反回忆录》中，当下的环境不断触发着马尔罗的这两种记忆。

尽管马尔罗声称“要在文化、可能也在历史的长河，重新探求一个基本的谜”[③]，并不断压缩自我叙事，但关于个人经历的回忆所构成的第二维度时空依然在当下时空的刺激下多次闪现。马尔罗完全摒弃了自传中探索个体人格成长的自然时序叙事传统，而是根据记忆的特点表现出更多的时间叙事变奏。有时，作者借助场景的呈现，将回忆中涌现的个人重要经历聚合起来，几段水流特别湍急的回忆画面就足以让读者窥见作者澎湃汹涌的生命长河。然而，本是湍急的水流被时间逐渐凝固，仿佛可以让读者看到水流中的每一粒细沙。记忆就像闪光灯一样，照亮了场景的每个角落，如 1934 年驾机寻找巴萨女王旧都遇险后死里逃生的经历，1940 年驶向敌军阵地途中坦克陷入壕沟与死神擦肩而过，1944 年遭到德军伏击被俘后又越狱，1945 年和戴高乐将军的初次见面，1958 年和尼赫鲁的会面，1960 年在日本参观枯园时与“和尚”的谈话等。即使可能有记忆的谬误和细节的虚构，但足以展示作者回忆的真诚。此时，文本时间甚至比现实时间更加缓慢，和现实时空中的惊心动魄形成鲜明对照。每一个细节都得到聚焦，文本时间被对话和心理描写拉得更长。而

① 杨治良主编：《简明心理学辞典》，上海辞书出版社 2007 年版，第 84 页。
② 杨治良主编：《简明心理学辞典》，上海辞书出版社 2007 年版，第 84 页。
③ ［法］安德烈·马尔罗：《反回忆录》，钱培鑫、沈国华等译，漓江出版社 2000 年版，第 10 页。

有时，马尔罗对这个时空的回忆又是如此短暂，甚至一闪而过。作者借用概述的时间叙事方法，略微呈现回忆与这个时空的互动，其目的只是把读者引入其他更加悠远的时空。例如在第一章，开罗之行让作者回忆起1955年在狮身人面像前写下的话，回忆起纽伦堡的希特勒地下室、凡尔赛宫被遗弃的亡灵栖息地、曾经参观过的博物馆，回忆的思绪随着物象和意象四处漂浮，却无法定格，每一个回忆的画面都是为了让读者进入更加深远的历史时空甚至虚构时空。一言以蔽之，在第二维度的客观时空中，场景和概述两种叙事频繁交替，叙事节奏时急时缓，犹如外力冲破了第一维度“游记式”的完美线性时间，利用时间的变奏呼应了作者丰富而跌宕的人生经历。

历史构成第三维度的客观时空。马尔罗既是作家，又是社会活动家和政治家，其人生轨迹中，个人时间和历史时间就像树和藤一样相互纠缠，所以《反回忆录》中个人行为与宏观历史相互辉映，个人时空和历史时空相互交织重叠。让·拉库蒂尔（Jean Lacouture）曾对《反回忆录》做出如下评价：“之所以是‘反’回忆录，是因为作者拒绝遵守时间顺序吗？不是。是因为个人不是中心，不是历史进程的召唤对象。因为在更大程度上，是历史时间把个人召唤到生活中来的。”① 马尔罗深刻认识到回忆录的历史价值：“纪德之所以蒙受炼狱般的痛苦，主要原因是他没有把历史放在眼里。”② 于是，他在《反回忆录》中不断彰显历史，这在一定程度上消解了作者的个人时空。但事实上，宏大的历史时空并没有完全吞没个人时空，两个时空之间的关系更为微妙。一方面，马尔罗用个人的行动刺破历史时空的恢宏。历史学家眼中完美的历史时间是线性流动的，把人类社会从低级推向高级。这样的历史时间虽然完整和圆满，但是常常过于宏观，从而忽视了历史中的人，将其喜怒哀乐全部压缩甚至湮灭。而回忆录正是通过个人的记忆让读者窥见历史隐秘的角落。马尔罗亲身经历的战争、和各位伟人的会面既是他重要的人生

---

① ［法］让·拉库蒂尔：《马尔罗世纪传奇》，田庆生译，花城出版社2004年版，第524页。

② ［法］安德烈·马尔罗：《反回忆录》，钱培鑫、沈国华等译，漓江出版社2000年版，第13页。

经历，也是历史时间的书写。他大量使用场景和对话的叙述手段，呈现个人生活和时代的互动，通过个人的时空映射出历史的时空。这样的“叙述要比著述仓促，然而，叙述有详细、真实的时间，而我们冗长的编年史往往缺少这一点”①。另一方面，在无法亲历的历史时空中，马尔罗也一直通过博物馆、艺术，作为一个想象的见证者站在时空边缘。身处亚丁的土地，马尔罗仿佛走过了萨巴王国的悠悠历史，见证了先人探险家的艰难跋涉；站在延安革命博物馆里，马尔罗仿佛见证了中国红军艰苦卓绝、荡气回肠的万里长征。此时，历史的时空在马尔罗的叙述中高度浓缩，历史时间风驰电掣，千年仿佛弹指间。这使得《反回忆录》没有“成为喋喋不休的记事账”②，而是表现出极具张力的历史书写。

“一部传记要想摆脱传统的透视，就非要模仿立体主义不可。”③ 立体主义通过碎裂、解析和重组构成相互分离而又联系的画面，使人产生三维视觉。马尔罗也是如此，将真实的时空作为联结叙事的线索，并顺从记忆的特点将这一真实时空分解成当下时空、个人时空和历史时空。马尔罗在这三个时空中自由地来回穿梭，将原本的线性时间破坏、解析和重构，最后建构成一条条立体通道，指引读者走向虚设时空所构成的一个个地洞，去发现里面的别有洞天。

二　时间之虚：反抗时间

一本关于时间的回忆录，一定包含着作者对于时间的独特理解。马尔罗在《反回忆录》中明确表示自己对于时间的敏感：

为什么记述我与国家元首的谈话，而不是与别人的谈话呢？因

① ［法］安德烈·马尔罗：《反回忆录》，钱培鑫、沈国华等译，漓江出版社2000年版，第469页。

② 覃琳：《回忆录叙事研究》，对外经济贸易大学出版社2019年版，第69页。

③ 马尔罗：《新评论》，孟鞠如、李玉民译，柳鸣九、罗新璋编《马尔罗研究》，漓江出版社1984年版，第218、219页。

> 为无论哪位印度朋友的谈话，即便他是学识最渊博的印度教智者，都不能像尼赫鲁那样让我深切地感受时间。［……］我之所以把这些人物、寺庙和陵墓联系在一起，是因为它们以同样的方式叙述“当时正在发生的事情”。①

在该回忆录中，伟人、文化、艺术都成为时间的隐喻。对时间的关切使客观时空的叙述常常突然停滞，让位于作者对时间母题及命运、历史、死亡、战争等生发主题的思考。读者不得不抽离客观时空，跟着马尔罗进入其虚构的时空。那么，这个虚构时空是怎样的？又表达了马尔罗怎样的时间观呢？我们可从两个方面进行解读。首先从个体时间来看，马尔罗突出心理时间的作用，赋予时间意义，消弭现实和虚设的边界，建构亦真亦虚的时空，以此反抗物理时间和生理时间的掣肘；其次从历史时间来看，他质疑线性时间观，建构虚幻的历史时空，使时间如同进入黑洞般扭曲、漫逸，模糊过去、现在和未来的边界，将时间推向虚无和永恒，进而洞悉人类命运之谜。

“时间是人类最具切身体验的经验范畴之一”②，作为个体的人首先每天都经验着外界的物理时间，日出日落，斗转星移，各种越来越精确的时间计量工具不断地警示着时间的无孔不入。作为个体的人也经受着作息起居、生老病死等生理时间的束缚。物理时间和生理时间都是客观时间，个体几乎无法凭借意志控制它们。人对时间的不可控构成了个人的荒诞处境。因此战争、死亡、文明更替成为马尔罗挥之不去的书写命题，也成为《反回忆录》中反复书写的内容。从这一点来看，虽然马尔罗在书写回忆时“极其驯服地听命于时间的熔流”③，回应着时间的限制和召唤，但这却并不意味着他面对时间的桎梏会束手就擒。在《反回忆

① ［法］安德烈·马尔罗：《反回忆录》，钱培鑫、沈国华等译，漓江出版社2000年版，第8页。

② 谭君强：《叙事学导论——从经典叙事学到后经典叙事学》，高等教育出版社2008年版，第118页。

③ 马尔罗：《新评论》，孟鞠如、李玉民译，柳鸣九、罗新璋编《马尔罗研究》，漓江出版社1984年版，第219页。

录》中，他不断地用心理时间消融着物理时间和生理时间。心理时间既可以是客观时间的反映，更可以是一种心灵化的时间，即一种被赋予了意义的意识时间。被展现的心理时间既可以与外部客观时间相互映照，又可以使人如入梦境，摆布时间的进程，因为“在梦境中，我们不再用数学的方式估算流逝的时间”①。换言之，意识赋予了时间意义，也赋予了个体掌控时间的力量。意识时间就像一股暗流抵御着客观时间的潮涌，使得《反回忆录》中三个构建了文本叙事框架的客观时空变得破碎和虚化。读者进入三个客观时空构建的通道后，永远都猜不到通往的地洞会呈现一个怎样的时空。例如第一部分，身处金字塔这个真实的时空，马尔罗的意识却已经穿越纽伦堡地下室、凡尔赛亡灵栖息地，穿越数千年埃及历史，甚至穿越神话和未来……可以标记的真实时空被想象、联想等意识活动扭曲，何为真实？何为想象？何为过去？何为未来？马尔罗不需要给出答案，因为在这个意识时空中，人是自由的。人的意识认为真实，那时间就是真实，人的意识认为过去即是未来，那过去就是未来。

> 我听见开罗博物馆前司机们不耐烦地按着喇叭［……］听见那些围绕烛火而自己却隐没在黑暗里的印第安人在喃喃祷告，烛火就快熄灭了，但它们不停地颤抖闪烁比凝视着它的目光更加持久……佝偻的尸体、音乐家的遗骸和长着死人头颅的海妖，围着已无所畏惧的埃及死人翩翩起舞。②

开罗博物馆、司机、喇叭、印第安人、烛火、尸体、海妖、埃及人在马尔罗意识建构的时空中闪现。意识就如同涟漪，真实时空是投掷到水中的石子，激起的意识时间不断以真实时空为中心向四周扩散，直至和虚构融为一体，真实与虚构的边界消隐。此时，时间对人的压迫消失，

① ［法］柏格森：《时间与自由意志》，冯怀信译，北京时代华文书局2018年版，第104页。
② ［法］安德烈·马尔罗：《反回忆录》，钱培鑫、沈国华等译，漓江出版社2000年版，第57页。

时间成为一种与个体共生的东西。

此外，马尔罗对历史的线性时间观同样保持质疑。线性时间观从巴比伦人的时间观发展而来，却“和某些希腊哲学的关键元素最后一起奠定了西方世界观的基础”①。根据历史线性时间观，“历史的延续必然要服从于先后承续的时间轨迹”②，事件成为构成历史的基础，并把历史的意义指向未来，由此产生进步的想法。但在马尔罗看来，对西方思想产生深远影响的线性时间并非一定是历史的进步，人类命运也不一定受到线性历史的必然支配。正因如此，《反回忆录》中的历史书写几乎消融了事件纪实，消融了客观时空中过去、现在和未来的边界。“置人于死地的时间，它把世事沧桑和大写的历史推向虚无。”③ 马尔罗认为历史走向虚无才能摆脱线性时间，才能趋于永恒，因为“永恒存在于时间之外”④。于是，马尔罗走向东方宗教。富含时间意义的寺庙、雕像带着马尔罗进入轮回的世界，“轮回中蕴涵出生、成长、死亡的时间，与世界的本原形成永无止境的辩证关系”⑤。轮回粉碎了线性时间，却依然无法到达永恒。马尔罗又走向摩耶（印度教中的幻象），因为“摩耶不拘泥于时间范畴，但是受制于时间的一切都是摩耶”⑥。《反回忆录》中，现实的历史时空和释迦牟尼苦行觉悟的世界、湿婆的世界交融，神话和宗教中遥远的战火和欧洲的战火重叠幻化为那点点烛火，东方时空和西方时空不停转换并合二为一。总之，多个时空慢慢重叠、交会、融合，最后时间被抽象化、被虚化，只剩下时间的本质，正如火化如来宝棺的柴垛

① ［加拿大］丹·福尔克：《时间的故事》，严丽娟译，海南出版社2019年版，第77页。

② 陈群志：《重新衡定线性时间观和循环时间观之争——一种基于哲学、历史与宗教的交互性文化考察》，载《社会科学》2018年第7期（总第455期）。

③ ［法］安德烈·马尔罗：《反回忆录》，钱培鑫、沈国华等译，漓江出版社2000年版，第308页。

④ ［法］朱利安：《论“时间”：生活哲学的要素》，张君懿译，北京大学出版社2016年版，第17页。

⑤ ［法］安德烈·马尔罗：《反回忆录》，钱培鑫、沈国华等译，漓江出版社2000年版，第215页。

⑥ ［法］安德烈·马尔罗：《反回忆录》，钱培鑫、沈国华等译，漓江出版社2000年版，第217页。

跨越了世纪，在贝拿勒斯的街道上依然熊熊燃烧。历史成为一种幻象，时间也成为一种幻象。时间没有通往过去，没有凝固现在，没有投射未来，时间甚至成为虚无。在这神奇的虚幻之中，人类趋于永恒。马尔罗认为这是时间的本质。在真实时空中以“介入”为己任的马尔罗在历史时间中似乎并没有找到破解人类命运的密钥，因为他发现真正的密钥存在于时间的本质中，而不是在线性的历史中。

在马尔罗看来，艺术也是对线性时间的反抗。“艺术并不依附于昙花一现的民族，不依附于他们的房屋和家具，而依附于他们所先后创造的真实。艺术不依附于陵墓，而依附于永恒。”① 艺术具有丰富的哲学意义和道德意义，其价值不在于它在客观时空中所处的位置，而在于其超时间性和超空间性。有形的艺术可能消亡，但是艺术所建构的时空趋向永恒，艺术品只是永恒不同阶段的表现形式。金字塔、寺庙、博物馆……这些存放艺术品的真实时空是为了让我们走入“超越人世的现实主义”②。埃及风格、希腊时代、印度洞穴、西方音乐……马尔罗用艺术将不同的时空联系在一起，变化成一个无时无地的时空出现在文本中。甚至，对艺术这种超时空形式的探讨使得叙述也不断走向虚构。例如第五章讲述的是马尔罗返回法国飞机途经日本时产生的回忆。他已经不记得各种剪彩活动，想起的却是1960年在参观枯园时与一名“和尚”的谈话。但两人的对话并非实录式的。他们从日本的木刻谈到西方的绘画，从佛教的雕像说到基督教的教堂，从文化的差异谈到艺术与死亡的关系，进行的是对艺术的超时空讨论。与其说马尔罗在和一位日本僧人对话，还不如说他在与另一个自己对话。艺术的本质抹去了客观的形式，既是瞬间，又成永恒，印证了马尔罗一直以来对线性时间的质疑。人类和艺术的关系同样需要超越客观时间的掣肘，就如同人和死亡的关系。

---

① ［法］安德烈·马尔罗：《反回忆录》，钱培鑫、沈国华等译，漓江出版社2000年版，第38页。

② ［法］安德烈·马尔罗：《反回忆录》，钱培鑫、沈国华等译，漓江出版社2000年版，第38页。

三　虚实之间：意象与空白

如前文所述，客观时空构成了《反回忆录》文本的叙事框架，犹如一条条地道，将读者引向一个个虚构时空所构成的地洞，从而去探寻最基本的生命之谜。而且，虚实时空的转换是如此自然，读者刚刚还身处客观时空，却在不知不觉间走入了虚构的时空，实中有虚，虚中见实，似乎通道和地洞之间并没有一扇厚重的门阻挡。这正是作者的匠心独运之处。马尔罗运用大量的意象将客观时空和虚构时空联结融合起来，又通过叙述空白让读者自由驰骋在这两个时空。

“把理念植入形象中，所形成的就是意象”①，它“是在瞬间所呈现的理智和情感的复合物的东西”②。换言之，意象并非单纯的形象或物象，乃是形象或物象与理念的结合物，是外间之象和心中之意的融合，“这种突如其来的‘错综交合’状态会使人顿时产生无拘无束、不受时空限制的自由感”③。深受东方哲学影响的马尔罗在《反回忆录》中运用大量的意象叙事，从而将事件、哲思和诗情完美地融合在一起，使真实的时空和虚构的时空衔接交会，在文本中创造出一个独属他自己的世界。博物馆、寺庙、陵墓等极具时间烙印的意象在文中比比皆是。马尔罗在访问亚洲的行程中，每到一处都会去参观当地的博物馆、寺庙、陵墓等历史遗迹。眼前的物象触发作者对艺术、历史、命运、宗教、死亡的思考，物象不断被赋予意义，从而变成物意相融的意象。在开罗博物馆，作者就带领我们走入各个时空：三十年前的开罗、曾经参观过的其他博物馆、历史长河中的埃及、墨西哥、印第安世界、亚洲盛行地下墓室的时代……马尔罗坦言：“我喜欢这些稀奇古怪的博物馆，因为它们具有永恒的价值。”④ 博

① 杨义：《中国叙事学（增订本）》，商务印书馆2019年版，第361页。

② 蒋洪新、郑燕虹：《庞德学术史研究》，译林出版社2014年版，第228页。

③ 魏饴：《诗歌创作的艺术与智慧》，中南大学出版社2004年版，第33页。

④ ［法］安德烈·马尔罗：《反回忆录》，钱培鑫、沈国华等译，漓江出版社2000年版，第45页。

物馆不仅是保存艺术的地方，也可能是假想的场所，它们承载着人类命运走向永恒的意义。处在印度的寺庙之中，马尔罗又走进了轮回的世界、摩耶的世界、湿婆的世界……寺庙述说着历史、宗教和时间的意义。通过物象到意象的转变，文本自然地走向虚构的历史时空和个人时空。读者进入的是只剩下时间本质的世界。

然而，这个只剩下时间本质的世界并非虚无。火光、鲜花、吟唱、舞蹈、蝴蝶这些意象纷至沓来，并反复出现。从印第安的篝火、希腊圣殿的火堆、印度焚尸柴垛的熊熊火焰直到教堂中的烛火、历史上的战火，火光在马尔罗的世界中永不熄灭。这火光是历史的贯串、是人类命运的见证。鲜花永不枯萎，人迹罕至的地方，鲜花依然盛开；死亡弥漫的地方，鲜花依然盛开。马尔罗问道："是不是因为人们为死者的来世准备鲜花时，鲜花会带给他们短暂的终极？"[①] 可以说，鲜花是对个体死亡和文明消亡的反抗。人们围着火焰、围着尸体在花丛中歌唱、舞蹈，这吟唱穿过历史，穿过战争，穿过死亡，永不停歇，这舞蹈既是胜利之舞，也是死亡之舞。平均寿命不足两个月的蝴蝶，时而在巴萨女王鼻尖小憩，时而又振翅翩跹，走过两亿六千年的历史，甚至"文明就在盘旋，就像个巨大的蝴蝶在围着火光转"[②]。作者凭借这些意象勾勒着人类的命运。死亡是个体不可回避的命运，但是面对死亡，人类依然可以鼓盆而歌、手舞足蹈。人类的集体命运可以抵御死亡，如蝴蝶般绵延。

由此可见，马尔罗运用大量的意象叙事一方面起到了贯串历史、虚实时空和叙事结构的作用，使得行文的跳跃和发散具有焦点，既自由恣意，又避免了过于流衍散漫的情况；另一方面，这些意象不断地被赋予时间性，仿佛蕴含着各种本质化的共性主题，诸如人类的命运、永恒的价值、死亡的意义等，从而使得该回忆录更加宏阔深厚。

① ［法］安德烈·马尔罗：《反回忆录》，钱培鑫、沈国华等译，漓江出版社2000年版，第45页。

② ［法］安德烈·马尔罗：《反回忆录》，钱培鑫、沈国华等译，漓江出版社2000年版，第486页。

与此同时，《反回忆录》中出现大量的叙事空白。叙事空白指“故事时间大于零，文本篇幅等于零的叙事现象”①。回忆录无法纤毫毕现地记录回忆者的经历，只能根据叙事目的有所取舍，因此叙事空白的出现在回忆录中不足为奇。然而，马尔罗在《反回忆录》中运用叙事空白之多、之巧却使得作品的时间叙事风格尤为突出。一方面，客观时空中的自我叙事常常被有意遮蔽，让位于历史叙事。与自传关注个人成长不同，回忆录是个人对历史的见证，但法国作家的回忆录书写传统则多倾向于自传叙事，正如马尔罗所言：“我认识的作家几乎人人都喜欢自己的童年生活，而我却讨厌我的童年。”② 马尔罗早已敏锐地捕捉到了回忆录所承载的历史书写功能，因此《反回忆录》中个人叙事出现大量空白。童年经历完全空白，个人的成长经历也几乎缺失，只留下寻找巴萨女王等几处与死亡、命运相联系的场景，还有与戴高乐、尼赫鲁、毛泽东等伟人对话时那个若隐若现的“我”。除非个体的行动“被上升到历史的高度”③，除非个体的行动关乎势不可当的死亡，否则，马尔罗“对自己几乎不感兴趣”④。马尔罗超越了个体和自我，在回忆录中诉诸人类命运的普遍性，这也正是他毕生的追求。然而，个人经历的大量空白却并未遮蔽马尔罗波澜壮阔的一生，反而产生了隐而愈显的效果。零星的生死片段犹如黑暗屋子中偶然划亮的火柴。在偶得的亮光中，读者可以补全马尔罗的一生，因为叙事空白的其中一个重要叙事价值就是唤醒读者的想象。闪光灯式的回忆片段结合大量的成长经历空白，让读者从真实的时空进入想象的时空。读者通过这偶然浮出水面的冰山一角去填补马尔罗的人生经历，去揣摩隐藏于水面下的大冰块，自己去构建一个马尔罗的个人世界，仿佛他的一生都如这几处险象环生的经历一样荡气回肠。读者想象中的马尔罗世界没有烦琐生活，没有欲求挣扎。正如他所希冀的，他的个体行为和历史水乳交融。

① 涂年根：《叙事空白研究》，社会科学文献出版社2017年版，第9页。

② ［法］安德烈·马尔罗：《反回忆录》，钱培鑫、沈国华等译，漓江出版社2000年版，第2页。

③ ［法］安德烈·马尔罗：《反回忆录》，钱培鑫、沈国华等译，漓江出版社2000年版，第2页。

④ ［法］安德烈·马尔罗：《反回忆录》，钱培鑫、沈国华等译，漓江出版社2000年版，第2页。

另一方面，历史叙事中也呈现大量空白，从而使虚实相融的时空更加浩渺、更加幽深，在有限的本文中创造出一个无限延伸的时空，一个“象外之象”，犹如光线向着没有边界的远处漫逸。《反回忆录》中，历史叙事成为浓墨重彩的篇章，但是马尔罗的历史叙事中却几乎没有客观的物理时空，缺乏线性时间的铺陈、历史事件的描述和历史背景的介绍。马尔罗笔下的历史，已经不是车轮式辗转前行的历史。在他看来，历史、宗教和艺术的价值异曲同工，在于证明人类用行动抗击永恒，在于人类留下文明的本质。因此历史事件叙事的缺失也就不足为奇了。《反回忆录》中，历史的叙事往往以客观时空中的某个物象为起点，随着回忆和哲思转变成意象，带着读者在历史的时空中穿梭。意象的迭出和历史事件的空白相结合，勾勒的是趋于本质化的人类命运。历史细节是否在场不重要，回忆是否真实不重要，时间是否虚构也都不再重要，重要的是历史对于人类的意义。正是因为历史事件的缺失，时间失去了分野。列维纳斯曾形容现在“有一个过去，不过是在回忆形式中的过去。它有一段历史，但它却不是历史”①。在马尔罗看来，历史正是如此，它有一种形式，但不是一种具体的形式。空白叙事使得历史摆脱了时间的掣肘，它是过去，它是现在和未来，它是幻想和迷思，它是轮回和摩耶。唯有历史事件的空白，才能让读者更为持久深入地介入这个无谓虚实的时空，和马尔罗一起叩问人类的普遍性命运。

结　语

《反回忆录》是马尔罗和时间博弈的结果。一方面，马尔罗深切理解时间的力量，所以真诚地回应着时间的洪流，顺着记忆指引展开书写。他以 1965 年的亚洲之行为回忆起点，通过情节记忆和语义记忆的交织展现个人经历和历史时空的交融，构成回忆录的基本框架，而大量的意象和空白就像一把把钥匙，帮助读者打开隔离虚实时空的大门，进入马尔

① ［法］伊曼努尔·列维纳斯：《时间与他者》，王嘉军译，长江文艺出版社 2020 年版，第 22 页。

罗建构的虚构时空。另一方面，马尔罗将时间视为重要的书写母题，通过意识时间和虚构时间探讨时间与历史、宗教和艺术等的关系，更表达了其对时间的反抗。只有将时间本质化，人类才能超越死亡，走向永恒，从而真正摆脱时间的掣肘。正如让－弗朗索瓦·利奥塔尔在《马尔罗传》中评价的，《反回忆录》“是一本记载时间的书，打乱后又重新恢复原状的时间，虚构臆造后组合成简洁的故事梗概的时间”①。从中可以发现，《反回忆录》的时间叙事充满各种先验性的变奏：当下在回忆录中隆重登场，虚构叙事不断分解回忆录的非虚构叙事本质，意象和空白替代事件叙事。在《反回忆录》之后的很多现代回忆录中也出现越来越多类似的时间变奏。这无疑对回忆录研究注重史实考证的传统形成挑战。如此看来，《反回忆录》值得作为现代回忆录的典型进行多重解读。

【作者简介】

潘巧英，浙江越秀外国语学院法语系副教授，主要研究方向为翻译学、法国文学。本文系浙江越秀外国语学院研究基地2020年度招标课题重点项目“叙事学视角下的马尔罗作品研究”（2020WGYYWH03）阶段性成果。

【通信地址】手机号码：15157570495，电子邮箱：qiaoyingpan@ foxmail. com，浙江省绍兴市越城区会稽路428号浙江越秀外国语学院西方语言学院，邮编：312000

① ［法］让－弗朗索瓦·利奥塔尔：《马尔罗传》，蒲北溟译，东方出版中心2000年版，第354页。

《逃跑》中交通工具塑造的东西方时空体

四川外国语大学

■汤　娜

【摘　要】作为西方社会集体想象物，欧洲文学史上的中国形象一直是想象多于现实的表意实践，与真实的中国相去甚远。21 世纪，西方文学中的“中国”虽有意向现实靠拢，却并未摆脱欧洲中心主义观念的桎梏。比利时作家让－菲利普·图森（Jean-Philippe Toussaint）将中国与欧洲并置于同一部小说《逃跑》中，透过西方视角呈现出各种交通工具塑造的东西方时空体。流动变化的东方和缓慢静止的西方之间巨大的时空反差折射出当代西方面对日益强大的东方他者既向往又恐惧、面对日渐衰落的西方自我既想逃离又无法完全割舍的矛盾心理。

【关键词】交通工具　时空体　中国　西方

【项　目】四川外国语大学 2020 年度校级科研青年项目“让－菲利普·图森作品中的中国形象研究”（项目编号：SISU202033）、四川外国语大学研究生科研创新项目“图森《逃跑》中的中国与西方”（项目编号：SISU2020YY30）

The Eastern and Western Chronotope Shaped by Means of Transportation in *Escape*

【Abstract】As the collective imagination of Western society, the image of China in the history of European literature is a kind of ideographic practice in which imagination is more than reality, which is far from the real China. In the

21st century, although "China" in Western literature intends to approach reality, it is still difficult to get rid of the psychological basis of Eurocentrism. Jean-Philippe Toussaint, a Belgian writer, juxtaposes China and Europe in the same novel *Escape*, which shows the Eastern and Western chronotope created by various means of transportation from a Western perspective. The great contrast between the flowing and changing East and the slow and static West reflects the contradictory psychology that the contemporary west is yearning for and afraid of the increasingly powerful Oriental other, and wants to escape and cannot be completely separated from the declining Western self.

【Key words】Transport　Chronotope　China　West

随着人类活动版图的不断扩张，当代小说的叙事空间也随之大幅延展。交通工具因其联通物理空间的特性承担起了人与世界之间重要媒介的作用。德塞托（Michel de Certeau）在《日常生活实践》中强调了叙述和交通工具在空间轨迹中的共通性："人们上班或者回家，就搭乘一辆公共汽车或者火车。叙述也同样：（……），每一天，它们穿越着，组织起某些地点；它们对这些地点进行挑选，并且把它们连接为整体；它们以此创造出了句子和路线。这是空间的行程。从这一点来看，叙述结构具有空间句法的价值。"① 另据巴赫金的"艺术时空体"理念，小说即时间与空间相互作用形成的叙事艺术。

《逃跑》是比利时作家让－菲利普·图森2005年出版的小说，荣获当年的美第奇图书奖。小说讲述西方叙述者为了逃避法国女友玛丽来到上海，与两个中国人——张向之和李琪——经历一系列旅途冒险，后因女友父亲去世返回欧洲，在意大利厄尔巴岛上与女友重归于好的故事。小说中汇集了海、陆、空各种传统和现代交通形式，描绘出大量旅途场景②，

① ［法］米歇尔·德·塞托：《日常生活实践》，方琳琳、黄春柳译，南京大学出版社2018年版，第171页。

② Isabelle OST, «Dispositifs techniques et place du sujet dans quelques romans de Jean-Philippe Toussaint», dans *Textyles*, 2010: 77－87.

是一部流动性极强的作品。图森借助交通工具对空间分割重塑，用时间描述实现对空间表述的衡量。在不同交通工具的作用下，中国和西方呈现出对比强烈的时空景观，折射出西方叙述者的心理变化轨迹。

一　快速流动的东方现代大都市

《逃跑》中的中国旅途伴随着火车、出租车、摩托车等以高速、联程为特点的现代交通工具。西方价值观被投射到快速扩张的东方现代大都市中，形成扭曲的空间、缩短的时间和错乱的感官。

（一）火车、摩托车制造隔离扭曲空间

作为19世纪机器时代的产物，“火车让人感受到身体不动与机械运动之间的张力，将身体隔离于车外风景因而失去风景的自然体验”①。时间和空间在最大程度上被压缩，空间的快速切换使来不及适应的身体失去平衡，迅疾、变化、未知的旅途交织着紧迫、压抑的心理体验。西方叙述者着迷于中国女人李琪，一直在寻找与她独处的机会。火车正好为他们的幽会提供了私密空间，然而颠簸摇晃的火车及其噪声让叙述者焦虑不安，当手机铃声在列车震动声中骤然响起，叙述者心跳加速，“一种混杂了惊慌、罪孽感和羞耻的情绪”（168）② 油然而生，丢下李琪开始在车厢内疯狂奔跑。叙述者用西方视角打量东方国度，虽有好奇向往之心，但对异域他者的戒备和对自我身份迷失的担忧使之与东方空间缺少实质性互动，被主观臆造的惊恐、羞耻情绪左右，困在封闭的车厢内。火车沦为叙述者意识世界的空间表征，诱发神经官能症，逼迫他找寻打破密闭的缺口。在车厢连接处一扇开了一半的小窗户前，叙述者“把脑袋探出窗外，附身在空无之上”（178），夹带沙石的狂风吹打在脸上，一切仿佛平息下来。然而，物理空间的缺口只能将注意力暂时转移到外

① 刘英：《流动性研究：文学空间研究的新方向》，载《外国文学研究》2020年第2期。

② 本文中所引用的图森小说均出自［法］让－菲利普·图森《逃跑》，余中先译，湖南文艺出版社2006年版，在文章中引文出处直接用括号标出页码。

部空间，内心的密闭空间并未得以释放。

如果说火车通过密闭车厢隔离内部和外部空间，构成叙述者的意识表征，摩托车则借助速度使城市空间扭曲变形，引起感官倒错。小说第二章惊心动魄的摩托逃跑中，叙述者和两个中国人骑在“隆隆作响的铁家伙上”（226—227），飞驰的速度使叙述者产生时空静止的幻觉，“那是脱离了时间概念的夏日”（227），“我仿佛觉得，我们就是在高速公路上定车，似乎被固定了，凝滞了，塑化了，停留在了对速度的寻求之中……”（226），周围“红的蓝的细微光电点闪闪烁烁”，越是试图加速，摩托车越像被封闭在了“永恒的原地定车中”（229）。高速路上时空静止，车灯和噪声混淆，听觉视觉互相干扰产生幻觉，叙述者在恍惚中感觉被一辆闪着旋转蓝灯的警车追逐。速度，这个标志着当代中国交通发展的关键指标，在西方叙述者身上引发了感官失调。这种失调是叙述者心理空间的外部映射，过度警惕加上被迫害妄想症使他完全无视真实的东方空间，在主观臆造的幻想中越陷越深。

除了对速度的不适应，叙述者在多种交通工具切换的联程旅途中也备感不适。“来到车站广场后，我稍稍停下喘了一口气，我已经晕菜了，被城市，被炎热，被灰尘，被交通”（184）。叙述者下了火车，接着马上乘出租车前往宾馆，午餐后，又莫名其妙地上了摩托车，奔驰在高速路和城乡接合部之间。“四十八个小时以来我就没有睡过觉，（……），我一直昏昏沉沉地犯困，白天和黑夜没什么区别，全都一样长短。在出租车和面包车里，在机场的过渡区和候机厅里，我全都迷迷糊糊的”（243—244）。从眩晕到犯困，叙述者并未做出融入东方的尝试，而是选择主动关闭感官系统，以休眠来应对中国时空的快速流转。

（二）现代交通工具的电影视效和死亡隐喻

电影镜头与交通工具的结合使空间的改造变得可感可视，为中国之行增添了视觉效果，也揭露出隐秘的西方视角①。逼仄、扭曲、变形的

① 周学立：《捕捉光影的定格：让－菲利普·图森小说中对中国都市的凝视》，载《法语国家与地区研究》2019年第4期。

空间是叙述者内心世界的表征，牵制着他的情绪表达。火车上的横移镜头（travelling latéral）将窗外的景象定格为瞬时风景：“透过车门那油腻腻的玻璃窗，电线和电缆线在天空中一一闪过”（165），出租车上的前移后移镜头（travelling avant et arrière）形成与中国繁华市井若即若离的效果：“看着车窗外向后一一闪去的街道，一些汽车和摩托车，一长串两轮拖车”（184），摩托车上的浸入镜头（travelling immersif）将叙述者淹没在高速路光海中：“我们行驶在漆黑的夜色中，（……），只有四面八方随意出现的车灯的光柱，我们的后面，我们的前面，照花了我们的眼睛”（226）。电影镜头的运用强化了现代交通工具作为人物意识活动的空间表征作用，将叙述者内心对东方的恐惧视觉化，繁忙的车流、市井的生活加剧了叙述者内心的危机感。

在雅典，公共交通工具被称为 metaphorai（隐喻）[①]。《逃跑》中的交通工具也被赋予了隐喻功能，不过，这个隐喻是经西方视角过滤后的死亡空间。中国的交通场景大多发生在夜晚，列车穿梭在暗夜中，寂静的卧铺车厢弥漫着死亡的气息，“des dizaines de personnes endormies reposaient comme des gisants sur leurs couchettes”[②]（几十个昏昏欲睡的人躺在卧铺上就像安息的死人卧像[③]），熟睡的乘客被比作“安息”（reposer）的“死者卧像”（gisants），叙述者在车厢里穿梭，火车就像一种在封闭空间中沿着同一方向走下去的无意识的生命运动[④]。漆黑的高速路上，叙述者和两个中国人骑在同一辆摩托车上，“张向之作为航船尖头的形象，头戴盔甲，趴在车头上”，“李琪紧趴在他的背上，而我则紧抓住李琪的腰身”，“我们三个前倾的躯体仿佛只属于一个三头六臂的造物”（226），三人呼出的气息消散在空气中，“变成了中国民间宗教中的那种恶鬼，传播着死亡与厄运”（231）。“三头造物”影射希腊神话中的冥界

① ［法］米歇尔·德·塞托：《日常生活实践》，方琳琳、黄春柳译，南京大学出版社 2018 年版，第 171 页。

② Jean-Philippe Toussaint, *Fuir*, Paris: éditions de Minuit, 2005, p. 37.

③ 中文译本未能完全体现出原文的用词特色，故此句采用本文作者自译。

④ 冯雪：《佩列文后现代主义小说的空间书写》，载《外国文学动态研究》2019 年第 1 期。

守卫——三头犬刻耳柏洛斯（Cerbère），与东方阴魂指向同一个归宿——地狱。中国与西方“此消彼长”的二元对立关系并未得到根本转变，西方身份的重建仍需借助对东方的“妖魔化”来实现。死亡隐喻使西方眼中的东方停留在想象空间，距离真实越来越远。

二 缓慢静止的地中海原生态小岛

前两章现代交通工具呈现快速、现代、变化的中国，最后一章传统交通工具——轮船、旧卡车甚至还有玛丽骑去墓地的母马——勾勒出宁静、传统、闲适的厄尔巴岛风光。这一空间变化背后的直接原因是叙述者的心理回归。地中海是西方文明的发源地，叙述者卸下所有的防备，与原生空间对话产生情感共鸣。

（一）渡轮、骑马、步行塑造的静止时空

晴朗的早晨、清澈的海风、宽敞的船舱、寥寥数位乘客，渡轮上，叙述者独自坐在舷窗边，拉下窗帘，感到“超然于时间之外，置身于寂静之中”（241）。轮船平稳缓慢的节奏一下子触发了时空穿梭的机关，当年与玛丽父亲在小岛的日子一一闪现。终于，厄尔巴岛在地平线中出现，叙述者走上甲板，注视着缓缓靠近的波托费拉约城，“［...］je regardais Portoferraio apparaître au loin”，“La ville，lentement，se dissociait des montagnes et des collines avoisinantes”，“［...］la vieille ville qui glissait lentement sous nos yeux”，“（Nous）entrames lentement dans la rade”①，副词“lentement”（慢慢地）三次叠用展现出轮船缓慢靠岸、老城逐渐显现的过程，未完成过去时向简单过去时的过渡表明叙述者的思想和行动趋于平衡，人称的转变——从 je（我）到 nous（我们）则再一次印证叙述者在地中海重新获得身份认同感，与在中国的极速断裂时空形成截然相反的空间对照。

现代交通工具与传统交通工具的冲突在玛丽骑马送葬的片段中展现

① Jean-Philippe Toussaint，*Fuir*，Paris：éditions de Minuit，2005，pp. 127 - 128.

得淋漓尽致。“她（玛丽）在整整十几公里的行程中一直让马慢慢行走，手牵着缰绳稳住它，并防止灵车超过她，她迫使司机一直步她的后尘，让汽车马达减速，不允许它吓着她的马，就这样，早晨时分，让这一辆长长的柩车跟在她后面，慢悠悠地行驶在厄尔巴岛的公路上，（……），在一种混杂了热呑呑的马身子、露水和死神的气味中，灵车队慢腾腾地向前挪动”（258—259）。在中世纪的欧洲，马是骑士的标配，象征捍卫个人身份和荣誉的骑士精神。玛丽并不会骑马，却突发奇想骑马护送父亲灵车去教堂，以马的行走速度迫使车队速度降到最低，生怕汽车马达声使马受惊。作为西方传统精神的继承者，玛丽用骑马的方式向父亲做最后的告别，同时也以这样的方式表达对西方传统的坚守和对现代交通工具的蔑视。宽阔的四车道正中央，玛丽威风凛凛地坐在马背上，长长的黑色柩车“发动机隆隆响着”，但它“已经不再试图超过她了”，而是“亦步亦趋地跟着她”（259），本该低调肃穆的送葬车队即刻变成了昂首阔步的凯旋队伍，玛丽享受着现代交通工具的顶礼膜拜，胜利者姿态昭然若揭。

现代交通体系并不完善的厄尔巴岛为叙述者与玛丽的相互找寻提供了空间条件。步行使空间保持连贯，人在空间中驻足凝视，与空间交流互动，产生情感关联，人不再是过客，而是成为空间的一部分。这对情侣在厄尔巴岛的大部分活动是靠步行实现的，叙述者下船找不到出租车，于是步行离开码头；葬礼结束，玛丽离开教堂，一路步行找寻叙述者。所到之处皆是静谧的街道，开满鲜花的老城区，空荡荡的广场，冷清无人的酒吧抑或是炎热的港口。步行是为了寻找，但这种寻找似乎并不急促，反而更像是一种闲庭信步般的自由徜徉，时而观察游艇上的船员，时而和咖啡店店员闲聊。不同场景随着漫步者身体和视线的移动自然切换，最大化地展现了空间原貌，与缓慢流逝的时间齐头并进，为叙述者和女友从分裂到和好的关系蜕变提供了恒定的物质场域。

（二）传统交通工具带来行动的自觉和生的希望

静谧的地中海小岛唤起了叙述者行动的自觉。在厄尔巴岛，无论宾馆、教堂还是海湾，每次出行，叙述者都对目的地“心中有数”。面对玛丽父亲的旧卡车，叙述者甚至第一次有了握方向盘的冲动："我打开车门，坐在驾驶席上"，"我点火，启动（一下子就完成了）"（277—278），自然连贯的动作来自身心的融洽，而此前在中国，不管轿车还是摩托车，叙述者都落座后排，从未摸过方向盘。"我们并没有确切的目的地，但我很自然地走上了前往里韦奇纳的道路"（278）。驾驶着玛丽父亲的旧卡车，叙述者"很自然地"驶向心中的既定路线，踏上了自我寻找之路。

厄尔巴岛的旧卡车孕育着生的希望。叙述者回忆第一次来厄尔巴岛时的场景："破旧的卡车满是灰尘，一副要散架的样子"，"露天车厢的瓦楞铁底板上"堆满"干草、旧毯子、马口铁壶、工具、马鞍子、辔头、马镫子"（247）。如今，他再次坐进驾驶室，"车舱内笼罩着一种丛林的气味，另外还有塑料发热和马厩的气味"（278）。玛丽父亲拥有一个马场，车里有马具和马厩气味很正常，但若联想到马厩在西方语境里有耶稣诞生的意义，恐怕事情就没有那么简单了。虽说叙述者来厄尔巴岛是为了参加葬礼，可所到之处"没有黑纱，没有面纱，没有花圈"，"看不出葬礼的丝毫痕迹"（254）。当他驾驶旧卡车行驶在蜿蜒曲折的沿海路上时，周围一派生机勃勃的景象："天上没有一丝风，海上没有一片浪"，"大自然一派青翠葱绿"（278），蓝的天、静的海、绿的丛林，开着花的龙舌兰在道路两边夹道欢迎，海天一线的时空交融还带来了情侣间短暂的和睦，玛丽"冲我微微一笑"，"仿佛在一段很长的不在场后"，"她终于重新找到了我"（278）。正如神甫为玛丽父亲念的悼词所预言的："死亡是一种在他初领圣体时就已被预言的复活"（256），玛丽父亲的去世暗示分裂的西方身份将在叙述者和玛丽的重归于好中得以重生。

结　语

小说中人物的位移，投射出从禁锢到自由的意向图式，构成得到解脱的空间喻指①。《逃跑》中叙述者的位移，被不同的交通工具分为自西

① 敬南菲：《何处是吾乡：论〈反生活〉的空间书写》，载《外国语文》2020年第5期。

向东的身份追寻之旅和自东向西的身份回归之旅。在喧闹的东方大都市里，火车、汽车和摩托车等现代交通工具以其飞快的速度切割时空，叙述者在压缩时空中穿梭易位，“但他并不与空间发生关系”，他是“路人、观察家、使用者，不是创造者和居住者”①，他的放任自流（se laisser porter）是放任被“运输”（se laisser transporter）的结果，消极被动状态实际上是一种自我防御机制。厄尔巴岛的老式交通工具将这对西方情侣置于无限延伸的时空之中，轮船触发的回忆和旧卡车带来的操控感使失去时空坐标的叙述者重拾主动性，骑马送葬使玛丽在庄严肃穆的氛围中重温昔日的荣光。沉浸在恒定的时空场域中，叙述者与时空对话，观察、使用、创造空间，并成为空间的掌控者。

流动变化的东方和缓慢静止的西方之间巨大的时空反差折射出当代西方面对日益强大的东方他者时既向往又恐惧、面对日渐衰落的西方自我时既想逃离又无法彻底割舍的矛盾心理。在诞生了欧洲现代文明的蔚蓝海域，叙述者与玛丽、与“自我”重新和解，西方身份表面上看似“破镜重圆”。然而，暂时的平静下隐藏着新的危机，在跳出欧洲中心视角之前，西方所做的向东身份探寻注定只能是以返回原点而告终的“逃跑”。

【作者简介】

汤娜，四川外国语大学法语学院讲师，博士研究生，主要从事现当代法国文学研究。

【通信地址】重庆市沙坪坝区烈士墓壮志路33号，四川外国语大学法语学院，邮编：400031，手机号码：13658360886，电子邮箱：tangna@sisu.edu.cn

【同意上传知网等网络】同意

① 赵佳：《论法国“新新小说”不动声色的叙事策略》，载《浙江大学学报》（人文社会科学版）2019年第4期。

人性的三个向度：试论谢阁兰诗歌中的“她”意象

广东外语外贸大学西方语言文化学院
■沈绍芸

【摘　要】法国汉学诗人维克多·谢阁兰将“性别上的异域情调”审美主张融入诗歌创作之中，使匿名化的“她”在其诗歌中统摄少女、娼妓、情人等诸多面孔。作为构建谢氏诗学世界的重要元素，“她”意象不仅是谢阁兰的变异性美学所界定的他者，更是对自我的观照与再现，是“自我—本我—超我”这一精神体系的具象化。本文以谢阁兰诗歌中的“她”意象为研究对象，结合精神分析文学批评方法，从理想境界、本能欲望和复杂自我三个维度探讨其诗歌中所折射出的人性真相。

【关键词】维克多·谢阁兰　诗歌　“她”意象　人性

Three Dimensions of Humanity: On the Image of “She” in Segalen’s Poems

【Abstract】Victor Segalen, French Sinology poet, integrated the aesthetic proposition of “exoticism in gender” into his poetry creations. The anonymous “she” dominates diverse faces such as young girls, prostitutes and lovers. As an important element in constructing the world of poetics, the image of “she” is not only the Other defined by Segalen’s Devers aesthetics theory, but also the reflection and the reproduction of the Self. In fact, “she” is the concretization of the psychology system “ego-id-superego”. This article takes the image of “she” in Segalen's poems as the research object, combined with the method of psychoanalytic literary criticism, to explore the truth of humanity reflected in his poems from the three dimensions of ideal state, instinctive desire and complex Self.

【Key words】Victor Segalen　Poems　Image of “She”　Humanity

如果说文学作品是作家们的白日梦，那么女性就是这场白日梦中最为鲜艳夺目的主角之一。当法国汉学诗人维克多·谢阁兰（Victor Segalen）1904 年开始构思变异性美学理论时，就已经开始关注“性别上的异域情调”（l'exotisme sexuel）[①] 了。性别上天然存在的截然不同，成为横亘在“她”与“我”间不可逾越的鸿沟。可两性相伴相生的天道，又决定了“她”和“我”二者对突破差异与隔阂的永恒追求。好比隔渊相望，似近实远。“她”与“我”之间的拉锯成为展现人性欲望的最佳舞台，而情人们飞蛾扑火般地追求“合一”状态，本身就是彰显英雄主义的最佳题材。如他自己所倡导的，要关注性别的异域情调，因为“这里不仅能够萌发所有的差异、相互排斥和距离，还会出现因爱恋或者失望所带来的号啕大哭、低声啜泣与凝噎无语。这里还有情人们的疯狂，他们祈盼着交融为一，渴望禅修者所追求的‘人梵合一’的巨大奇迹能在他们身上发生”。[②]

谢阁兰对性别上的异域情调的关注，直接呈现在他的诸多文学作品中。从其最初的小说写作开始，女性就是他所创作的故事中最为绚丽的一抹亮色。其小说中的女性是美好与神秘的代名词，如《天子》（*Le Fils du Ciel*）里美丽忠诚的皇后彩玉、《勒内·莱斯》（*René Leys*）中深居紫禁城内的皇太后。而进入诗歌中，几乎所有的女性都被谢阁兰刻意抹去

---

① Victor Segalen, *Essai sur l'exotisme*, in: *Œuvres Complètes* Vol. Ⅱ, édition établie par Henry Bouillier, Paris: Robert Laffont, 1995, p. 745.

② Victor Segalen, *Essai sur l'exotisme*, in: *Œuvres Complètes* Vol. Ⅱ, édition établie par Henry Bouillier, Paris: Robert Laffont, 1995, p. 751.

了具体的姓名，只以人称代词“她”（Elle）来统摄少女、娼妓、情人等诸多身份。在诗集《古今碑录》（*Stèles*）中，谢阁兰将整章“东面之碑”（*Stèles Orientées*）的所有诗歌都献给了女性；在诗集《西藏》（*Thibet*）中，除了对异域女性的描述之外，诗人还以“她”来比喻心中的圣地。如此一来，“她”这一能指符号所包容的含义迅速走向繁复，衍变为一个颇具隐喻意味的多元意象。

那么，在对“她”这一“异己”意象的笔酣墨饱中，究竟寄托着谢阁兰怎样的创作理想呢？答案在他的美学笔记《异域情调论》（*Essai sur l'exotisme*）中早已有迹可循：所谓的“异域情调”（exotisme），不是殖民色彩浓厚的肤浅的热带想象与猎奇，更不是代替他者言说、将主客体混同的霸权逻辑，而是一种深刻的构想异己的能力。创作者通过对永不可知的客体的敏锐察觉与构建，来照见自我、丰盈自我。[①] 由此可知，身为男性诗人的谢阁兰，将处于性别一端的女性视为某种程度上的主体自身的镜像再现，是如此亲切、相似而又如此的永不可贴近。诗人在诗歌创作中以学识、直觉、感觉等不同的方式去接近、去想象、去塑造那个永为异己的“她”，以“她”为媒介来呈现人性的本质和主体自身的存在境遇。“她”意象也因此成为谢氏诗歌的主要审美对象之一，使诗人乃至读者从中觉察到异质性，并反观潜藏于自己内心深处的渴望与人性诉求。本文拟结合精神分析文学批评的角度，来还原谢阁兰诗歌里的“她”意象所折射出的人性真相。

一　理想境界：无邪的少女

在谢阁兰的诗歌中，“她”所包含的女性角色大致可分为三类：少女、情人和娼妓。其中，诗人对少女着墨最多，对这一类角色的倾心与偏爱溢于言表。在谈及美学偏好时，他表明道：“对我来说，少女、处子是我真正的爱恋，……少女与我们相距最远，因此对于所有追寻多异美

① Victor Segalen, *Essai sur l'exotisme*, pp. 751 - 752.

的人来说，她是最无以伦比的绝妙存在。”① 《古今碑录》中的《少女颂》（éloge de la jeune fille）一诗，便饱含他对少女的赞誉之词：

> 诸位官差！将你们的丰碑献给妻子们吧。让赞颂顽固寡妇的褒扬之词占满道路吧。……
>
> 而我的颂词，是一份微薄的言语贡物，是一道眼里的雾水门拱，是一座和着心声与海洋之声翩翩起舞的动荡王宫，只为另一个“她”保留。
>
> 这是谨献给少女的碑诗。献给这样的少女：她能在全世界选择她的夫婿，却尚未婚配。
>
> 献给这样的少女：她的头发自由地垂下，不用浆汁盘起，亦没有忠贞之意，连眉毛都散发着苔藓的香气。
>
> 献给这样的少女：她的双乳尚未哺育；心中尚未爱恋；多产的小腹依然端庄地尚未隆起。
>
> 献给这样的少女：她富有未来的一切；她将可能选择所有、迎接所有、分娩所有。
>
> 献给这样的少女：她正准备将婚礼的酒杯置于唇下，微微颤抖着，只说出同意饮下喜酒的话，却仍未将它饮下。②

诗歌首段所提及的贞节牌坊和贞操观，已连同封建礼制的诸多糟粕一起被时代精神摒弃，“男女平等、婚姻自由”才是中国当代社会的共识。可在谢阁兰生活的清末民初时期，为贞节烈女立碑撰文、歌颂妇德，却依然是主流的意识形态。诗人对同时代的这些中国风俗充满了揶揄讽刺。这首歌颂少女的诗歌，既有抨击封建礼教的现实指向，也包含着他所倡导的“性别上的异域情调”的审美主张。少女，指 12—18 岁的女孩，此时的女性刚刚脱去孩童的幼稚与喜怒无常，第二性征逐渐发育成

① Victor Segalen, *Correspondance* Ⅰ, annotée par Annie Joly-Segalen, Dominique Lelong, Philippe Postel, Paris: Fayard, 2004, p. 1245.

② Victor Segalen, *Stèles*, in: *Œuvres Complètes*, Vol. Ⅱ, p. 82.

熟，生命初绽光华，但待字闺中，尚未与男性有肌肤之亲。谢阁兰就曾这样赞美过少女丰若有肌、柔若无骨的身体："苗条、健壮、肌肉紧实、有着琥珀色肌肤的少女，她既是对手也是情人，肌肉在她光滑细腻的皮肤下滚动，那些把活泼的身体变得臃肿笨拙的赘肉脂肪还未出现在她的身体上。"①

无论从生理的角度还是从情感的角度看，少女都占据了与男性的差异中最远的一端。她是注定将要发生的未来，她亦是一切将要实现的可能性。她既是现实生活中的真实存在，也是男性想象构建的客体。"少女"本身就是一个极具象征意味的能指符号，喻示一切开放性故事的发祥地。于是，对醉心于从变异性中挖掘出美的谢氏来说，少女便犹如能够孕育美学天地的沃土，她意味着希望、意味着有关未来的美好想象。我们再从精神分析的角度深究诗人的少女审美的本质就会得知，对"她"所喻示的未来的想象，其实是诗人自我理想的投射，是诗人所期望的人类的更高性质。在"少女"这面镜子里，看到的是他对蓬勃热烈的生命力的渴望。

文人骚客对少女的描摹历来不吝笔墨，而少女在男性视域中最为普遍的最终命运便在于被征服与被占有。谢阁兰是否也落入征服少女的旧套中了呢？客观而论，谢阁兰对少女的喜爱并非完全出于男性特有的"处女情结"，更不是出于征服的欲望和性欲满足。这不得不提及诗人的神秘主义倾向。对于这位诗人来说，与少女始终保持距离，不接触，不介入，让少女维持原样，才是他最乐意做出的举动。在谢氏看来，极具陌生感的少女对于诗性的生发具有不可替代的作用，唯有不打扰，才能让美驻留。从少女这一元素中发现美的过程，本身就是一种直面冲突的审美体验和使心灵震颤的美学探险。这种冲突源自真实与想象的剧烈碰撞。真实是庸碌的日常世界，而想象是奇绝的梦幻孤境，两个世界在少女的身上实现了最大程度的重叠与融合。"神秘时刻（le Moment Mystérieux）

① Victor Segalen, *équipée*, in: *Œuvres Complètes*, Vol. Ⅱ, p. 300.

在两个不同世界的冲突中诞生，而由此产生的异域情调的感觉随处可见。”① 在对少女的审美中，在这种剧烈的冲突下，诗人苦苦探求的神秘时刻到来。

可是，少女终将成长，神秘最终会走向消融。被众人视作喜庆的婚礼仪典成了谢氏诗歌中的怅惘之事。在他看来，婚礼仪典带着世俗礼教的倾轧，将少女的神秘与美好彻底抛进了时光的黑洞，无法驻留的审美体验成为昙花一现。《请求》（Supplique）这首诗便是对这种忧愁的最好诠释，诗人对即将出嫁完婚的“她”写道：

> 而我，这个没有资格乞求的卑微之人，却要请求你，请求像鸟儿般舞蹈的你，仅向你请求外貌，请求包裹住你的形体，请求你举手投足间的姿态。
>
> 或请求你那未经调教的声音，或请求你发间的幽蓝光泽。可是你的灵魂，在圣贤的眼中却沉重了上万倍。
>
> 在“她”的深处隐藏好你的灵魂吧，令人困惑的少女，美丽的少女，请不要说话。②

在诗集《古今碑录》中，谢阁兰为了模仿中国碑铭的文体格式，在每一首诗歌的右上角都会附上中文题词。《请求》这首诗的中文题词是“月出照兮，劳心惨兮”，题词出自《诗经·陈风·月出》，月儿升起，光华皎皎，我心牵挂，惆惆怅怅。少女即将嫁为人妇，对于寻常人家来说，这本来是极为喜庆的时刻，但诗人表现出来的却是“不合时宜”的忧愁。另一首诗《暧昧的妹妹》（Sœur équivoque）也是对出嫁所带来的忧愁的书写：“我”与“她”（妹妹）原本的关系朦胧模糊，既不像情人，也不像亲人，可随着“她”的出嫁，“她”失去年轻时的名字，“她”获得被许可的欢乐，“她”终于成为一位真正的女人。③

① Victor Segalen, *Essai sur le Mystérieux*, in: *Œuvres Complètes*, Vol. Ⅰ, p. 785.

② Victor Segalen, *Stèles*, in: *Œuvres Complètes*, Vol. Ⅰ, p. 79.

③ Victor Segalen, *Stèles*, in: *Œuvres Complètes*, Vol. Ⅰ, p. 159.

两首诗所展现的，均是由美好事物的消逝所带来的愁绪。婚礼即成，“我”和“她”之间的关系趋于明朗，隔阂日渐坚固，她本身所具有的那一切可能的未来也走向终结。此后，她的形象将被公序良俗重新塑造，她将为了所谓的贞节与妇德而耗尽毕生心力。当少女隐去、人妇出现，“她”也就从开放式的想象之源转向了单一化的刻板印象之境。美的消逝，终化成诗人笔尖的丝丝愁绪。

在嫁为人妇之前，“她”从外貌至灵魂，一切都是那么恰到好处地令人困惑。而诗人需要的，正是这能激发诗性想象的困惑。于是，诗人唯一的请求，竟只有让美丽的少女保持沉默。唯有沉默，才不会打破丰富的想象，才不会让神秘的时刻顷刻消解。在沉默静观中，诗人才终于摆脱熙熙攘攘的形色干扰，通达自我理想之境，看到美的真谛。由此，平凡与惊奇同在，明晰与隐晦共生，已知与未知犹如一枚硬币的正反两面，于这神秘时刻中共同构建比真实更加真实的世界和存在的本质。

二　本能欲望：不羁的娼妓

在谢阁兰的诗文中，少女是精神层面与形而上意义的纯粹存在，娼妓则毫不遮掩地指向了真实的肉体感官体验。在他的诗文中，娼妓的具体形象出现过两次，一次是在纪实散文《砖与瓦》中，一次是在诗集《西藏》里。

娼妓本作“倡伎”，本意指从事歌舞杂戏表演的女艺人，今多指以卖淫为业进行谋生的妇女。娼与妓之间存在着较大区别。“妓”原指能歌善舞、具备一技之长的一类女性，她们向王公贵族提供服务，地位高于“娼”。“娼”由“倡”而来，以出卖肉体为业，受众是市井街坊的平民百姓，谢阁兰笔下的娼妓即为这一类女性。

1910 年 2 月，谢阁兰一行在日本逗留了近一个月，其间游历了长崎、神户、大阪、京都与东京等城市。20 世纪初的日本，随着明治维新带来的资本市场的繁荣，性服务业亦获得长足发展，从传统艺伎衍生出女招待、陪酒女、舞女等新兴形式，日本将这些提供性服务的行业统称为“风俗业”（風俗業／ふうぞくぎょう）。风俗业的兴盛与当时法律对其所持的宽容态度不无关系。1900年日本以内务省令形式公告的《娼妓取缔规则》，仅仅是将卖春行为限制在特定的经营地段，并强制施行性病检诊，以维持社会风纪。“国家取缔的买卖春，[①] 仅限于街头拉客的卖春形态，或者艺妓、咖啡馆女服务生私下秘密从事性交易的场合。换言之，只要愿意执行性传染病检诊，买卖春就能获得公认，或是国家默认。”[②] 谢阁兰一行虽在日本驻留时间不长，但其纪实散文中依然为其风俗业留下了一席之地，可见当时日本风俗业的繁盛程度。

在《砖与瓦》中，谢阁兰将妓院表述为“爱街的站台”（les stations du chemin d'Amour）。这里的一家家妓院由两层楼的高房子组成，在巨大的油灯笼照射下，在轻盈而坚固的围栏里，妓女们蹲坐在黄色的垫子上，对路人微笑，邀请他们前去消费。[③] 而他笔下的云雨之事与其说是欢愉，不如说是归向自我的感官体验：“这是一个完全锁定于自身的完整时刻，是一个螺旋状的瞬间，自我在其间收缩、握紧、激发，完全将周遭遗忘。这里有三千个有力的痉挛；三千个重要性或恐怖性丝毫不减的日常重复动作。有三千个火葬场，三千场燔祭，通过肉体的方式，三千次地将我们释放——肉体高潮的痛苦时刻！随之而来的，是厌恶、失望、懊悔或愤怒……”[④]

与当地娼妓的一夜情明确指向了真实的欲望。对于谢阁兰而言，娼妓占据他者中最为真实的一端，唾手可得，距离不再，她们不具有激发想象的神秘性，而是带来真实的感官体验。可是这个全神贯注的自我锁定时刻却充满矛盾性，“我”既沉浸于全然忘我的激情中，但又在云雨消散之际感受到痛苦、厌恶、失望与愤怒的来袭。这种复杂的心情中掺杂着猎奇的兴奋、隐隐附着随嫖妓带来的些许负罪与亵渎感，但也不乏

① 原文如此。——笔者注

② 原文详参：黑川绿、藤野丰《歧视：统合与排他的日本近现代史》，台湾：游击文化出版社2017年版；转引自黑川绿、藤野丰《歧视的日本近现代史：被污名与隔离的精神障碍者、汉生病与娼妓》，载于网站“关键评论”：https：//www. thenewslens. com/article/77592，2017年9月11日。

③ 原文详参：Victor Segalen，*Tuiles et Briques*，in：*Œuvres Complètes*，Vol. Ⅰ，p. 950。

④ Victor Segalen，*Tuiles et Briques*，in：*Œuvres Complètes*，Vol. Ⅰ，p. 951.

对异域女性的神秘想象消失之后的遗憾与空虚。同娼妓的苟合之举在谢阁兰的笔下成为一出照见人性真相的悲剧，人沦为欲望的傀儡，在得不到满足时的痛苦与得到满足后的无聊之间徒劳挣扎。在风俗业中进行消费的嫖客们是可悲的，作为从业者的娼妓们更是丧失了人格与尊严，成为任人挑选的牲口、祭品。[①] 谢阁兰以反讽的语气在随笔结尾处写道："在（妓院）那儿，首先需要从尊贵的看卫者手中拿到门票（他们准备着端庄的献祭者），这票使人得以轻松进入圣殿之内。然后再接过号码牌（这缺乏未知的迷人小技巧），牌上显示着今晚被选中的女祭司。"[②] 这一幅彻底商品化的卖春场景让作者厌恶到了极致，在这种消极抵触的情绪推动下，他最终呐喊出："神啊！再也不要有这样的一个夜晚了！"[③]

客观来讲，谢阁兰对妓女本身并非存有歧视，相反，他觉得妓女也是有血有肉的性情中人。她们跳脱伦理道德强加于女性身上的束缚，展现出真实的人性本质。善、恶两种特质，在她们身上都表露无遗。他曾在信中向妻子转述过一名中国妓女的故事，这名妓女之前和苦力睡觉，要收苦力五百个铜钱，后来，在每星期从外国客户那儿能固定拿到两次五两银子后，她就不再向苦力收费了。但是，谢阁兰对嫖娼行为却抱以绝对摒弃的态度。在他看来，与妓女打交道会导致人的堕落腐化。在他的第一次中国行中，仆人凤就因为被审出藏有妓女的信物，而被扫地出门。

细细深究可以发现，谢阁兰对娼妓的态度具有两面性，一方面，在真实的生活当中，他与娼妓泾渭分明，是绝对不希望与她们产生任何交集的；可另一方面，从审美层面，他在娼妓这一特殊的他者身上又挖掘出了美的体验。由想象建构出的诗集《西藏》中，就有这样一首描写与藏妓一夜欢愉的诗歌：

---

① 文中，谢阁兰以"la Bête（牲口）""l'offrande（祭品）"来指称这些供嫖客挑选的日本娼妓。原文详参：Victor Segalen, *Tuiles et Briques*, in: *Œuvres Complètes*, Vol. Ⅰ, p. 951。

② Victor Segalen, *Tuiles et Briques*, in: *Œuvres Complètes*, Vol. Ⅰ, p. 951.

③ Victor Segalen, *Tuiles et Briques*, in: *Œuvres Complètes*, Vol. Ⅰ, p. 951.

二十六
猎艳之夜！新婚之夜：我欢愉的时刻到了，
这贞洁的藏羚羊。
在巨峰环绕下的床榻里；在高原之国的枕上，
我与一位西藏妻子共眠。
我拥她入怀，伺机而动：我，她的第一任丈夫，
给出了最昂贵的价格。
我从狰狞的妈妈手中将她接下；
我用沉甸甸的银两让她安心：
——好了，闭嘴吧，不要害怕。我不是外来的恶魔，
我会入乡随俗
在出生的男女之间：我们称之为橙花，
戴上它，衬出你美丽的脸庞。
流荡的头发，动人的乳房，裙子飘动在烈风中
像驯服蜂群一样
有着人类双脚的女马人，快踏上热烈的节拍
让女神充盈
在你身上颤抖，此时岩石跌落、水流上涨
让火热将整座城池燃烧！①

可以看出，在诗歌所构建的想象空间里，诗人与真正嫖妓时的心态大相径庭，诗歌中的“我”彻底摆脱了伦理道德的约束，全然陷入本能的狂欢中，而这种放荡不羁的心态与诗人主张刻意保持与少女的距离更是相去甚远。精神分析学家弗洛伊德（Sigmund Freud）所提出的人格结构理论对此间的矛盾之处或可做出解释。弗洛伊德指出，人格由“本我”“自我”与“超我”共同组成。超我是人格中超越道德良心的自我理想部分，谢阁兰在少女身上看到的审美体验即是超我的审美体验。而

① Victor Segalen, *Thibet*, in: *Œuvres Complètes*, Vol. Ⅱ, p. 621.

在娼妓身上观照到的人性面，则明显指向了本我。本我是人格中最早出现、最为原始的部分，它是“力比多的大储存库”[①]。本我受快乐原则雇用，道德伦理对它毫无约束力。它不顾一切地寻求性、生理和情感上的满足与快感，它是主体本质的一部分，是与生俱来的非理性的、无意识的生命内驱力。这首诗歌所展现出的本能的狂欢，便是“本我”的一次生动凸显。

还应看到的是，谢阁兰的一切审美的出发点与回归处皆在于自身微妙的感官体验上。无论是在纪实散文或是诗歌当中，娼妓都呈现为失语的客体。她只充当了诗人观照自身的介质或工具。“她”虽然看似与“我”的距离最为接近，但出于诗人实质性发自内心的拒绝，致使娼妓在文字中成为刻板的符号式意象，因而其书写也就无法摆脱套式的叙述策略。

三　复杂自我：多变的情人

谢阁兰在诗文中对少女和娼妓的审美态度均是明晰的，前者是想象、是理想、是有关未来的一切可能性，而后者毫无疑问是真实、是感官体验、是彻底解放的本我。相较之下，谢阁兰笔下的情人承接了更为复杂的情绪变换与审美维度。

在谢阁兰的第一次中国之旅中，曾构思过这样一个爱情故事：一对相爱的恋人，发现他们共同的追求正是佛家所倡导的真谛——“脱离苦海”。于是他们秉持佛法、专于修行。可之后他们突然意识到，要想修成正果，就必须舍弃彼此、放下他们的爱情。故事的结局陷入了命运的悖论：难道不正是爱情，才使得他们走上佛法修行之路吗？可他们的伟大爱情的果实，却无情地要他们抛弃这种爱情。[②] 这个佛法修行的故事，

① 弗洛伊德：《自我与本我》，杨韶刚译，见车文博主编《弗洛伊德文集》卷6，长春出版社2010年版，第153页。

② Victor Segalen，*Correspondance* Ⅰ，p. 1021.

实则是“她”“我”之间关系的隐喻——一切试图拉近“她”“我”距离的种种尝试，不过是南辕北辙一般的徒劳无功。因此，保持“她”的他者属性，承认“她”“我”之间鸿沟的存在，并从中彻底领悟美的真谛，才是二元共生的不二法门。

诗集《古今碑录》中的“东面之碑”一章，是谢阁兰所有作品中描写爱情最集中的部分，其四分之三的诗歌都指向了情人。

神圣性是作为情人的“她”的第一层维度。“东面之碑”的第一首诗就将爱人的位置摆明：

> 她与我共鸣，胜过任何朋友；我称呼她为迷人的姐姐；我待她如王妃——哦，她是我灵魂所有冲动之母。
>
> 天性与命运，决定了我必须与她严格保持疏远、极端且多样的关系。①

在对爱人的比喻中，三类表明身份的关键词已然昭示了“她”在爱情关系里的地位，无论是“姐姐”“王妃”还是“母亲”，都象征着更具有话语权的一方，是“她—我”关系的主导者。“她”甚至是“我”灵魂的掌控者，比任何朋友更能窥察“我”的内心，焕发“我”的生命活力。而这种不对等关系的确立是无法摆脱的宿命——是天性、是命运。这种不对等的关系同样符合诗人一贯秉持的变异性审美原则。学者邵南指出：“如果说朋友关系的核心是‘相似’，爱人关系的核心便是‘相异’。”② 这一论断不无道理。“她”之于“我”是不可触及的他者，“她—我”之间形成的疏远距离甚至出于诗人的刻意为之，诗人以“天性”与“命运”为托词，彻底放弃改变的可能性，由此产生的神秘感与不可捉摸性，方可调动起灵魂的所有激情，使得“我”在差异的审美维度下照见多样的美的可能性。友谊之于谢阁兰，无论是尼采式的敌友转化关系，

① Victor Segalen, *Stèles*, *Correspondance* Ⅰ, p. 73.

② 邵南：《略论谢阁兰笔下友人与爱人的象征意义》，载《谢阁兰与中国百年：从中华帝国到自我帝国》，华东师范大学出版社 2014 年版，第 121 页。

还是古典式的信义关系，[1] 终究出于平等的可言说对象，指向灵魂的安定与慰藉。相比较之下，爱情更像是一场静默的惊奇冒险，情人高高在上、统治一切，而“我”成为失语者、虚弱人，从灵魂到行为都甘于听凭“她”的摆布。“我”如同一个朝圣者，不辞艰险、竭力前行地朝向“她”，而“她”就是我要跪拜的神圣之地。这一向度的情人意象中，隐含着诗人寓托于少女意象的神圣性，但又在纯粹的神圣性之上增加了权力的意味。

除了神圣之外，“她”还是我不可言说的秘密。至此，诗人将投射到少女身上的神秘性转向自身，一改友情中勇敢作为的姿态，在爱情里奉行起讳莫如深、沉默是金的金科玉律。如同这首《出于尊敬》（Par respect），诗人化用中国避讳字的习俗，将爱人的名字作为避讳的对象：

> 沉默，最为崇高的敬意！怎样纷繁嘈杂的爱情能够填充这深深的沉默呢？
>
> 怎样闪亮的画笔敢描摹她的纯真之姿呢？
>
> 不！愿她对我的统治是个秘密。愿统治永不到来。甚至连我都忘记：愿她的名字从此在我心深处永不盛开。
>
> 出于尊敬。[2]

沉默的爱情由此构成了照见自我所具有的神秘性的契机。而促使谢阁兰书写沉默爱情的动机，离不开他颠沛羁旅的生活经历。在他不算漫长的一生中，足迹踏上过波利尼西亚、美国、中国等地。作为一个一直行走于路上的“刻意自为的异乡人”，他与妻子玛沃娜聚少离多，唯有靠着书信互诉衷肠、倾吐思念。在谢阁兰的书信中，给妻子的信虽然从数量或内容上来看都是最多的，但依然无法像朝夕相伴的朋友那般亲密。在那个没有电信网络的年代，无法做到信息的即时传达。一封走海运的

① 参见沈绍芸《谢阁兰友谊观微探》，载《兰州教育学院学报》2020年第9期。

② Victor Segalen, *Stèles*, p. 84.

跨国信件从寄出到收到，少说也得好几个星期。更不用说谢阁兰在海上漂泊或者深入一些贫瘠地区时，连续几个月没有音讯都是常事。本应是最亲密无间的爱人却成为隔海相望的苦命鸳鸯，柔情软语无处诉说，唯有诗文想象以慰藉心灵，这一生活事实也间接促成诗人触不可及、不可言说的爱情观。

除了神圣与不可言说之外，“她”还充满危险性，甚至带来死亡的威胁。谢阁兰的爱情诗里不乏怅惘的故事结局和献祭般的悲壮情绪。在《我的恋人有水的品性》（Mon amante a les vertus de l'eau）一诗中，诗人将“我”的恋人比作水，她深谙挑逗之道，却在完全俘获了“我”的心之后，逃之夭夭：

> 我的生命之水，就这样全部撒在了地上！
> 她滑脱，她逃离我；——而我饥渴难耐，追随着她奔了过去。
> 我用双手把她一把捧起。我满心沉醉地将她止漏在手里，我把她送到唇边：
> 我吞下了一把泥浆。①

“她”的行为远远超出“我”的掌控范围，“我”的一切行动皆因她而起，努力追寻却依然无法与她接近，最终不过是“我”镜花水月的痴梦一场。而在《为了讨她欢心》（Pour lui complaire）一诗中，诗人化用暴君夏桀讨好他的宠妃妺喜的典故，以夏桀自比，强调自己为爱情耗尽心力：

> 我这一生都在讨她欢心。哪怕已经用尽了所有气力，
> 我仍在努力想象有什么能够讨她的欢心……
> 为了讨她的欢心，我将献上我疲惫的心灵：我的心灵在她的指间被噼啪撕碎。

① Victor Segalen, *Stèles*, p. 77.

我还要把我的血像羊皮袋里的饮品一样倾倒出来：
到那时，一抹微笑将挂上我的嘴角。[①]

这首爱情诗丝毫不见传统诗的柔情与浪漫，取而代之的是偏激乃至带有死亡威胁的阴森色调。情人成为撒旦式的恶魔，贪婪、嗜血。在这场爱情关系里，比起“爱人”这个称呼，“我”更像一个被残酷虐待、卑躬屈膝的奴隶。杜枚教授在评注这首诗时对“讨好”（complaire）一词做出了严格的界定：“‘取悦’与‘讨好’之间存在着极大差别。取悦是为了愉悦，是出于吸引力的迂回战术，……讨好则相反，它昭示着魅力的缺失，放弃使他人惊奇的初衷，丧失吸引力。讨好带来的是同情。”[②] 在爱情关系中处于卑微地位的“我”，唯有挖空心思讨她欢心，甚至付出鲜血、生命。而“我”所渴求的“她”的一丝微笑，也并非出于对“我”魅力的认可，而是对“我”的悲惨与耻辱的回馈。“我”与“她”的爱情成了与死亡相伴的危险关系，“她”是爱情里极度危险的虐待狂，从施加给“我”的痛苦与羞辱中获得快感。情人的这副面孔，充满了令人心悸的血腥与暴力，是爱情历险中的梦魇时刻。而这一审美维度的“她”，象征着人性中趋于黑暗与破坏性的一面，是自毁或者侵犯他人的死亡本能的具象化。

揭开情人或神圣或邪恶的面具之后即会发现，在卑微的爱情姿态之外，诗人依然憧憬着情投意合、琴瑟合鸣的眷侣关系。因为家庭的影响，谢阁兰自小就痴迷于音乐，后来结识了作曲家德彪西（Debussy），更是将其视为挚友，并与其相约一同创作歌剧《俄耳浦斯王》（Orphée-Roi）。两人的志同道合能够带来灵魂的愉悦，这种愉悦感转化为诗人对爱情的一种祈盼，间接建构了他理想中的完美情侣模式，并最终将之投射到萧史弄玉这个古老的东方传说中。《音乐石》（Pierre Musicale）就以诗歌形式转述了萧史弄玉的浪漫故事。除了语言上的音律性与整体视觉上的永

① Victor Segalen, *Stèles*, p. 74.
② Victor Segalen, *Stèles*, p. 144.

恒性之外，这首诗还从内容方面赋予故事听觉的感官体验：编钟浑厚，燧石灵动，琴声悠扬，锣鼓振奋，木虎典雅，多种乐器的音响效果叠加凤凰、仙鹤与孔雀的鸣叫声，营造出宛如仙乐一般的天籁之境，以此凸显出萧史弄玉在音乐上的造诣之高。当他们乘龙乘凤、双双升入天际时，他们齐飞的身姿“比凤凰、仙鹤和孔雀更加甜蜜美妙”。[①] 值得注意的是，在这首诗歌中，并未有“我”的代入，这对情侣均以他者的身份出现，这似乎也预示着理想的爱情状态遥不可及。诗人从萧史弄玉的典故中看到的是一种爱情理想，一种灵肉高度融合的可能性。“他们”突破了性别上的异域情调，合而为“她”，成为一个共生的审美整体。从《音乐石》的诗歌生成过程中，可以观照到“我”对“她”的期待：有着共同的志趣，无论天上人间始终形影不离。

高高在上的长者、神圣的理想之地、黑暗的梦魇深渊、志同道合的灵魂伴侣……这些形象统统归化于情人的维度中，它们看似相互背离，又暗藏着转化的玄机。“她”衍变出的多副面孔的背后，实则是“我”人格中“自我”（ego）的恣意抒发。“自我”是人格中的理性成分，它总在承受着三个暴君的奴役——快乐至上的本我、追求神圣与道德的超我、现实生活。它随着本我到过源自天性的生死之境，亦追寻着超我所标立的道德理想高地，它按照现实的原则不断进行着调整，苦苦寻求着权宜之计。而情人与“我”可近可远的审美距离、真实而又虚幻的相交互往，决定了“她”必然激发出“我”人格中本我、自我与超我的高度集结，并在三重人格的纠缠碰撞中最终照见自我瞬息万变的多面之姿。因此，“她”的多变实则是自我的多变，是人性的复杂。

结　语

象征主义诗人们，是意象创造的行家里手，谢阁兰同样跻身于象征主义诗人的行列。对于象征主义者而言，“象征在他们那里具有本体的

---

① Victor Segalen, *Stèles*, p. 78.

意义，近乎神话的启示。象征派诗人很少作抽象玄奥的沉思冥想，总是借助于丰富的形象来暗示幽微难明的内心世界。形象也往往模糊朦胧，只有诗人的思想是高度清晰的。与此同时，他们都非常重视词语的选择，甚至认为词语创造世界”。①

在“她”这一意象中，呈现了人性的多元面貌。在谢阁兰的笔下，“她”是无邪的少女，是不羁的娼妓，是多变的情人。从想象，到真实，再到亦真亦幻，“她”承载了诗人审美中最为多异的一端。“她”一方面是谢阁兰变异性美学中的他者，是不可知且不可及的存在，是建构美学理念世界的重要元素；另一方面，“她”还是对“我”的观照，是“自我—本我—超我”这一精神体系的具象化。“从本能控制观和道德观来看，或许可以说本我完全是非道德的，自我则力争成为道德的，而超我则可能是超道德的，因此才能变得像本我那样冷酷无情。”② 一如谢阁兰自己所说，人的本性中就天然存在着向恶的一面与向善的一面，二者既相互对立，却又在相互转化过程中共同构成了人性：为了摆脱恶习，人疯狂地寻求着神秘的纯洁；而在幻觉式的纯洁的驱使下，人又不可避免地陷入恶习③。“她”正是这一悖论人性的隐喻。在“她”这一意象的多向度面孔中，照见的是欲望，照见的是人性。

【作者简介】

沈绍芸，博士研究生，法语语言文学专业，广东外语外贸大学西方语言文化学院讲师，主要研究领域为法国现当代文学，发表多篇法国文学类批评论文。

【通信地址】手机号码：18669099545，邮箱：539678758@ qq. com

① 郭宏安：《论波德莱尔》，上海译文出版社2016年版，第21页。

② 弗洛伊德：《自我与本我》，杨韶刚译，见车文博主编《弗洛伊德文集》卷6，第147页。

③ Victor Segalen, *Essai sur l'exotisme*, p. 753.

波德莱尔审丑艺术的探究

——纪念波德莱尔诞辰两百周年

广东外语外贸大学西方语言文化学院
■钟晋芸

【摘　要】传统文化将美与丑割裂开，美被视作伟岳高山，形成了美学；而丑却沦于悲惨之境，丑无丑学。虽然自近代以来，丑文化逐渐彰显，但丑始终附和着美而存在，直至波德莱尔的《恶之花》开辟了一条全新的审丑艺术路径，凸显出了强烈并且始终以丑为主体、为主旋律的审丑意愿。作为西方审丑艺术的发端者与推动者之一，波德莱尔承前启后、另辟蹊径，打破了传统审美的标准，消解了美与丑的对立，将丑学与美学融合，用神奇的艺术之力化丑为美，从审丑之中发掘出了一种审美所不能企及的积极精神诉求。

【关键词】波德莱尔　《恶之花》　审美　审丑

Research on Baudelaire's Aesthetic of Ugliness

【Abstract】Traditional culture separates beauty from ugliness, beauty is always regarded as something great, forming aesthetics; but ugliness is in a miserable state and there is no aesthetic of ugliness. Since modern times, although ugliness has gradually manifested, it has always existed alongside beauty until Baudelaire's *The Flowers of Evil* opened up a new artistic approach to ugliness, which highlights a strong desire to appraise ugliness and always takes ugliness as the main body and the main melody. As one of the originators and promoters of aesthetic of ugliness in the West, Baudelaire has inherited the past and has taken a different approach, breaking the traditional aesthetic standards, dissolving the opposition between beauty and ugliness, fusing ugliness and beauty, using magical artistic power to turn ugliness into beauty, and discovering a positive spiritual appeal that cannot be reached by aesthetics.

【Key words】Baudelaire *The Flowers of Evil* Aesthetics Aesthetic of Ugliness

引 言

审美在《现代汉语词典》里被释义为“对艺术品、作品其中的含义、韵味的领悟”①。对美的体味与探讨自古希腊时期就已经开始，崇尚美是古希腊民族最为浓烈的爱好。柏拉图在《会饮篇》（*The Symposium*）中谈及古希腊人的爱美之心时说：“自从爱神降生了，人们就有了美的爱好，从美的爱好就产生了人神所享受的一切幸福。”② 其学生亚里士多德的《诗学》（*Poetics*）则被后世誉为西方第一部文艺学和美学专著。从古希腊到19世纪中叶，尽管在不同时代、不同阶级或是不同流派中对美的定义不尽相同，但审美问题始终是哲学大家们共同关注的焦点，他们致力于为审美开疆辟土。相对于美学广泛而大量的研究，丑学的问题却从来只是被一带而过的泛泛之谈。

然而，时代的变化使得个体的主体意识不断增强，战争、屠杀、压榨与剥削所带来的社会的异化使得人类对于残害人性、腐蚀人心的社会现实日益敏感与主动，而这股敏感与主动的力量首先就在文艺领域表现出了一股逆流：无论是绘画、戏剧、小说还是诗歌方面，都突破了往日对美的坚守，无不渗透出堕落与丑恶。丑文化从一种隐性的存在逐渐上

① 《现代汉语词典》，商务印书馆2020年版，第878页。

② ［古希腊］柏拉图：《柏拉图文艺对话集》，朱光潜译，人民文学出版社1959年版，第249页。

升至一种显性的存在。戈雅（Goya）之丑学是在《战争的灾难》（Les désatres de la guerre）这幅画中将“半是野兽的人类和盘托出”；德拉克洛瓦（Delacroix）之丑学则是通过绘画表现世间的混乱与堕落；雨果（Hugo）的丑学则是对人间灾难与罪恶的大笔刻写，丑是美的陪衬；罗丹（Rodin）的丑学是通过雕塑来表现残缺。丑学逐渐开始在文艺领域占据了不容忽视的地位，而审丑的思潮也顺势而来，并在19世纪中叶达到了高潮。审丑可指个人主体对其所认同的丑的客体对象进行判断、把握、品评、塑造以及升华的过程。然而无论是德拉克洛瓦、雨果还是罗丹，他们的审丑仍然具有一定的局限性。雨果曾说：“古老而庄严地散布在一切之上的普遍的美，不无单调之感，同样的印象老是重复，时间一久也会使人厌倦。崇高和崇高很难产生对照，于是人们就需要对一切都休息一下，甚至对美也是如此。相反，滑稽、丑怪都似乎是一段休息时间，一种比较的对象，一个出发点，从这里我们带着一种更新鲜、更敏锐的感觉朝着美上升。”① 德拉克洛瓦也力图用他所刻画的丑去契合一种“成见的美”，而罗丹虽然创作了大量丑的作品并鼓励人们在艺术中去创造丑，但他依然为美说话：“在美与丑的结合中，结果总是美得到胜利，由于一种神圣的规律，‘自然’常常趋向完美，不断求完美！”② 可见，他们的审丑的力量在一定程度上仍然受传统审美情结的限制，而波德莱尔的丑虽然是一切丧失了和谐与美丽、被剥夺了华丽外表的东西，但丑却是形成美的必要的且唯一重要的条件；在他的笔下，丑不可以与美对立、不可能与美割裂开来。波德莱尔是城市中的闲逛者，亦是大街上的拾荒者。他的审丑艺术始于在人群中的敏锐洞察，他善于从最阴暗的角落、最败坏的题材中提取出最乐观的美学形式，无论是乞丐、穷人、盲人、骷髅还是凶手、尸体等，或是一些恶劣行径，只要是可以将其精神注入其中的，他都视为珍宝，通过艺术的手段最终达成最积极的精神趣味。

① 转引自伍蠡甫《西方文论选》下卷，上海译文出版社1959年版，第30页。
② 转引自栾栋《感性学发微》，商务印书馆1999年版，第22页。

波德莱尔一生都深陷寻找理想而不得的绝望之中，饱受身体病痛的折磨与摧残，他深知自己人生追求梦想的失败，却从未在精神上有过一丝妥协。他身处的世界是丑恶不堪的，但是丑对于他来讲有着独特的精神意义。波德莱尔如炼金术士一般，拥有化腐朽为神奇的力量，他把围裹在他身边的一切丑恶、灾难甚至暴虐，都积极地转化为自己的创作素材。他能走进人群中，从世界最阴暗、最丑陋的角落里，搜集种种零零碎碎，将其拼凑成最有力量的诗歌，让这种彻底的败坏从反面去唤起人们内心深处对恶的清醒认知，让败坏之花最终结出善良的果实。

纵观《恶之花》（*Les Fleurs du Mal*）与《巴黎的忧郁》（*Le Spleen de Paris*），不难发现，丑陋之花几乎在两部诗集的大部分诗歌中盛开。波德莱尔将大街上林林总总的人、事、物经过艺术的加工纳入其诗集中，这些人与物大多有一个共同点：丑陋或是狼狈不堪，而这些事总是展现出阴暗和败坏。波德莱尔与它们共生共存，因为他在它们身上深切地体会到了自己的命运；他的内心对它们充满由衷的敬重，因为它们虽是丑陋或败坏，但却能在审丑艺术的作用下转化为最积极的精神力量。信天翁、腐尸、老头子、小老太婆、农夫、穷人、盲人以及其笔下众多的女性形象，无一不是丑陋甚至丑恶的代名词；而那些欺骗、欺凌、诅咒、痛打甚至杀戮的行为无非就是阴暗与败坏的极度表现，波德莱尔以惊人的化腐朽为神奇的力量，让这些丑与恶在最后获取了美的归宿。

一　狼狈丑态中的现实意义

《信天翁》（L'Albatros）一诗描述的是波德莱尔在1841年的海上旅行中亲眼所见的场景，无聊的水手们为了打发时间，捕捉了好几只信天翁在船板上玩耍戏弄：

> 水手们常常是为了开心取乐，
> 捉住信天翁，这些海上的飞禽，
> 它们懒懒地追寻陪伴着旅客，

而船是在苦涩的深渊上滑进。

一当水手们将其放在甲板上，
这些青天之王，既笨拙又羞惭，
就可怜地垂下了雪白的翅膀，
仿佛两只桨拖在它们的身边。

这有翼的旅行者多么的靡萎！
往日何其健美，而今丑陋可笑！
有的水手用烟斗戏弄它的嘴，
有的又跛着脚学这残废的鸟！

诗人啊就好像这位云中之君，
出没于暴风雨，敢把弓手笑看；
一旦落地，就被嘘声围得紧紧，
长羽大翼，反而使它步履艰难。①

这碧空中的王子是丑的，因为它的跛脚限制了它在云中高飞的能力，从此只能落在地面，步履艰难。它此刻的丑陋是与曾经在天空中展翅翱翔的美丽相对比而凸显出来的，外表的丑与美虽然相对立，但信天翁狼狈不堪的外在却能激发起深层次的思考，这种思考便是通往精神之美的路径：信天翁从青天之王跌落至尘间残渣，这或许是一种象征，象征着这个时代里千千万万才华横溢的诗人在不被认可中坠入被人嘲弄与批判的深渊。“信天翁”象征着身陷愚昧众人之中的诗人，此处的象征无疑具有现实主义的性质：信天翁这样的云中之君只适合在高空畅翔，一旦落入地面便要承受生命之痛。波德莱尔从信天翁被放在甲板上所流露出的无可奈何的痛苦表情以及跛着脚的笨拙姿态中，联想到了自己在世间

① ［法］波德莱尔：《恶之花》，郭宏安译，商务印书馆 2019 年版，第 11、12 页。

所历经的狼狈与苦楚，同时，信天翁的遭遇正是那些遭受世俗攻击与诘责的青年才俊们在现实中的真实写照。信天翁是青天之王，而无论是怀才不遇的诗人还是壮志未酬的才子，他们是人类真正的精神之王，但他们却如信天翁一般只能“高翔”，只有在“高空”中才能尽施奇才，坠入世俗后便一无所能，备受责难，历尽磨难。此处的“高空”正是波德莱尔上下求索而不得的理想之境。这种由象征所体现的现实主义无疑是通过一种揭露与批判的力量，呈现出尘世间的腐败与不幸，最终在败坏与阴暗中倾吐出对现实的不满、诉说出对理想的积极渴求，并从对苦难的感同身受中赢取一种清醒之美。

信天翁由高处跌落至渊底的落差正是诗人内心起与伏的见证，他又何尝不是曾经乐观地站在高处眺望远方的追梦人，最终却如信天翁一般免不了遭受命运的摧残。因此，当波德莱尔面对对理想的追求不可避免的失败时，他在人群中发现还有佝偻的老头子、老太婆，还有看不见阳光的盲人、骨瘦如柴的农夫以及大街上行乞的姑娘，他们都是波德莱尔的影子，或许说波德莱尔就是他们的影子，丑是他们的共同点：老头子和老太婆的丑是因为岁月和生活的压榨，盲人的丑是因为眼睛黯淡无光，农夫的丑是因为瘦小与社会的剥削，女乞丐的丑是因为她的穷困，他们都从未受到命运的眷顾，但却能在自身的丑陋中散发出积极意义。如前所述，在老头子和小老太婆的心底蕴藏着一股杀伤力非常强的斗志，这种斗志是在丑陋中为自己书写美，在苦难中还以生活有力的搏击。

二　贫贱中的丑陋之光

在物质文明发达的资本主义时代，贫穷而社会地位又低下的人被视作丑陋的异类，是被资本主义文明抛弃的边缘人物，但是波德莱尔却用其强劲的精神力量将其丑陋暴露在阳光下，为其散发出动人心弦的现实光芒。在《给一位红发女乞丐》（A une Mendiante rousse）中，波德莱尔通过女乞丐的贫贱之丑塑造了一种独特的精神美：

红发白肤的姑娘，
衣衫上百孔千疮，
露出了你的贫贱，
你的美艳。

对我，孱弱的诗人，
你这年轻的病身，
虽布满红色雀斑，
依旧甘甜。

传说中女王穿着
天鹅绒的厚底靴，
你穿着厚重木屐
却更雅致。
……
许多猎艳的侍从，
许多龙萨和王公，
都想去你的陋室，
寻觅欢娱！

在你的床上，亲吻
比百合来得更勤，
俯首帖耳的王族，
不一而足！

——可你却做了乞丐，
讨要些残羹剩菜，
在那个饭馆的门口，
十字街头；

你斜着眼睛偷看，
那个首饰不值个钱，
可我也无能为力
买来送你。

去吧，不要那装饰，
香粉、珍珠和钻石，
只要这瘦瘦裸躯，
我的美女！①

自始至终都可以见出波德莱尔对这位行乞姑娘发自心底的爱慕，女子身着破旧衣服却流露出“美艳”，羸弱的病身却让诗人如饮甘露。由外，这是一种病态之美；由内，“百孔千疮”的衣服揭露出物质的贫乏，布满“红色雀斑”的“病身”暗示出社会的无情无义。波德莱尔虽然也因家庭监理会的成立而被匮乏的物质折磨，但他始终从心底蔑视物质上的雍容华贵，纵使穿着“天鹅绒厚底靴”的“女王”也不如穿着“厚重木屐”的柔弱女子高雅精致，可以见出诗人对物质进步所带来的庸俗与浮华持强烈的否定态度。从侍从到王公贵族无一不贪恋她的肉体，而这位衣衫褴褛的贫贱女子却无视这一切诱惑，无视“首饰”“香粉”“珍珠”和“钻石”，甘愿做个乞丐，这样一种不为贫贱所移的强大精神在那个物欲横流、追求华丽和炫耀财富的资产阶级社会中的确难能可贵。贫贱女子裸露瘦躯的美艳和她在精神世界中坚守的意志胜过一切财富、一切华服锦绣和珠光钻石。波德莱尔通过姑娘自身物质上的落魄与精神上的富足的对比，通过殿堂中遍身罗绮的女王与街头破布累累的乞丐的对比，也通过王公贵族的阿谀谄媚与贫穷女子的无为所动的对比，让所谓的物质价值在精神之巅黯然失色，让一种能在落魄与困苦的深渊中拒绝所有引诱精神的价值震慑人心，从而告知世人，在丑陋与败坏中仍然可以有

① ［法］波德莱尔：《恶之花》，郭宏安译，商务印书馆2019年版，第159、161、162页。

最积极的对于美与善的精神诉求。

三 化污泥为黄金

波德莱尔在为《恶之花》写的一首《跋诗》(épilogue)中将自己神圣的美学使命阐述如下:

> 我从每件事物中提取精粹,
> 你给了我污泥,我把它变成黄金。[①]

《腐尸》(Une Charogne)是《恶之花》诗集中最能体现波德莱尔化污泥为黄金、化腐朽为神奇的审丑性诗歌,小路拐弯处的那具腐烂尸体便是审丑的对象。全诗一共十二个小节,波德莱尔在前九小节都是对这具腐尸的精致刻写:臭气熏天、爬满蛆虫;在视觉与嗅觉方面都令人作呕。

> ……
> 小路拐弯处一具丑恶的腐尸,
> 在碎石的床上横卧,
>
> 仿佛淫荡的女人,把两腿高抬,
> 热乎乎地冒着毒气,
> 她懒洋洋地,恬不知耻地敞开
> 那臭气熏天的肚子。
> ……
> 天空凝视着,这尸体真是绝妙,

① Charles Baudelaire, *Œuvres complètes* Ⅰ, Paris: Gallimard, 1975, p. 192. 此处是本文作者自行翻译的。

像花朵一样地开放。
臭气那样强烈，你觉得就要
昏厥晕倒在草地上。

腐败的肚子上苍蝇嗡嗡聚集，
黑压压一大群蛆虫
爬出来，好像一股黏稠的液体，
顺着活的皮囊流动。①

而在诗歌的最后三节，波德莱尔把这具腐尸的丑恶经过艺术的提炼化而为美，如此令人恐惧且作呕的尸体可以如花朵般绝妙地绽放。波德莱尔通过对丑陋与恶臭的耕耘来传递美，而这种美并不是表面的精美雅致，而是一种从丑陋中绽放出的神圣之光：

——而将来您也会像这垃圾一样，
像这恶臭可怖可惊，
我眼睛的星辰，我天性的太阳，
您，我的天使和激情！

是的，您将如此，哦，优美之女王，
领过临终圣礼之后，
当您步入草底和花下的辰光，
在累累白骨间腐朽。

那时，我的美人啊，告诉那些蛆，
接吻似的把您啃噬：
我的爱虽已解体，但我却记住，

① ［法］波德莱尔：《恶之花》，郭宏安译，商务印书馆2019年版，第55、56页。

其形式和神圣本质！[1]

诗人指出了他真正的心意是潜藏在这丑恶背后积极的精神之美。肉体在爱情中固然占有一席之地，然而不管爱多浓烈多深切，爱人的身体终究有一天会如这恶臭的尸体一般化为乌有，真正的爱除了爱其肉体，更重要的是爱其精神、爱其品性，因为这是爱可长存的唯一方式。肉体是短暂的，而精神并不会随着肉体的消失而陨落。从更深层次来讲，有形的肉体可以是物质世界的象征，诗人在诉说肉体与精神之爱的同时，也暗示出物质世界与精神世界的参差：物质世界必然是人类生存之本，但那些渴望以物质的进步去弥补精神的丧失之举必然是得不偿失的。在波德莱尔生活的时代里，物质文明的飞速发展使得社会物欲横流，而人心的冷漠无情、世人的灾难重重正是精神文明沦丧的恶果，只有精神文明达到一定的高度，时间的苦难才可被救赎。诗人将自身积极的灵性诉求付诸这具丑恶的腐尸上，通过无形的灵与有形的肉的鲜明对比，发出对精神之光的强烈呼唤与渴盼，因为在他看来，物质世界终有一天会如人的肉体一般毁于一旦，但精神的产物却不会因物质的毁灭而消失殆尽，它如诗人的无形之爱一样永不解体，它如黄金般闪耀，它将抚慰人间疾苦，永远照亮前行之路。

四　败坏中见出崇高

波德莱尔的审丑活动不只限于领悟外貌、躯体或是体态之丑陋的精华，还囊括了从世间一切败坏的行径中收获精髓，因此他的审丑艺术也不单单是化丑为美，还包括化污秽为崇高。在《恶之花》的《毁灭》（La Destruction）一诗中“魔鬼”的所作所为便是败坏的最好证明：

魔鬼不停地在我的身旁蠢动，

[1] ［法］波德莱尔：《恶之花》，郭宏安译，商务印书馆 2019 年版，第 57 页。

像摸不着的空气在周围荡漾；
我把它吞下，胸膛里阵阵灼痛，
还充满了永恒的、罪恶的欲望。

它知道我酷爱艺术，有的时候
就化作女人最是妩媚妖娆，
并且以虚伪作为动听的借口，
使我的嘴唇习惯下流的春药。

就这样使我远离上帝的视野，
并把疲惫不堪、气喘吁吁的我
带进了幽深荒芜的厌倦之原，

在我的充满了混乱的眼睛里
扔进张口的创伤、肮脏的衣衫，
还有那“毁灭”的器具鲜血淋漓！①

在原文中，魔鬼一词使用的是 *Démon*。在象征主义诗歌中，首写字母大写则表示该词寓意丰富，此处的魔鬼并不是神话传说中引诱人、害人的鬼怪，它或许指涉资本主义社会如恶魔一般的统治者，或许指涉诗人身边不理解他、排挤他甚至唾弃他的人，又或许是其他一些诗人无法理解与认同的人，但有一个共通的地方：他们都是恶劣行径的实施者。他们似“魔鬼”一般无处不在、纠缠于“我”，使“我”被恶魔包围：“我”不仅忍受着身体的灼痛，内心还涌上了“永恒的、罪恶的欲望”。此外，全诗一共四个小节，每个小节都有一个或两个强劲的形容词将其所修饰的名词变得恶俗、可怖，以此宣告“恶鬼”带来的罪恶：“下流的春药”“幽深荒芜的厌倦之原”“张口的创伤、肮脏的衣衫”以及“鲜

① ［法］波德莱尔：《恶之花》，郭宏安译，商务印书馆2019年版，第213页。

血淋漓”的“器具”，字里行间可以见出波德莱尔对于败坏的痛恨与恐惧，然而波德莱尔对待事物的情感从来不是单向的，他曾在《我心坦白》中坦言：“我自小就感到心中两种矛盾的情感：对生活的厌恶和对生活的迷醉。”① 对于腐朽与败坏，波德莱尔在憎恶和畏惧的同时，心中不乏对其赞美和青睐，他对败坏自有其独到的见解：它既散发出邪恶，又可以抵达善，恶是与生俱来的，而善则是人为的产物，需要通过自身的努力并借助艺术的帮助到恶中去发掘。然而败坏本身也具有双重性：一方面，它既迫害和摧残众人，但另一方面，又利用它自身的残暴与狠毒激发起众人的挑战与反抗精神，从而与社会的不公允作斗争，败坏的程度有多深，人类所遭受的侵犯有多惨烈，被激发出的生命斗志就有多强烈。散文诗《巴黎的忧郁》中的诗篇《恶劣的玻璃匠》（Le Mauvais Vitrier）和《痛打穷人》（Assommons les pauvres）也引出了类似的道德教训：玻璃匠本来是一个在大街上靠制造玻璃为生的可怜人，不仅被诗人安上“恶劣”之名，还遭到“我”的粗暴对待：

> “喂！喂！”我喊他上来。我无不快乐地想到房子是在七层楼上，楼梯又很窄，这个人爬上来肯定会遇到些困难，他那易碎的货物的角也会在不少地方碰破。
>
> 他终于来了：我好奇地查看他所有的玻璃，对他说：“怎么！您没有彩色玻璃？粉的、红的、蓝的玻璃？神奇的玻璃？天堂的玻璃？您真是无耻！您竟敢在贫困的街区溜达，却没有让人把人生看成是美好的那种玻璃！”我用力把他推向楼梯，他一边嘟囔，一边打着趔趄。我走近阳台，抓起一个小花盆，当那人在门口出现时，我把这小炸弹扔了下去，垂直地落在他背着的东西的后沿上；撞击把他翻倒，脊背下，他那些流动的可怜的财富都碎了，响声清脆，好像一座水晶宫被惊雷炸毁。

① Charles Baudelaire, *Œuvres complètes* Ⅰ, Paris: Gallimard, 1975, p. 703. 此处是本文作者自行翻译的。

> 我的疯狂使我陶醉，我愤怒地朝他喊道：“美好的生活！美好的生活！”①

诗歌中的“我”便是如同《毁灭》中的“魔鬼”一般，象征着尘世间作恶成习并以作恶为乐的荒谬之人。首先，“我”连续用了四个问句与三个感叹句，通过言语对玻璃匠进行百般刁难与讥讽；接着“我”狠狠地把他朝楼梯推去，而面对“我”的话语攻击和肢体暴力，他只是给出了“嘟囔”几句、身体自然歪斜的回应；此时的“我”或许因为他的毫不抵抗而变得得意忘形，做出了更为败坏的行为：待他走出门口时，“我”将一个小花盆扔了下去，不仅使他摔倒在地，还让他所有的玻璃都碎掉了，而这些可怜的玻璃或许是他唯一的财富！玻璃匠是如此不幸，而“我”却或陶醉于“我”的恶行，或沉醉于他的懦弱，痛快淋漓。波德莱尔并非想通过诗歌来颂扬或是鼓励这种败坏的传递，而是将这种恶行视作反面教材，令世人从反面收获一种教训：面对败坏的罪恶行为，若是畏首畏尾，俯首听命，不敢做出任何反抗，那么只会让施恶者自鸣得意，纵容恶一而再、再而三的发生。而《痛打穷人》便传递出面对败坏之行，波德莱尔内心所渴望的积极回应：“我”将朝“我”讨饭的乞丐疯狂地拳打脚踢，目的就是从人性的败坏之根本去唤醒被痛打的穷人，激发他站起来反抗的强烈意志，而这位穷人并非像玻璃匠那样软弱，他明白了“我”的道理，并百分之百地完成了对于“我”之恶行的挑战。

> ——我看见这把老骨头翻过身来，站了起来，那种力量我在这个坏得出奇的肌体中是绝不会想到的，那股恨的目光我也觉得是好兆，这个衰老的强盗扑向我，打肿了我的眼睛，敲掉了我四颗牙齿，又用同一根树枝痛打起我来。——我用我有力的治疗，使他恢复了自豪和生命。②

---

① ［法］波德莱尔：《巴黎的忧郁》，郭宏安译，商务印书馆2018年版，第22、23页。

② ［法］波德莱尔：《巴黎的忧郁》，郭宏安译，商务印书馆2018年版，第133页。

原本被禁锢在败坏世界中的人们，以反抗的精神在作恶中去求得自身无所不能的力量以及从未企及过的快感与胜利之感，“以恶制恶”，成为无往不胜的英雄。波德莱尔被困于阴暗与败坏中，但他的一生都在尽其所能不让自己被吞噬于恶中，他甚至对其偏爱，因为在他眼中，败坏自有其功效，人因看清楚什么是丑、什么是坏，从而了解了丑恶的实质，又因了解丑恶的实质而悟出真正的善不是唯唯诺诺，更不是向命运屈服，而是勇敢地与败坏作斗争，这种在败坏中所领会到的顽强精神力量便是崇高的完整呈现。

结　语

波德莱尔从来不拒绝丑陋、腐败以及邪恶，而是反其道而行之，将它们作为创作的素材，甚至对它们进行赞颂，他试图在“毁灭”中筑起一道坚不可摧的精神堡垒。他偏爱且善于从世界的反面去关注世界，以审丑的艺术形式来对抗现代社会中的阴暗与残酷。他曾在《论泰奥菲尔·戈蒂耶》（Théophile Gautier［Ⅰ］）一文中称赞戈蒂耶（Gautier）通过表达丑恶与怪诞而通向美的才能：

> 没有人能像他那样表达看到一件美丽的艺术品时想象力所获得的幸福，哪怕是人们所能设想的最冷漠、最可怕的一件艺术品。丑恶经过艺术的表现化而为美，带有韵律和节奏使精神充满了一种平静的快乐，这是艺术的奇妙的特权之一。[1]

波德莱尔眼中所见的“信天翁”“女乞丐”以及“腐尸”等，都是“最冷漠、最可怕的艺术品”，而丑陋与败坏虽然身负消极与颓丧之名，但这些悲观的要素在波德莱尔的心意中蕴藏着最慷慨、最仁慈的哲学，它

① ［法］波德莱尔：《波德莱尔美学论文选》，郭宏安译，人民文学出版社2008年版，第77、78页。

让我们清醒地认识到：在资本主义的腐朽时代里，人生的本质即是痛苦，所有的灾难并不是意外，而是生活的常态。我们唯有在丑陋、罪恶与败坏中去寻觅隐藏在其背后的深邃精神奥秘，去激发自身抵抗现世的决心与勇气，最终才能在精神上捕获平静、通往永恒。波德莱尔的审丑艺术观抱定化丑为美的雄伟抱负，但他意愿中的美绝不是传统审美中的形式或是比例上的优美、和谐甚至崇高，而是从粗俗的丑陋之中、不朽的罪恶里发掘出抚慰人心的镇痛剂；是把现实中的丑与恶转化为积极的灵性诉求；是从最乐观的行动中获取到最恒久的精神力量。

【作者简介】

钟晋芸，女，汉族，广东外语外贸大学西方语言文化学院在读博士生，专业为法语语言文学，研究方向为法国文学与比较文学，入学年份：2019 年。

科研成果：《波德莱尔美学思想中“恶”的探索》，《法语国家与地区研究》2021 年第 4 期。

【通信地址】重庆市南岸区万科金域学府翰林熙园 9 栋 1 单元 602，邮编：400053，电话：13883252632，邮箱：229346367@ qq. com

诗学研究

想象和感受的空间诗学:论主题批评学家的空间文艺理论

浙江大学外语学院
■钟晨露　赵　佳

【摘要】巴什拉和主题批评学家的空间诗学从想象和感知出发，探讨不同空间形象带给读者的不同感受。巴什拉从家屋、洞穴、角落、巢等空间中总结出空间形象带来的辩证感受——空间大小、内外的辩证法以及空间形象的自主性。乔治·布莱（Georges Poulet）赋予了普鲁斯特作品中的空间与时间相当重要的地位，空间甚至整合了时间，他指出普鲁斯特作品中的空间具有消极孤立和连续存在的辩证特点。里夏尔（Jean-Pierre Richard）不仅讨论普鲁斯特作品中的具象空间形象，还提出了作者—作品—读者构成的阅读空间，将空间感受应用于普鲁斯特作品的含义分析，分析了意义空间中的帷幕、顶盖和包裹。

【关键词】巴什拉　主题批评　空间　辩证　普鲁斯特

【Abstract】The poetic of space, for Bachelard and thematic critics, starts from imagination and perception. They explore the various feelings that different spatial images bring to reader. By studying space images of house, cave, corner, nest etc., Bachelard summed up the dialectical experience brought by them, the dialectics of the size of space and the inside-outside, and the autonomy of space images. Georges Poulet gave the space and time in Proust's fiction an equally important position. He pointed out that the space in Proust's works has the dialectical characteristic of isolation and continuity.

Jean-Pierre Richard not only discussed the concrete spatial image in Proust's fiction, but also proposed a reading space composed of author-work-reader, applied spatial feelings to the analysis of Proust's works and discussed the image of curtain, top cover and package in the meaning space.

【Key words】Bachelard　Thematic Criticism　Space　Dialectic　Proust

空间不仅具有几何学上的意义，在空间被纳入人类的科学思考之前，首先给予人类感性的认识。事实上，在现象学学者看来，空间带来的感觉体验比科学认识更加重要，梅洛－庞蒂曾说，“我所知道的，也是通过科学所知道的关于世界的一切，是根据我对世界的看法或体验才被我了解的，如果没有体验，科学符号就无任何意义”[①]。现象学观点启发了以巴什拉为代表的主题批评学家，他们“关注充满细微具体意象的感性世界在文本中的体现，探究作家的意识生活及其结构并加以描述，解释作品的整体意义，重新审视作品与生活、创作与现实之间的关系”[②]。就空间诗学而言，他们从空间形象给予人的感受和引发人的想象入手，赋予空间形象以诗学意义，探究空间给予作者和读者的感性体验。

一　巴什拉的空间诗学

巴什拉是 20 世纪法国著名学者，他既是一位发掘科学精神的哲学家，发表了《新科学精神》（*Nouvel Esprit scientifique*）等著作，还研究文学作品中的物质想象，著有《火的精神分析》（*La Psychanalyse du feu*）和《土地与意志的遐想》（*La Terre et les Rêveries de la volonté*）等诗学专著。这两个看似相反的研究方向在他身上并行不悖，秘诀在于巴什拉极其重视想象功能。对于巴什拉来说，想象力不是机械、理性的象征手法，也不是过去经历的回忆，而是诗意在读者身上产生的回荡、感动和共鸣。

① ［法］莫里斯·梅洛－庞蒂：《知觉现象学》，姜志辉译，商务印书馆 2001 年版，第 3 页。
② 车琳：《主题批评》，《外国文学》2021 年第 1 期。

他对想象力的研究从物质想象发展到非物质想象，如《空间的诗学》（*La Poétique de l'espace*）。在巴什拉的晚年，他开始研究想象的现象学，著有《梦想的诗学》（*La Poétique de la rêverie*），完成了对想象的想象。

巴什拉还是法国空间诗学开山鼻祖式的人物，从想象的角度探讨了空间形象。1948 年，巴什拉出版著作《土地与憩息的遐想》（*La Terre et les rêveries du repos*），该著作的第二章分析了家屋、洞穴、迷宫等空间带来的想象，这些遐思与土地密切相关。1957 年发表的《空间的诗学》是巴什拉关于空间想象的重要著作，属于空间的现象学研究，即探讨不同空间形象在意识中浮现的时候，空间形象“作为心灵、灵魂、人的存在的直接产物，如何在它的现实性中被把握”①。巴什拉探讨了不同的空间形象带给读者的不同想象，空间形象给读者带来的想象不是单一的，而是辩证的。巴什拉还在《空间的诗学》中提出了空间大小、内外所呈现的辩证法，是巴什拉空间诗学的重要特点。此外，在巴什拉的空间诗学中，空间形象获得了自主性，即空间形象不再是相对于不同主体而反复变化的客体，反而具有稳定性。本节将从巴什拉空间形象的辩证感受，空间大小内外的辩证法以及空间形象的自主性三个方面来阐释巴什拉的空间诗学。

（一）私密与孤独、安全与恐惧的辩证想象

家屋形象在巴什拉的空间诗学中占据了关键位置，在《土地与憩息的遐想》和《空间的诗学》中均有论述。家屋形象是幸福感和孤独感的辩证结合。首先，对于巴什拉来说，家屋代表了幸福的内心空间，是人类躯体和灵魂双重的港湾。家屋形象不仅仅是物理上的房子，能够庇护人的躯体，更是梦屋（la maison onirique），“它让种种梦境有了身体。它的每个角落，都是做白日梦的栖息之地”②。因此，家屋形象不可能出现在现实生活中，它只能存在于人类的白日梦当中。通过梦想，人类构筑了自己的家屋，反过来，家屋又庇护了梦想，给予人平静幸福的梦思空

① 陆扬：《空间批评的谱系》，《文艺争鸣》2016 年第 5 期。

② ［法］加斯东·巴什拉：《空间诗学》，龚卓军、王静慧译，世界图书出版公司 2017 年版，第 41 页。

间。私密性和安全感是家屋最重要的特征，从这个意义上来说，巢穴、外壳和角落都应该被归入家屋形象当中。“我们是完完全全地沉浸在生命的第一个家屋所特有的安全感里，以全心全意的信赖在里头活着。[……]这种时候，家屋便如同巢窝一样美好，巢窝亦将如同家屋一般幸福。”① “软体动物们的座右铭也许应该是：活着必须是为了构建自己的家屋，而不是造一间屋子住进去而已。”② 但是，家屋形象并不全然是温馨美好的。家屋给予安全感和私密性的同时，也注定了人在家屋中的孤独，因为家屋中必定只能有一人，家屋的环境必定是人所熟悉的，家屋往往不大。“我们喜爱藏匿与蜷缩其中的孤独空间里的每一寸，对意象之想象而言都是一种孤寂，这是一户家屋或一间房间的萌芽之处。”③ 家屋形象提供的安全、私密感和孤独、无聊感是辩证结合的。正是因为家屋的私密感，孤独感才得以存在：私密感意味着狭窄熟悉的空间、独自一人的封闭世界，因此孤独的感觉就诞生了；也正是因为孤寂感，居住在家屋中的人感到安全和私密。

角落是家屋的重要组成部分，是抽象化的家屋，因为它具备了家屋带来的庇护感、安全感和私密感，还有孤独感，但它在空间上又具有简单化的特点。“家屋里的每个角落[……]是一户家屋或一间房间的萌芽之处。”④ 角落的诞生和消亡都非常简单，一个人蜷缩起来就形成了一个角落，人体本身成了空间的铸造者，人体产生的弧线具有窝巢的力量；蜷缩的人直立起来，角落就消失了，个人融入了周围的空间之中。因此角落在提供庇护、带来内心世界的幸福的同时，也将个人和周围的世界隔离开来，带来了孤独感。幸福和孤独是角落是辩证特点，也是家屋形

① [法]加斯东·巴什拉：《空间诗学》，龚卓军、王静慧译，世界图书出版公司2017年版，第139页。

② [法]加斯东·巴什拉：《空间诗学》，龚卓军、王静慧译，世界图书出版公司2017年版，第143页。

③ [法]加斯东·巴什拉：《空间诗学》，龚卓军、王静慧译，世界图书出版公司2017年版，第174页。

④ [法]加斯东·巴什拉：《空间诗学》，龚卓军、王静慧译，世界图书出版公司2017年版，第174页。

象中的相互对立和相互依存的两个方面。

巴什拉空间形象的多重想象还体现在家屋内部的不一致性，即家屋的纵向变化。地窖和阁楼是家屋中对立的存在，前者是非理性，而后者是理性。地窖往往是黑暗、神秘、让人恐惧的；阁楼是明亮、结构清晰、与宇宙相联系的。但是这种对立不是绝对的，原因在于地窖形象的复杂性。地窖带来恐惧的同时也带来遐想，地窖可以是一个宇宙，因为其黑暗和未知，人们对地窖充满丰富的想象，想象力足以塑造一个无尽的宇宙。地窖在地下，只有一个小口与外界相连，因此地窖还可以被看成一个洞穴。洞穴既让人休憩，又让人恐惧。在对大地的想象中，巴什拉认为“洞穴是没有门的家。庇护和恐惧之间的辩证需要敞开。人们想要被保护，但是不想要被监禁。人类同时知道内部和外部的价值”①。因此在洞穴中，人们可以观察世界而不被世界看到，黑洞洞的洞穴成为一只观察世界的眼睛。与洞穴相对应的是迷宫，同样是地下世界，是关于大地的想象，洞穴和迷宫给人带来不同的白日梦。巴什拉在《大地与憩息的想象》中分析了迷宫的辩证形象。迷宫意味着迷失、焦虑和恐惧，在迷宫中不停地寻找出口就像是被迷宫挤压，因此迷宫是一种折磨。但是迷宫在折磨人的同时也带来了快感，因为迷宫中的人有着走出迷宫的欲望，在分叉口找对方向的欲望，让人们在迷宫中找到了探索的快感。总之，家屋中既有理性的阁楼也有非理性的地窖；地窖是恐惧感和好奇心的辩证结合；洞穴让人害怕，又给人带来休憩；迷宫是折磨和快感的双重组合。

肚子也是引发辩证想象的空间形象，巴什拉通过乔纳斯情结（le complexe de Jonas）指出肚子兼具吞噬和庇护、死亡和重生的双重形象。乔纳斯是耶稣的门徒，但是他拒绝传递尼尼微将要毁灭的神谕，因此被一条鲸鱼吞入肚中，三天三夜后他被鲸鱼吐出，乔纳斯最终决定承担起传递神谕的职责。被鲸鱼吞入肚中，首先意味着被吞噬的惩罚，但是在

---

① «La grotte est la demeure sans porte. La dialectique du refuge et de l'effroi a besoin de *l'ouverture*. On veut être protégé, mais on ne veut pas être enfermé. L'être humain sait à la fois les valeurs du *dehors* et du *dedans*», Gaston Bachelard, *La Terre et les rêveries du repos*, Editions Corti, 1948, p. 209.

乔纳斯的故事中，吞噬也意味着庇护，他在鲸鱼肚子中逃避了传递神谕的职责。“肚子像是一个包容的洞穴。在张开的嘴巴中睡觉，是给所有流浪的野兽一个庇护所。”① 此外，吞噬不仅仅意味着死亡，因为“吞”不同于“撕咬”，人体的完整性得到保存，暗示着重生的可能性，神话故事中充满了被吞入肚子之后生还的情节。吞噬意指回到母亲的肚子中，② 被吐出来意味着肉体的新生（rénovation substantielle），新生往往预示着更加完美的品质和更加成熟的形态。肚子就像是一个熔炉，塑造了进阶的人物。

（二）空间形象大小、内外的辩证法

在《空间诗学》中，巴什拉探讨了空间形象大与小、内与外的辩证法。巴什拉通过微型（miniatures）指出“微型世界是‘巨大感’的庇护所之一”③。比如一颗种子就是一个微型世界，通过想象，种子里面蕴藏着大树；一个果核表面的细微纹路可以成为一个迷宫；每一个原子、一个胚胎都可以被想象成一个宇宙，“透过显微镜或望远镜，［诗人］看到的永远都是相同的事物”④。从微小处看到广袤需要观察者的注意力和想象力，这种对微型的专注和想象同样作用于声音。巴什拉认为，若有若无的幻听是一种声音微型（miniatures sonores），它们是预知之声，是微弱的暗示和征兆，预示着巨大的命运变化。反过来，巨大的空间形象可以被纳入微小的空间，尤其是人类私密的内心空间。巴什拉认为，在漫游的凝神状态（concentration de l’errance）中，天地万物都有可能被并入内心空间，以沙漠和海底为代表的世界空间的浩瀚感（immensité）与内部空间的深度感之间存在着通感（correspondance）。“私密领域里的浩瀚感是一种高涨感，［……］是一个存有在一片私密之浩瀚感的辽阔景观

① «Le ventre apparaît comme une cavité accueillante. Dormir la bouche ouverte, c’est offrir un refuge à toutes les bêtes errantes», p. 161.

② Voir Gaston Bachelard, *La Terre et les rêveries du repos*, Editions Corti, 1948, p. 170.

③ ［法］加斯东·巴什拉：《空间诗学》，龚卓军、王静慧译，世界图书出版公司2017年版，第196页。

④ ［法］加斯东·巴什拉：《空间诗学》，龚卓军、王静慧译，世界图书出版公司2017年版，第213页。

里酝酿发展的高涨状态。[……] 通感接受到了世界的浩瀚感,并将它转化为我们私密存有之浩瀚感"[①],因此辽阔的空间形象转化成了内心的私密空间,空间的大小之间可以相互转化,存在着辩证关系。

狭窄空间的无限性也揭示了空间形象的大小辩证。抽屉、箱子和柜子等家屋中相对狭小的空间,它们各有特点,但都是私密性和无限性的结合。这些空间形象相对窄小,且可以被关上,里面收放着相对私密的物品,不能被随意看到、摸到,充满了私密感。巴什拉从童年时代对家屋中的抽屉、箱子和柜子的幻想出发,认为这些空间藏着家庭的私密物品,背后藏着隐秘的记忆和故事,是大人禁止孩子乱翻乱看的地方。正是由于禁止,孩子对这些空间充满了好奇和想象,想象力令狭小隐秘的空间无限延伸,仿佛抽屉里存在着另一个世界。里夏尔曾指出,人们永远不可能直探小匣盒的底部,他完美概括了私密空间的无限向度,也揭示了空间形象大与小的相互转化。事实上,抽屉、箱子和柜子被巴什拉想象成人类隐秘的内心空间,虽然物理空间有限,但是充满了回忆,通过想象,人类拥有了无限的内心私密空间。

巴什拉的空间内外辩证法首先体现在内外空间关系的模糊性。最能代表内部空间的空间形象是家屋(la maison natale)。与家屋这个内部空间相对的,家屋外的世界,是一个巨大的外部空间。这个外部空间往往是未知和危险的。巴什拉想象了一个风雪肆虐的冬季夜晚,有一座家屋立在世界的中心,里面充满了温暖的灯光。"冬天的宇宙是个被简化了的宇宙。它是非家屋,跟形而上学家谈论的'非我'是一样的意思。"[②]就内外空间的关系来看,家屋和非家屋之间首先存在着抵抗—侵蚀的敌对关系:"位于暴风中心的家屋中的人性抵抗。"[③] 家屋是安适幸福的内心,是梦思和感性的世界,而家屋外面是复杂庸俗的现实,是逻辑和理

① [法] 加斯东·巴什拉:《空间诗学》,龚卓军、王静慧译,世界图书出版公司 2017 年版,第 236 页。

② [法] 加斯东·巴什拉:《空间诗学》,龚卓军、王静慧译,世界图书出版公司 2017 年版,第 70 页。

③ [法] 加斯东·巴什拉:《空间诗学》,龚卓军、王静慧译,世界图书出版公司 2017 年版,第 74 页。

性的世界。因此，家屋给梦思提供庇护，使内心世界抵御着外部世界的侵蚀。在《土地与憩息的遐想》中，巴什拉甚至将母亲形象和家屋形象结合在了一起。但是抵抗—侵蚀的关系不是绝对的，内部世界和外部世界还有可能是敞开—探索的关系。家屋不仅带来安定和私密感，还有孤独感，当人在家屋中感到孤独时，外部世界具有极大的诱惑力，人既害怕外部世界，又对它充满好奇："恐惧与好奇交织的情结带来新的刺激与动力。"① 这个时候，家屋的窗户成了看向外部世界的眼睛，门成了探索世界的出口，内部的人通过窗户来观察外部世界。对于类似家屋的空间形象——外壳来说，它没有门，外壳必定有一个通向外部世界的洞，软体动物很容易从外壳中探出身子来探索世界。巢穴就更加开放了，巢的形状就是鸟儿身体的形状，"每当细细沉思窝巢时，我们将自己安放在世界的原初托付里，感受到全心全意的起源状态，一种对宇宙信赖感的原始召唤。［……］世界即是人类的窝巢"②。因此家屋形象对于世界是半敞开的，与之相对，人也是半开半闭的存在，内部空间和外部空间的关系需要被辩证看待。

此外，空间的内外是可以相互转化的，因为内部和外部都产自我们的感受，而不是几何空间。巴什拉引用了苏佩维埃尔的表达"外在的晕眩"和"内在的浩瀚感"③。在这种情况下，内心世界就如同外在世界那样无边无际，思维的无垠和无限流动让人产生晕眩感。在心理学中有一种疾病叫作幽闭恐惧症，对于患者而言，私密隐蔽的空间不能提供安定和幸福感，反而会引起恐惧，内部空间仿佛成了令人害怕的外部空间。与之相对，当人们面对重复单调的外在风景时，即使外部空间非常广大，人们也感到无聊和烦腻，外部空间转化成了有限的内在空间。总之，巴什拉内外空间形象关系的模糊性和空间内外的相互转化都揭示了空间内

① ［法］加斯东·巴什拉：《空间诗学》，龚卓军、王静慧译，世界图书出版公司2017年版，第147页。

② ［法］加斯东·巴什拉：《空间诗学》，龚卓军、王静慧译，世界图书出版公司2017年版，第139页。

③ ［法］加斯东·巴什拉：《空间诗学》，龚卓军、王静慧译，世界图书出版公司2017年版，第266页。

外之辩证法。

（三）空间形象的自主性

在巴什拉看来，空间形象具有自主性，人和空间不是单纯的主体和客体、主动和被动的关系。自主性首先体现在空间形象的跨主体性（trans-subjectivité），即空间形象在不同主体面前体现出的稳定性和普遍性：对于不同的个体来说，虽然个体经历和记忆不同，但空间形象带来的想象是趋同的。巴什拉否定了想象与个体记忆的关系，认为想象不同于象征和隐喻，因为象征和隐喻是逻辑思考的结果，而空间形象带来的想象基于感觉而不是思维，是初始的感性感受。巴什拉将思维和感知的对立描述为精神和灵魂的对立，前者代表着理性思维，后者意味着感性感知。“如果我们要确切说明发生在思维之前的意象，那么我们要说，诗意不仅是精神的现象学，更是灵魂的现象学。”① 空间诗学本质上是将空间形象当作一种诗歌意象进行研究，诗歌意象在发人思考之前，首先给读者带来的阅读审美感受，被巴什拉称为回荡（retentissement）。也正是因此，巴什拉的空间诗学被认为是空间的现象学研究。他不认同实证心理学和基于童年经验的精神分析法。反之，他的空间形象和荣格的原型理论有异曲同工之妙，人们对空间形象的感知基于一种集体无意识之上。比如，对家屋形象的想象并不需要人们真正地在一座理想的家屋里居住过，人们在幻想自己心中的梦屋时，都会不约而同地产生幸福感、私密感和安全感；当人们想到阴暗潮湿的地窖时，不需要有过亲身进入地窖的体验，便可以感受到地窖空间带来的隐秘感和恐惧感。空间形象不依赖个体经验的稳定性和普遍性而是赋予自身一定的自主性。

再者，空间形象主动地在作者和读者之间建立联系，引起读者的感动、回荡和共鸣。当读者在诗歌中读到某个空间形象的时候，不需要读者主动思索，空间形象就自发地激发了读者的想象力，给读者带来某种特定的感受，这种感受往往链接了读者和作者，在两者之间产生共鸣。

① ［法］加斯东·巴什拉：《空间诗学》，龚卓军、王静慧译，世界图书出版公司2017年版，第7页。

巴什拉接受意象的存在本身，认为诗歌就在那里，超越了诗人和读者："意象就在眼前，话语会说话，［……］不需要先亲身经历过诗人的痛苦，才能掌握诗人话语间的幸福。"[①] 空间形象作为一种诗歌意象，也具有独立自主性，能够超越诗人，抵达读者的灵魂。

空间形象的自主性还体现在空间能够和人融合，不分彼此，人本身成为一个空间。空间和人的融合首先体现在物理层面。角落的诞生得益于身体的蜷缩，当一个人蹲下，蜷缩起来，他就隔绝了外在世界，进入独自一人的内心世界，他的身体构成了角落空间；当他站起身来，将注意力回归到外部世界，他就从自己的内在空间中出来了，同时角落空间也随之消失。此外，巴什拉在《土地与憩息的遐想》中将人的肚子视为一个洞穴，将人的内脏视为一个迷宫。"我们的身体自身就是一个藏身处，肚子是空的，器官是洞穴"[②]；迷宫是"热的，但是一种潮热，动物产生的热"[③]。因此人身体的内部空间和洞穴、迷宫等土地构成的外部空间能产生相似的物质想象，即深度感："我们不仅藏身于他处，我们也藏于自身，我们与深度的伟大意象在垂直上同构。"[④] 再者，在巴什拉看来，家屋与人的内心空间相融合，家屋形象代表了人幸福的内心世界，抵御外部世界严酷的暴风雪。家屋形象给人带来幸福感、安全感和私密感，庇护了人类的灵魂，让人能够在家屋里愉快地发挥想象力做白日梦，家屋"让种种梦境有了身体。它的每一个角落，都是做白日梦的栖息之处"[⑤]。家屋是肉体和灵魂共同的栖息场所，梦想构筑了家屋，家屋又庇护了梦想。巴什拉还引用了德语诗人里尔克（Rilke）在《布里吉手札》

① ［法］加斯东·巴什拉：《空间诗学》，龚卓军、王静慧译，世界图书出版公司2017年版，第17页。

② «Notre corps était lui aussi une *cachette*. Le ventre est creux, les organes sont des cavernes», Gaston Bachelard, *La Terre et les rêveries du repos*, Editions Corti, 1948, p. 288.

③ ［法］加斯东·巴什拉：《空间诗学》，龚卓军、王静慧译，世界图书出版公司2017年版，第276页。

④ «Nous ne sommes pas seulement cachés aux autres, nous sommes cachés ὰ nous-mêmes. Nous sommes verticalement isomorphes aux grandes images de la profondeur», p. 290.

⑤ ［法］加斯东·巴什拉：《空间诗学》，龚卓军、王静慧译，世界图书出版公司2017年版，第41页。

（*Les cahiers de Malte Laurids Brigge*）中个人与家屋的交融感："当我现在看到它，它出现在我童稚之眼的方式，根本就不是一栋建筑，而是融化分解在'我'里面。"① 空间和人的融合意味着两者具有平等的地位，相互映射着彼此，为彼此赋予意义，意味着空间形象在主体面前不是消极被动的，而是具有一定的自主性。家屋和人的意义在两者的互动中产生，家屋具有了人性的价值，是人内在空间的表现。

二 其他主题批评学家的空间诗学

主题批评（la critique thématique）是20世纪文学批评的重要方法之一，他们关注文本中的感性世界，体会作者的意识生活，研究"具体作家作品中被赋予了特殊精神内涵的主题"②，通过作品中的意象来探究作家的意识，理解作品的意义。因此主题批评和主题学批评（la thématologie）不同，后者以主题为研究对象，属于比较文学范畴，而前者注重感性形象和作者意识。巴什拉是主题批评的开创者，法国批评家让－皮埃尔·里夏尔（Jean-Pierre Richard），比利时文学批评家乔治·布莱（Georges Poulet），瑞士日内瓦大学教授让·鲁塞（Jean Rousset）和让·斯塔洛宾斯基（Jean Starobinsky）继承了主题批评，他们的思想和巴什拉一脉相承。布莱将四人连同他们的前辈马塞尔·雷蒙（Marcel Raymond）和阿尔贝·贝甘（Albert Béguin）都归入文学批评中的日内瓦学派。因此日内瓦学派和主题批评有着极大的对应关系。主题批评学家对空间诗学的研究主要体现在乔治·布莱撰写的《普鲁斯特的空间》（*L'espace proustien*），这部著作赋予了普鲁斯特作品中的空间与时间相当的重要地位。里夏尔也研究普鲁斯特的空间，他尤其关注作品中的空间感觉；此外，他的论文集《阅读场》（*Terrains de lecture*）探讨了作者、文本、读者之间的交流

① ［法］加斯东·巴什拉：《空间诗学》，龚卓军、王静慧译，世界图书出版公司2017年版，第89页。

② 鲁京明：《感觉·主题·意识——里夏尔主题批评探索》，知识产权出版社2016年版，第147页。

空间。本节将从布莱和里夏尔两位批评家出发，探讨主题批评学家笔下的空间诗学。

（一）乔治·布莱：普鲁斯特空间的断裂与接续

布莱（也作普莱）认为，普鲁斯特的空间首先是消极的空间，因为空间中的地点之间往往是孤立的。在《追忆似水年华》（*A la recherche du temps perdu*）中，地点是散落的，比如盖尔芒特家和斯万家是孤立的两个地点，两者之间不存在地理上的联系。“空间是一种无穷无尽的地界，地点在那里游荡，又如行星在太空空间中游荡那样”①，空间内地点的移动性导致了地点之间的孤立，也就是说地点无法被定位（localisation）。地点的孤立就像是时间的孤立一样，成碎片状储存在人的记忆之中，人们不能主动调取它们，只能通过偶然的感受来重新拾取某个地点：“地点的行为完全就像过去的时刻，像过去的回忆。它们说走就走，说来就来。就像我们存在的某些时期那样，突然，无缘无故，我们也不曾有意为之，却以同样的方法重新找到失去的时间。”② 地点是碎片，地点之间是空白和虚无，地点之间的距离是不能被数字化的，不能被想象的。布莱认为协调、圆满、统一的空间具有积极性，那么普鲁斯特的空间，由于其地点之间的虚无、由于其本身的碎片化和不连贯，失去了积极性。

然而这种消极空间不是绝对的，作为意识流作品，《追忆似水年华》依靠精神的无限水流赋予空间连续性。普鲁斯特的时间是辩证的：过去的时间孤立地散布在记忆中，但是它们可以通过偶然的感受被找回；普鲁斯特的空间也具有这种辩证性，虽然各个地点之间是孤立的，但是失去的地点可以被重新找回，它们的连续性在于它们坚持存在的连续性。在《在斯万家那边》中，普鲁斯特写道：“我们花园里的鲜花，斯万先生公园里的鲜花，维伏纳河里的睡莲，还有村庄里的好心人以及他们的居所，还有教堂，整个贡布雷及其周边，这一切有形有状坚固结实的东

① ［比利时］乔治·普莱：《普鲁斯特的空间》，张新木译，华东师范大学出版社2015年版，第8页。

② ［比利时］乔治·普莱：《普鲁斯特的空间》，张新木译，华东师范大学出版社2015年版，第11—12页。

西，即城市和花园，都从我的茶杯里走了出来。”① 从茶杯这一细小的空间出发，诞生了“一个城市，一座教堂，众多花园，相邻的乡间，也就是说一个广阔的空间”②，意识使得一个细小的空间膨胀，自行开辟出一个容纳万物的大空间。思想的水流使地点变得可连接，空间变得可穿越，赋予空间积极性。

此外，布莱还分析了两种不同的地点组合方式：位移和并列，它们分别对应着不同类型的空间。位移即地点在运动，在空间中移动，通过不同地点相对位置的变化，相互孤立的地点之间建立起了联系。布莱认为主人公的旅行是体验地点位移的最佳机会：“理想的旅行是这样的旅行，它一下子取消了距离，将那些地点的其中两个并列摆放着，仿佛它们正好毗邻，甚至互相交流着，然而这些地点的独特性却让它们似乎应该永远存在于分离状态，没有交流的可能性。”③ 因此通过位移，碎片化的、封闭在各自的广度中的地点产生了一种相对的总体性和连续性。布莱举了普鲁斯特小说中马丹维尔的两个钟楼和维欧维克钟楼三者之间的组合来阐释位移给空间带来的连续性。主人公，也就是钟楼的观察者坐在马车里旅行，一开始他看见维欧维克钟楼距离马丹维尔的两个钟楼有一定的距离；之后随着马车的移动带来的观察角度的变化，维欧维克钟楼开始靠近另外两个钟楼，三者成了邻居；最后，三座钟楼会合在了一起，从三个独立的个体变成了一个统一的整体。通过旅行—位移，孤立的地点产生不同的空间地理组合，呈现出一定程度的总体性。

与位移运动相对立的是并列，即物体之间存在着绝对的空白，各自停留在自己的位置上，“在并列中，没有任何距离被跨越，没有任何境况得到完成，没有任何统一也没有任何倍增得到实现。事物仅仅存在着而已［……］事物互相肩并肩地排列着，仿佛它们处在同一个展示

① ［比利时］乔治·普莱：《普鲁斯特的空间》，张新木译，华东师范大学出版社 2015 年版，第 65 页。

② ［比利时］乔治·普莱：《普鲁斯特的空间》，张新木译，华东师范大学出版社 2015 年版，第 67 页。

③ ［比利时］乔治·普莱：《普鲁斯特的空间》，张新木译，华东师范大学出版社 2015 年版，第 73 页。

橱窗里”[①]。布莱将地点并列产生的空间比作一面挂满了绘画作品的墙，不同的地点是一幅幅画作，它们同时出现在一面展示墙上，相互之间留着空白的墙面，布莱称之为“画集的空间”[②]。在画集的空间中，不同时间的地点，不同时间的事件，同时出现在了一个空间中，时间被空间化了，不同时间之间产生了并列，或者说，时间被空间取代。布莱总结道：“这些画作被相继展现在作品的过程中，最后将全部一起重新出现，同时出现，超越时间，但不能超越空间。普鲁斯特的空间是这个最终的空间，由秩序构成的空间，在这个秩序中，普鲁斯特小说的不同片段相互自行分布。［……］大量的片段自行安排，构建其自身的空间，即艺术作品的空间。”[③] 依据布莱的观点，普鲁斯特的空间具有和时间一样的辩证性：既相互孤立，又具有一定的连续性，在普鲁斯特作品中拥有和时间一样的重要地位，甚至能够整合时间。

（二）里夏尔：从具象空间到意义的空间

里夏尔也探究普鲁斯特作品中的空间，尤其是空间的内外辩证法。他分析了普鲁斯特作品中的封闭空间，屋子和房间，用墙内和墙外区分了内部空间和外部空间。在里夏尔看来，普鲁斯特内部空间的焦点往往在于食物、火、灯光或花束。当内部空间失去其中心焦点的时候，焦虑不安就诞生了；当内部空间里有过多的焦点时，比如过于复杂的内部装饰，内部空间反而失去了其私密感，让人感到不适。因此舒适的普鲁斯特式内部空间是既不缺乏也不泛滥的。此外，里夏尔继承了巴什拉的观点，认为空间想象是辩证的：“危险的外部空间同时也是诱人和令人向往的”[④]，内部空间隔绝了外在的危险和变化，同时也限制了人物。那么普鲁斯特是如何平衡内部和外部，同时享受内部空间带来的安定感和外部

① ［比利时］乔治·普莱：《普鲁斯特的空间》，张新木译，华东师范大学出版社2015年版，第93页。

② ［比利时］乔治·普莱：《普鲁斯特的空间》，张新木译，华东师范大学出版社2015年版，第106页。

③ ［比利时］乔治·普莱：《普鲁斯特的空间》，张新木译，华东师范大学出版社2015年版，第107页。

④ Jean-Pierre Richard, «Proust et la demeure», in *Littérature*, n°164, Vol. 4, 2011, p. 85.

空间带来的刺激新鲜感的呢？里夏尔总结了普鲁斯特的六种方法。第一种是“虚假的出去”：身体安逸地待在床上，但是视线通过打开的窗户欣赏外部的美景。第二种是短暂地进入外部空间，很快回到内部。第三种是循序渐进地一步步慢慢离开内部空间。第四种是普鲁斯特式地以小见大，从外部空间的一个小处，想象其丰富的剩余部分。第五种是带着内部空间的安全感进入外部空间。第六种是最具有普鲁斯特特色的，在内部空间发掘外部空间的价值，在私密感中找到自由、变换和丰富性。里夏尔认为最后一种方法正是普鲁斯特写作的方法，“作品面向外部的空间和时间。但是所有的外部性仅存在于越来越深入、越来越完备的内部中”①，普鲁斯特描写的外部世界越是精彩多样，他的内心世界越是完善和丰富：普鲁斯特作品中空间形象的辩证性投射到了他的写作活动本身。

里夏尔更加深入地研究空间形象和文学写作、阅读的关系，提出了阅读场（terrains de lecture）的概念，将文学作品看成作者—文本—读者三者的交流空间，“阅读场首先是读者在其间前行的作品本身，凭借文字铺就的地面，风格构成的起伏地形和文字的空间，作品向精神之旅——思想、想象和欲望敞开”②。在同名著作《阅读场》中，里夏尔对八位有一定影响力的当代作家的作品做了分析。这八位作家虽然风格各异，但都力图表现“事物背后的感觉、想象和情感”③，因此里夏尔认为读者应该用理解和共情的方式来阅读这些作品。里夏尔受到梅洛-庞蒂现象学的影响，他认为作品不是一个单纯的客体，作品和读者是两个平等的主体，作品具有一个主体应有的深度，读者不应该被作品的表面给蒙蔽，而应该通过两个主体之间的充分的交流和共情来达到相互理解。

里夏尔在《普鲁斯特与感性世界》中阐明了普鲁斯特作品的意义空

---

① «l'œuvre va vers un dehors de l'espace et du temps. Mais en même temps toute cette extériorité n'existe qu'en rapport avec un dedans de plus en plus fort, de mieux en mieux tissé», p. 92.

② 鲁京明：《感觉·主题·意识——里夏尔主题批评探索》，知识产权出版社 2016 年版，第 126 页。

③ 鲁京明：《感觉·主题·意识——里夏尔主题批评探索》，知识产权出版社 2016 年版，第 128 页。

间，以及读者和作品突破表面的深层共情。《普鲁斯特与感性世界》用帷幕（voile）、顶盖（couvercle）、包裹（enveloppe）来形容普鲁斯特文学作品中的感受。帷幕是触手可及和遥不可及之间的阻隔，含义被半透明的纱布遮挡，这种遮掩不但没有使读者厌烦，反而似犹抱琵琶半遮面，增强了幕后之物的吸引力，引起主人公的向往。如果说帷幕是水平方向上的遮掩，那么顶盖则是垂直方向上的遮盖，由于障碍物的存在，意义在顶盖下下沉隐没。包裹指“内与外、中心与周围的关系”[①]，外包物保护并且保持了内部的意义，同时使得意义非常模糊，看不真切。由包裹引申出来的是容纳的感受，“有必要将意义认作囚徒，想象它被监禁在感性物质里：并为此涉及容纳的普遍形式”[②]。里夏尔引用了《重现的时光》中“我的注意力在勘探我的无意识时如探测中的潜水员那样寻找、碰撞、回避”[③] 来体现向下捅破顶盖去探测位于底部的意义的尝试。因此里夏尔揭示了作品中迂回的意义空间，这也是普鲁斯特作品的特点所在：通过一个偶然且微小的感受去探索深挖其背后的记忆，比如被不规则的铺路石绊倒的瞬间失衡感带来对过去时光的追忆，又如在《女逃亡者》中阿尔贝蒂娜被我藏在心灵深处，“就像关在威尼斯内城的‘污水槽’里，有时一件小事使水槽那变得牢固的盖子打开，为我打开一个通向过去的洞口”[④]。在帷幕、顶盖、包裹这三种空间感受中，读者们感受到主人公尽量地伸出手臂去触摸帷幕掩盖着的东西，向下伸出手去触及底部，撕开包裹物或者表皮让包裹内的物体流露出来，这是普鲁斯特小说中的主人公常有的感受，也能引发读者产生相似的阅读感觉，读者跟随着主人公的意识流动，也和他一样努力在普鲁斯特的作品中探寻被遮

---

① ［法］让－皮埃尔·里夏尔：《普鲁斯特与感性世界》，张帆译，华东师范大学出版社2019年版，第184页。

② ［法］让－皮埃尔·里夏尔：《普鲁斯特与感性世界》，张帆译，华东师范大学出版社2019年版，第185页。

③ ［法］让－皮埃尔·里夏尔：《普鲁斯特与感性世界》，张帆译，华东师范大学出版社2019年版，第186—187页。

④ ［法］让－皮埃尔·里夏尔：《普鲁斯特与感性世界》，张帆译，华东师范大学出版社2019年版，第184页。

掩的意义。读者一定会对玛德莱娜小蛋糕带来的回忆着迷，跟随主人公进入味道带来的生动回忆中；读者也会对意义的模糊和遮掩感到失望和浮想联翩，产生探索的欲望；读者还会产生共情，甚至在自己的回忆中践行普鲁斯特式的意义追寻法。因此意义空间不仅存在于作品内部，读者的阅读过程也是在作品空间中探索含义的过程，作品的意义空间成为阅读场的核心部分。

那么作者又扮演了什么角色呢？作者是另一个主体，他创作了作品，提供给读者一种文学形式。在阅读作品的过程中，读者和作者的意识产生交互，相互靠近，读者通过共情感受到作者的感受，这种情况下读者和作者具有布莱口中“相毗连的意识”①，但是读者又保存着自己的独立主体性，产生批评意识。在里夏尔看来，读者的批评是基于作家创作的延续和意义的增值，这既体现了读者对作者的尊重和二者的平等地位，也体现了读者二次创作的自由和作品意义空间的开放性。总之，阅读场是字母组成文本空间，其核心是作者创作的半敞开的意义空间，读者追随作品主人公进入其中探索被遮掩的意义，又能抽身而出来批评作品。从作品中具体的空间出发，里夏尔步步深入，揭示了作品中抽象的意义空间和超越文本的阅读空间。

结　语

巴什拉、乔治·布莱和里夏尔三位主题批评学家的空间诗学都受到现象学的影响，感知空间形象带来的知觉体验，认为“物体的任何一个性质［……］都拥有一种情感意味（une signification affective）”②。他们都关注空间形象的自主性，认可空间形象和读者之间的关系具有主体间性，空间形象吸引着作者和读者，在作者和读者的内心世界产生独特的

① ［比利时］乔治·布莱：《批评意识》，郭宏安译，广西师范大学出版社2002年版，第12页。
② ［法］莫里斯·梅洛－庞蒂：《知觉的世界——论哲学、文学与艺术》，王士盛、周子悦译，江苏人民出版社2019年版，第30页。

感受。再者，三位批评家还关注到空间形象的辩证性，不仅是因为同一空间形象能带来对立的感受，比如家屋同时带来私密感和孤独感，同一作品中空间具有消极和积极的双重特点，比如普鲁斯特的空间既破碎又连续，还因为空间的内外、大小变幻不定，甚至相互转化，比如内部的浩瀚感。此外，文学作品中的空间形象并不止步于具象空间，抽象的意义空间同样是空间诗学重要的组成部分，比如表象世界和内部意义世界之间的关系带来的遮盖、包裹、剥除等空间感受。最后，文学空间从文学作品中走出来，进入作者、作品和读者之间的现实阅读场中，帮助批评家阐明现象学提倡的知觉阅读的批评方式。

空间是人类身体和灵魂共同的栖息地。根据现象学的观点，人“是一个合同于（avec）身体的精神”①，人的身体和灵魂不可分割，身体居住在物理空间中，灵魂感知到物理空间带来的主观感受，物理空间和精神感受密不可分。因此巴什拉的空间诗学理论的应用不局限于文学、电影等文艺领域，还常常被应用到建筑学等现实空间建造中。如何构筑一个舒适温暖、带来安全感的家屋？如何合理地布置灯光和花束，正确地选择曲直？如何在设计中处理好内与外、大与小的辩证关系？主题批评空间诗学带来的现实意义也值得进一步探究。

【作者简介】

钟晨露，女，1997年生，浙江大学外国语言文化与国际交流学院，法语语言文学博士在读。

【通信地址】浙江省杭州市西湖区浙江大学紫金港校区白沙三舍，邮编：310058，邮箱：18867157355@163.com

赵佳，女，1983年生，教授，博士生导师，浙江大学外国语言文化与国际交流学院法语所副所长，获得巴黎三大法国文学硕士和博士学位，

① ［法］莫里斯·梅洛-庞蒂：《知觉的世界——论哲学、文学与艺术》，王士盛、周子悦译，江苏人民出版社2019年版，第25页。

研究方向为法国文学，出版专著《文化批评视野下法国当代小说中的反讽叙事研究》。

联系方式：zhaojia@ hotmail. fr

基金：浙江省哲学社会科学规划课题“法国当代空间文艺理论研究”（项目编号：19NDJC179YB）的阶段性成果

“形”与“梦”的共生

——让·鲁塞的文学批评

北京大学
■李青羽

【摘　要】让·鲁塞是日内瓦学派的文学批评家，他提倡通过作品的内在形式抓住意义。鲁塞笔下的“形式”完全内化于作品中，与作品中的意义共生缠绕，因此在其著作《形式与意义》的引言中，鲁塞将文学作品称为“形”与“梦”的共生。因批评家对形式的偏爱，他往往被批评界称为“结构主义者”或具有“形式主义倾向”。本文从鲁塞与“日内瓦学派”的关系出发，力图在文学批评发展的更大的语境中查看鲁塞的批评思想和特点。随后，深入批评家个性化的工作中，近观鲁塞对形式的独特把握。最后，以乔治·布莱和雅克·德里达的评论和探讨为主，整合分析鲁塞批评著作的接受情况。结合上述三个方面，本文试图为让·鲁塞的文学批评建立较为完整的肖像。

【关键词】让·鲁塞　日内瓦学派　《形式与意义》　乔治·布莱　雅克·德里达

The Symbiosis of a “Form” and a “Dream”

——The Literary Criticism of Jean Rousset

【Abstract】Jean Rousset was a literary critic, one of the scholars of the School of Geneva. His critical methodology aims to grasp the signification through the forms of literary works. According to his reflexion, the “form” of a fiction is entirely internalized and deeply intertwined with its meaning. In the introduction of his book *Forme et signification*, Rousset defines literary fiction as the “symbiosis of a form and a dream” . Because of this inclination towards the “forms”, he was often categorized as a “structualist” or labeled as “having formalist tendency” . In this study, we start from observing the relation between Rousset and the School of Geneva. After trying to situate our critic in the larger context of contemporary literary criticism, we will look at his concrete elucidation and analysis on “form” and ultimately how his ideas are accepted or criticized by the academic circle: both Georges Poulet and Jacques Derrida have left influential remarks regarding Rousset's works. After the examination of the above-mentioned aspects, the establishment of a relatively integrated profile of Jean Rousset's literary criticism becomes possible.

【Key words】Jean Rousset The School of Geneva *Forme et Signification* Georges Poulet Jacques Derrida

让·鲁塞于2002年以九十二岁高龄逝世，他此前一直是日内瓦大学的文学教授，也是日内瓦学派最重要的成员之一。青年时期，鲁塞曾师从于阿尔贝·蒂博代和马塞尔·雷蒙。1953年博士毕业直到1976年，他一直留在日内瓦大学任教，与曾经的老师雷蒙成了同事与挚友。

鲁塞作为文学批评家的生涯始于其博士学位论文《法国巴洛克时期的文学》的发表。他的研究扩展了“巴洛克”这一当时主要使用在绘画、建筑和塑形艺术中的概念，使其进入文学范畴。这一研究重新发现并丰富了被称作“伟大世纪”的十七世纪的文学史。在这部著作中，鲁塞文学批评的倾向、风格及其所钟爱的许多主题都已经初露头角：对形式的关注、对变化和运动主题的偏爱以及谨慎谦和的语言风格等特征，一直伴随他此后作为研究者的旅程。

鲁塞有意识地对自己的批评理念进行总结的尝试，并使其出现在《形式与意义》一书的引言中。无论是对于形式的定义还是对具体文本的分析，批评家始终保持谨慎和不断自我反思的态度。他的思想不仅罕见地体现出灵活与严谨的有机共在，更极富启发性，在法国现代文学批评和解、复兴、调和的语境下，活力依旧，未生华发。

一　鲁塞与“日内瓦学派”

作为法国新批评时期重要的文学批评家，“日内瓦学派”成员这一身份标签是让·鲁塞的身份构成最主要的面向之一，尽管他个人对这一划分往往保持审慎且不置可否的态度。在这一点上，其他被认为隶属于这一标签下的学者们也采取了相当一致的立场，在许多场合都尽量避免使用“日内瓦学派”这一说法。他们仅承认彼此间的友谊以及在研究工作中一定程度上的相互影响，对超过这一限度的共性则三缄其口。乔治·布莱首先提出这一称呼，而后来他本人却认为“这几乎是一个错误”[①]。国内外的研究者在谈及这一团体时，均强调了这一概念的笼统性和其内部成员研究方式的多样性。[②] 然而在批评界和团体内部成员都共同努力消除“日内瓦学派”这一称呼所暗示的某种同一性，且一再重申其异质性的同时，这一称呼却牢固地存续下来，成为评论界的诸多标签中定义最为清晰、最具统摄力的标签之一。这使得我们在谈论鲁塞之前，不得不从这一团体出发，对他的工作进行观照。

“日内瓦学派”最活跃的时期大致在20世纪30—60年代间，除布莱是比利时人外，马塞尔·雷蒙、阿尔贝·贝甘、让·鲁塞和让·斯塔罗宾斯基都是瑞士人。鲁塞和斯塔罗宾斯基都做过雷蒙的学生，且三人都曾在日内瓦大学文学系任教。在这些学者的批评著作中——布莱的《批评意识》，贝甘的《创造与命运：文学批评文集》，雷蒙的《巴洛克与诗

① 郭宏安：《“日内瓦学派”：学派的困惑》，载《欧美文学论丛》（第三辑　欧美文论研究），人民文学出版社2003年版。

② 参阅上文；参阅罗芃《意识的对话——论日内瓦学派》，载《欧美文学论丛》（第三辑　欧美文论研究），人民文学出版社2003年版；参阅 Jean-Yves Tadié, *La critique littéraire au XXe siècle*, Paris, Pierre Belfond, 1987，以及车琳《西方文论关键词　主题批评》，载《外国文学》2021年第1期。

歌复兴》和《从波德莱尔到超现实主义》、鲁塞的《形式与意义》以及斯塔罗宾斯基的《批评关系》等——都能看到成员之间相互应和以及对彼此研究工作的高度关注。同时，这些学者的批评思想都在一定程度上体现出对《新法兰西评论》的批评家群，即蒂博代、里维埃、杜波斯等的接续继承性。他们是朋友、同行、师生和同事，这样的共同地缘、密切的人际往来和研究工作上的频繁互动，使得他们对于被划入同一个学术团体的沉默的抗议，效果显得十分有限。

从批评理念的角度出发，“日内瓦学派”的轮廓定义依旧清晰。首先从否定的层面（*per negationem*），以“反象以征”的方式尝试界定，可以说“日内瓦学派”采用非文学史的研究方式，采取反判断性的、反历史主义和反实证的批评立场。因此，在提出新方式的同时，其批评写作往往具有一定论战色彩，反对过去文学研究中业已僵化的认知或模式。比如，在谈到圣伯夫时，布莱认为他的批评“是虚假的和不真诚的那种认同批评……接受其（模仿对象）怪癖和恶习，享用其安逸与欢乐，利用的却是它自己的精神对象。这种经验，连本人都说，包含着迟钝、假装或故意的犹豫，线索混乱，接近的方式拐弯抹角，总之是一种可疑的、不完全的成功”①；在《幻视者巴尔扎克》中，贝甘一开篇就毫不客气地痛斥给巴尔扎克贴上现实主义标签的其所谓“信徒们”；鲁塞在《法国巴洛克时期的文学》中虽言辞温和得多，但是在表达自己的研究目的时也补充说，这样做“解释或者说重新评估了一些朗松不知道该如何整合的文学潮流和诗人”②。

其次，“日内瓦学派”在试图挣脱桎梏的同时，并未与传统彻底断裂——其实关于这一点本应毋庸赘言——然而挑剔指责首批改革者们没有跟过去彻彻底底地决裂，是一种在后来者态度中十分常见，可实则并无道理的立场。在德里达关于鲁塞的诸多批评中，可以看到这一条：

---

① ［比利时］乔治·布莱：《批评意识》，郭宏安译，百花洲文艺出版社 2010 年版，第 4—5 页。

② Jean Rousset, *La littérature de l'age baroque en France: Circé et le Paon*, Paris, J. Corti, 1953, p. 8.

“创造，就是揭示，鲁塞说道，他没有背弃传统批评，他理解并与这种批评对话。”[①] 我们几乎可以从这句话中看出原作者本不想表达的褒奖意味，并且这一批判中所暗含的某种预设，即“‘背弃传统’这一特征是思想先进性的证明”，现在看来也是值得怀疑的。

事实上，“日内瓦学派”所做的工作一直都体现出对此前文学批评的理解和对话，批评家们在试图解放文本的同时，并没有彻底“驱走”作者的社会性人格：贝甘谈到巴尔扎克在创作中表露出的“天父情节”时，猜测韩斯卡夫人的流产可能给他造成了巨大精神打击；[②] 斯塔罗宾斯基指出，卢梭从少年时代就产生了对于被“注视”这一情形既渴望又惧怕的心理，这种心理深刻体现在他的写作中[③]；鲁塞把《追忆似水年华》中的人物们摆放在床头的读物与普鲁斯特的政治观点进行关联。[④] 在《批评关系》中，斯塔罗宾斯基认为批评的轨迹是“自发的同情、客观的研究和自由的思考三个阶段的协调运动”[⑤]，这一描述可以作为“日内瓦学派”整体上对于批评家与文本关系认知的较好概括。

最后，若是试图对“日内瓦学派”从肯定的层面定义，即正面说明“它是什么”，则是一项艰巨且不妥当的任务。这一问题在现代性场域里对艺术的反思之中常常出现——当旧的、日益僵化的传统体系在新思维的冲击下逐步解体后，如果此时为“新”艺术建立体系，那么这一体系也势必面临与此前一样僵化的危险，人们所做的不过是用一个等级秩序取代另一个而已。因此，“日内瓦学派”的批评家们对于建立思想体系都持明确否定或极其谨慎的态度。成员中间，鲁塞一向被视作最具“结构主义”色彩的评论家，“说他是日内瓦学派中的结构主义者也许不算过分”[⑥]，又或者“让·鲁塞更多的是一个形式主义批评家”[⑦]（笔者并

---

① Jacques Derrida, *L'écriture et la différence*, Paris, éditions du Seuil, 1967, p. 23.

② See Albert Béguin, *Balzac visionnaire*, Geneva, Albert Skira, 1946.

③ See Jean Starobinski, *L'œil vivant*, Paris, Gallimard, 1999.

④ See Jean Rousset, *Forme et signification*, Paris, J. Corti, 1953.

⑤ Jean Starobinski, *La relation critique*, Paris, Gallimard, 1970, p. 27.

⑥ 《意识的对话——论日内瓦学派》，第142页。

⑦ 《“日内瓦学派”：学派的困惑》，第137页。

不认同这一陈述，详见第二章节）。但是，鲁塞也没有尝试建立任何理论体系：在《形式与意义》一书的引言中，鲁塞对自己所使用的"形式"（forme）一词进行了定义，但是这一定义首先也是否定的：这种形式"不是表面，不是铸模造型，不是容器，不是写作的记忆，不是作品间各个部分的平衡，也不是组成部分的美感，它超越了规划和技巧，无法被简化为一份提纲或简图，也不是手法和方式的汇编"[①]；在接受杂志采访时，他谈到这种所谓"精致的理论模型"时说："这种精致化反正也不是很严格，是根据阅读的经验渐渐形成的"[②]；在《他们的双目相遇》一书中，鲁塞对文学中主人公初次相遇这一场景进行了研究和归纳，但该书最大的篇幅[③]却用来分析对先前建立起来的类型的"违反"（transgressions）。

这一思想共性不仅体现在文学创作与批评中，在现代艺术的大范畴里，都有其踪影。音乐社会学领域里，阿多诺批判了勋伯格为无调性音乐建立的十二音技法系统。他认为这种对新音乐体系化的做法，"对于主体而言，审美的整体性在其由十二音技法造成的彻底的异化中，在违背主体意志的情况下被打破了，在表现主义时代主体曾徒劳地与那种整体性进行过斗争，但这种斗争仅仅是为了借助于十二音技法再徒劳地把它重新建立起来"[④]。当手段的配置被直接看作目标和法则，必然导致这一体系的失败，使其沦为社会物化及压抑力量的同伴，这一悲壮的努力也不能免于失败。在这方面，"日内瓦学派"始终注重保持研究灵活性，远离体系化和理论化的"塞壬之歌"般的诱惑，使自身保有了持久的生命力。在鲁塞笔下，这样的共性体现为一种不经由工具理性，直接扎根于阅读体验中的批评，其行文流露出一种举重若轻的愉快和对艺术本身的挚爱。这样的底色至今依然华发未生，十分具有魅力。

---

① *Forme et signification*, p. 11.

② 转引自《"日内瓦学派"：学派的困惑》，第105页。

③ 这一题为 *écarts et Transgressions* 的章节从第149页开始至第202页结束，大致占据整本著作篇幅的四分之一。

④ ［德］泰奥多尔·W. 阿多诺：《新音乐的哲学》（第五版），曹俊峰译，中央编译出版社2017年版，第227页。

放下对“日内瓦学派”进行正面定义的意图，似乎依然可以合法地提出这样一个问题：在这些迥然不同的天才心灵相互靠拢之下，是否可能存在某种共性？在学派成员批评思想和研究方式的多样性之下，可以观察到一种简洁却普遍的共同信仰——对于创造意识的神圣化。我们不应忽视这其中反映出的宗教思维，近代西方各个领域的反思与改革都笼罩在这一庞大母题之下。在时间线上与20世纪精神危机并行的“日内瓦学派”的学术活动中，这一维度显得不可避免。对于漂浮在当时精神大气中亟待回答的问题，学者们感到自己负有做出回答的责任，这样的回答往往以或彰或隐的方式，体现在具体研究中。

“日内瓦学派”的批评家们均以各自的方式追寻“创造意识”，向其靠拢：布莱提出认同批评方法，认为“新批评就是一种参与，一种认同批评。没有两个意识的同步，就没有真正的批评”[①]；杜波斯则喜欢以“绝对被动的状态”自况，日记中他详细写道：“这种感情意味着等待，意味着人可以具有一种几乎是持续不断的植物性的生命，同时又是一个随时可用的打开着的容器，意味着事物是被给予的，而并非您去和它们相遇”[②]；贝甘拒绝文学研究中的科学性描述，希望在自己的工作中找寻“深刻自我”（le moi profond），而通过这样的精神性活动，人类最终可以寻回“童年的旋律”和此前“黄金时代的遗迹”[③]；这种对创作的神圣性的认同，鲁塞和斯塔罗宾斯基笔下显得更加间接和含蓄，但也无疑存在：后者所提出的批评的轨迹就“展开于（通过同情）接受一切和（通过理解）确定一切之间”[④]。

在“日内瓦学派”的批评家们眼中，诗性的隐喻语言中包含着更高的存在，且只有诗性的语言能对其进行表述。这样一来，文学、文学批评以及二者间的关系，此三个要素都被抬升至同一精神空间，位于与

① *Les chemins actuels de la critique*, dirigé par Georges Poulet. Paris, Union Générale d'éditions, 1968, p. 29.

② 转引自《批评意识》，第66—67页。

③ Albert Béguin, *L'âame romantique et le rêve: essai sur le romantisme allemand et la poésie française*, Paris, J. Corti, 1946, p. 11.

④ *La relation critique*, p. 27.

"逻各斯"相对的"秘索思"[①] 的层面中。三者间的这种关联可以在欧洲大陆神学思想中找到等比例的对应。在《理性基督教》中，莱辛对"上帝"，"上帝之子"以及"它们之间存在着的和谐"（父与子的灵）的关系论述中可以看到这种契合："在这一和谐之中，有着与父中的一切和存在于子中的一切；可见，这和谐即上帝。这一和谐就是上帝，所以假若父非上帝、子非上帝，和谐也就不会是上帝；假若这一和谐非上帝，父与子便不可能是上帝，这表明：所有这三者是一个东西。"[②]

在这样的思维共性下，"日内瓦学派"的批评家们重视直接阅读体验，使用审美化的语言进行文学批评，渴望自身与创作意识的结合，试图把文学批评提升到与文学同等的层面上。在这样的背景下，我们将目光聚焦在让·鲁塞个人身上，查看其独具特色的文学批评实践。

二 鲁塞的"形"与"梦"

"'形'与'梦'的共生"（la symbiose d'une forme et d'un songe）这一出现在《形式与意义》中的表达，是鲁塞对文学作品的一种隐喻式的定义。在这一特征的基础上，他进一步明确自己的批评方法："如果说作品只存在于一种形式和一个梦的共生之中，我们将专注于联合地阅读二者，同时通过形式捕捉到梦[③]。"按照出版的时间顺序，《形式与意义》

① 关于逻各斯（Logos）和秘索思（Mythos）二者的意义及演进可参阅陈中梅《"投竿也未迟"——论秘索思》，载《外国文学评论》1998 年第 2 期；王倩《真实与虚构——论秘索思与逻各斯》，载《外国文学评论》2011 年第 3 期；李丽萍《论柏拉图〈理想国〉中的"逻各斯"与"秘索思"》，载《文学教育（下）》2020 年第 10 期。本文中，肯定"秘索思"历史中词义演变的同时，主要采取阿尔贝·贝甘在 *Balzac visionnaire* 一书中所暗示的词义，即某种原始的、具有神话色彩的、神圣的、依然与诗人的想象力紧密联系的语言（详见第 66—68 页）。在现代语境中，"秘索思"作为逻各斯的他者，是一切理性之光无法照明的黑暗区域。维柯在《新科学》中也基本采纳这种词义（参阅第二卷《诗性的智慧》第二部分第一章《诗性逻辑》，朱光潜译，第 201—202 页）。

② ［德］莱辛：《莱辛注疏集：历史与其实——莱辛神学文选》，朱雁冰译，刘小枫主编，华夏出版社 2006 年版，第 2 页。

③ 原文如下：«Et s'il n'y a d'œuvre que dans la symbiose d'une forme et d'un songe, notre lecture s'appliquera à les lire conjointement en saisissant le songe à travers la forme», p. 11.

是鲁塞在科尔蒂出版社发表的九本著作中的第三本，也是他批评家生涯中最为著名的作品。此刻鲁塞暂别巴洛克时代，将目光投向更广阔的研究领域，但是巴洛克时期为他留下的影响，一直伴随他的职业生涯，这其中就包括了被后来的研究者称为“形式主义倾向”的东西。

《形式与意义》的引言对于鲁塞批评思想的考察是至关重要的材料，其中几乎涵盖了他批评思想中大部分重要理念，既能看到已完成的巴洛克相关工作的影子，也能发现批评家对未来可能的研究方向的思考。[①] 该书出版于1962年，彼时批评界各个阵地都旗帜鲜明，作者与文本间，结构与意义间罅隙越挖越深，呈现出分裂的势态。[②] 对于某一词语的选择或弃置不用，都承载着比以往更沉重的隐含，不得不谨慎对待。在“日内瓦学派”内部，与旧批评的对抗的张力一直都在，早在1960年，布莱就在通信中写道：形式“不过是用来吸吮，汁液显露之后就可以丢弃的壳”[③]。鲁塞完全感受得到批评界紧张对立的气氛，对于在标题中使用“形式”一词会带来的“风险”也十分清楚（“如果只有一个概念能引起矛盾和不睦，那么一定就是处于中心的形式的概念了”）[④]。因此他非常详细地阐释了使用该词的语境，对当时处于争论焦点的诸多问题也给出了自己的答案，虽然这些努力并没能完全避免他此后遭到的诸多误解。

在上一章节中，已经谈到鲁塞对于“形式”所下的否定定义，这一

---

① 比如，鲁塞在该引言中谈及该如何看待作家个人日记的问题，在此后«Narcisse romancier»之中得到详细展开；引言中还涉及关于作品边界的问题，即如何看待作品生成阶段留下的草稿、笔记等材料，它们是否影响作品的自律性等问题，鲁塞在«Le lecteur intime»中进行了进一步研究。

② 这一对峙气氛的高潮发生在1963年罗兰·巴特出版《论拉辛》之后。该书遭到学院派的莱蒙·皮卡尔（Raymond Picard）的尖锐批评，从而引发了20世纪的“新批评之争”（la querelle de la nouvelle critique）。在这场持续两年的论战中，巴特出版诸多文章，如1963年的«Les deux critiques»，1964年«Qu'est-ce que la critique»等，并于1965年以“Au nom de la ‘nouvelle critique’”为题接受《费加罗报》的采访，坚决拥护新批评。皮卡尔一方也写了不少论战性质的文章和小册子，最著名的是1965年的*Nouvelle critique ou nouvelle imposture*，其中抨击新批评主观性强、论证模糊、乱用各个新学科的术语，并且内部论述前后矛盾。

③ 转引自*La critique littéraire au XXe siècle*，p. 90。原文如下：«Les formes sont faites pour être sucées. Dès qu'on en a exprimé le jus，il faut jeter l'écorce»。

④ *Forme et signification*，p. 11.

系列的“不是”，把这一词语所蕴含的一切日常语用内涵和结构主义内涵都一一否定。“形式”不再是浮在作品表皮上的某种显性脉络，也不是作品中根本不可见的，需要分析才能抽取出来的结构框架。对于读者/批评家来说，只要是艺术作品，必定是形式。诗性语言中的形式，不同于概念语言中的作为纯粹工具所使用的形式，后者在使用上可以权宜方便，得意妄言，到岸舍筏，甚至需注意不可以辞害意。然而在文学中，批评家认为文学的定义就正是从形式与创造固有的有机联合中诞生的。作品是“一个结构与一种思想的共同盛开，一种形式和一段体验的混合，这二者的产生和成长互相关联”①。“艺术则栖居在一个心理宇宙和一种感性建构、一种幻视和一种形式的相互关联中。”② 因此对于读者而言，形式既是作品的门槛，也是跨过门槛通向作品内部的桥梁，又是作品深处为主体所隐又为主体所彰的秘密。“作品从整体上既是一种封闭又是一个入口：一个秘密和打开秘密的钥匙。”③ 形式是作品的秘密、运动，与作品的意义共生，共同构成作品的肉体和灵魂。全面的读者需要通过形式抓住意义，对二者共同进行阅读。因此二者间并不存在高低等级，不论在创作者的写作过程中，还是在读者阅读过程中，都处于一种完全无法拆分的共生纠缠状态。鲁塞对形式的这种认识与法兰克福学派的阿多诺对音乐形式的看法不谋而合：“形式是实质性的，是自然而然地，不是强逼硬迫地从造型素材中产生的。一般来说，被塑造的内容，并非某种外在于形式的对象，而是模仿的冲动，它本来就与形象世界——即形式——息息相关。”④

对于艺术家来说，形式并非某种诞生于创造意识之后的东西，而是创造意识的表象，画家握着画笔思考，作家边写边构思，形式产生于创作意识不可见之处，它像艺术家揭示自身的秘密，“在作品中隐藏着工

① *Forme et signification*，p. 10. 原文如下：«l'épanouissement simultané d'une structure et d'une pensée，l'amalgame d'une forme et d'une expérience dont la genèse et la croissance sont solidaires»。

② *Forme et signification*，p. 1. 原文如下：«L'art réside dans cette solidarité d'un univers mental et une construction sensible，d'une vision et d'une forme»。

③ *Forme et signification*，p. 2.

④ ［德］阿多诺：《美学理论》，王柯平译，上海人民出版社 2019 年版，第 212 页。

匠的秘密；是在创作中，在形式的到来之中，艺术家使自己成为诗人、画家或音乐家。既不在此之前，也不在此之后，而正是通过创作，他成为他自身”[①]。鲁塞认为，作品并不是一个先在的完美想法的实施，它是在创作过程中逐渐显现的。艺术家寻觅形式，一边注视着已经赋予作品的形式，一边继续创造新的形式，他注视着内心的秘密逐渐向自己显露，与生成之中的作品交织缠绕，形成新的图景，形式即是作品本身。“艺术家经历他的作品，并且无疑以最激烈的方式体验和生活在作品中。”[②]

在表述作品这种形式与意义的相互关系时，鲁塞不断变换表达，为表达形式，他使用过结构（structure）、建构（construction）、构成（composition）、条件（conditions）、实施（exécution）、形式布置（déploiement formel）、形式现实（réalité formelle）等词；而意义的近义词，则用过梦幻（songe）、梦（rêve）、遐思（rêverie）、思想（pensée）、心理宇宙（univers mental）、幻视（vision）、主题（motifs）、经验（expérience）、秘密（secret）等。不论“形式与意义”也好，“形与梦的共生”也好，鲁塞从读者和创作者双重角度描述这种关系时，从未形成某种宣言式的表达定式，而是在这些内涵既不完全相同也不完全不同的表达间来回切换，使这些类比相互平衡，词义相互限制的同时相互补充，始终保持灵活。这样审美化的、诗性的表达方式，在更早的研究中就有所体现，在《法国巴洛克诗选》中，鲁塞写道：“一首诗既是一段被经历的遐思，也是一种形象的组合：对于诗歌的选择即是在结构和风格的某些条件下，对象征、主题，梦的选择。”[③] 在繁多的意象中，我们可以感受到内部存在某种的内核，却无法将其作为逻辑概念固定下来。这就是鲁塞言说的形式，它始终处于动态、运动和变化之中，可以说正是巴洛克式的形式。

在鲁塞的研究中，这种对“形式”的偏爱贯穿始终，他所有的著作都包含对各种形式要素的分析：早期研究为巴洛克艺术划分出“孔雀”和“喀耳刻”两种代表形象；在《形式与意义》中试图通过作品形式捕

① Henri Focillon, *Vie des formes*, Paris: Presses Universitaires de France, 1955, p. 9.

② *Forme et signification*, p. 8.

③ *Anthologie de la poésie baroque française*, Paris, J. Corti, 1988, p. 5.

捉意义，针对不同文本搭建不同模型；后期研究更加丰富，囊括了对文本内部读者的分析、对第一人称叙事的研究、对文学传统中主人公初相遇的场景的分类、对虚构人物间交流模式的研究，还分析了唐璜这一神话人物，将其作为历时和共时两条轴线所构成的意义网络的核心进行讨论。在这样多元的内容中，无一例外可以看到形式单元的规划。追溯这种强烈倾向的源头，我们会发现，它不是某种观念意识的体现，也不作为某种立场的标志，而是源自一种朴素得多的、超越理性范畴的"一见倾心"式的相遇。

鲁塞对形式的偏爱始于在奥地利乡间偶然瞥见的一座被称为"巴洛克式"建筑时所感到的魔力，是一种惊叹，一种对心灵最直接的冲击，是先于智性的迷醉。这种魔法般的初次相遇带来的迷恋，而后在勒贝尔宁（Le Bernin）、博罗米尼（Borromini）和可尔多内（Cortone）三位罗马伟大艺术家的作品中完全确立起来①。批评家对形式之爱，首先来自巴洛克建筑和绘画中运动和变幻的线条，光洁波动的表面和曲线、幻象与错觉、装饰与面具，是个人化的、源自精神内部的共鸣。

随后这种对可见的巴洛克建筑形态的喜爱转移到了文学作品中，鲁塞在巴洛克的戏剧和诗歌中发现了类似的本质。他在古典主义之外找回的十七世纪，首先是"建筑以及与之相联系的图像、塑性艺术的世纪。其他领域的重新发现都依赖于建筑。文学的探索绕不开视觉形式"②。

由此可以看出批评家的一种认识论假设，在同一时代多样的艺术形式和表达下，必定存在一种共同的"精神本质"，这一本质使得同样的特征以不同但依然可辨的形象出现在绘画、造型和文学等不同艺术领域里。鲁塞认为，艺术的形态"反映出一种想象的结构，一种对于世界的直觉，而我们有权假设这种直觉普遍存在于艺术家和作家身上，而后者又使其反映在文学形式中"。③ 在这一点上，莱蒙也采取了一致的立场：

---

① See Jean Rousset, "*Dernier regard sur le baroque: Petite autobiographie d'une aventure passée*", in *Littérature*, Paris: Armand Colin, 1997, No. 105, pp. 110 – 121.

② Jean Rousset, *l'intérieur et l'extérieur*, Paris, J. Corti, 1968, p. 240.

③ Jean Rousset, *l'intérieur et l'extérieur*, Paris, J. Corti, 1968, p. 251.

“自然不必说，不能不加谨慎地同化文学和美术运动。但有一点很明确，是同样的力量在到处发挥作用。”① 鲁塞甚至在文学批评中加入了具有视觉艺术特征作品的分析。在《通道，交换和移置》的第二部分中，他分析了皮埃尔·卡尼尔（Pierre Garnier）的空间主义（spatialisme）“视觉诗歌”（«poésie visuelle»），这种作品注重文字和视觉效果的关系②；在《自恋小说家》中，包含了对普桑的自画像的分析以及勒贝尔宁在1665年为国王制作半身塑像的情形③。可以看出，鲁塞以一种先天对形式美感的敏感性为入口，深入文本的创作意识，完成意识的对话：“在稳固而纯粹的天空下，相对于唯一的上帝，世界显得不稳定且离散，但精神却从未彻底看不见上帝，我们通过繁多向着唯一前进。”④ 尽管类似的明确表述不多，但鲁塞也通过阅读和文学批评工作追寻着至高的精神存在，在这一点上，他与“日内瓦学派”的其他成员并无二致，其独特而自发的批评视角和手段，则源于批评家个人对形态之美的敏感性和偏好。

因此，若将他的研究定义为“结构主义”或“形式主义”，可以说完全站在了其思想立场的反面。这里的“形式”不是结构主义意义上的，是一种实在，它真实存在于文本、绘画和建筑中，只需用细致和爱慕的目光，便可以捕捉得到，它是艺术品真实存在的细部。鲁塞把这样的形式单元称作形式现实（réalité formelle）⑤，叙事单位（cellule narrative）⑥，显性符号（signe manifeste）⑦，间接却十足可见的标记（marque indirecte，mais bien visible）⑧，等等，从这些命名中都可以看出对其“实在性”特征的强调。而“结构”则完全不可见，在结构主义阅读之前并不存在于艺术品自身中，“结构是对物的模拟……模拟物使得此前不可

① Marcel Raymond, *Baroque et renaissance poétique*, Paris, J. Corti, 1985, p. 16.

② Jean Rousset, *Passages*, *échanges et transpositions*, Paris, J. Corti, 1990, p. 135.

③ Jean Rousset, *Passages*, *échanges et transpositions*, Paris, J. Corti, 1990, pp. 37 – 40.

④ *Anthologie de la poésie Baroque française*, p. 6.

⑤ Jean Rousset, “*Les réalités formelles de l'œuvre*”, in *Les chemins actuels de la critique*, Paris, Union Générale d'éditions, 1968, p. 90.

⑥ *Leurs yeux se rencontrèrent*, p. 12.

⑦ *Le lecteur intime*, p. 11.

⑧ *Le lecteur intime*, p. 25.

见的，或者说在自然物中不可理解的某些东西呈现出来"①。在发现和研究"形式"时，不存在对文本的拆解和重组，文本本身的"容积"（volume）并不在阅读中遭到抽象和暴力简化，反而得到充实，其内部意义网络因为新细节的有机融入，得以形成新的分枝和蔓生。

鲁塞的阅读不是一种"结构主义活动"，其中完全不反映索绪尔的语言学模型。鲁塞的形式永远是唯一的、复数的，独立属于每一篇被阅读的文本，且只存在于文本之中。"'结构人'拿来实在的事物，把它分解，然后重新组合"②，而"'巴洛克人'在自身和周围建立想象的世界，他栖身其中，仿佛这是一个更真实的世界，但又同时保留着生活在幻象中的一定的意识"③。一个是理性世界中，运用逻辑机巧的学者；一个是诗性空间里，想象着另一个世界的半梦半醒的建筑师。

三　批评自由主义？越过短暂的形式？极端结构主义？

贯穿职业生涯始终，鲁塞都拒绝具有规范性质的理论体系。对巴洛克的研究中，批评家已经敏锐地观察到："越靠近作品，多样性就越是比相似性更令人印象深刻；若是保持距离，则一切都在普遍性中挥发消失。如果人们说这一（巴洛克的）概念是模糊的，界线划定得不好，这并没说错。但在一定程度上看，在不确定之中工作难道不是更有益处吗?"④ 对于17世纪的"重新发现"，鲁塞并不想把当时的历史情形简单描绘成某种"巴洛克"与"古典主义"平分秋色，也并未把一些曾被消极地归为"前古典主义"的作家直接粗暴地纳入"巴洛克作家"的范畴，以此打破"古典主义"的统治。实际上，在《内与外》中，连"巴洛克"一词都很少出现。批评家认为，这是一种自律的文学，源于独具特色的敏感性，并不简单是消极的"前古典主义"概念的积极替代品。

① Roland Barthes, *Essais critiques*, Paris: édition du Seuil, 1964, p. 214.

② Roland Barthes, *Essais critiques*, Paris: édition du Seuil, 1964, p. 214.

③ *Anthologie de la poésie Baroque française*, pp. 14 – 15.

④ *L'intérieur et l'extérieur*, p. 249.

与文学形式有关的研究依然是个性化和具体的：鲁塞探索每一位作家和每一篇文本中独特的形式，在其原生的语境中分析意涵：在作者们的自画像中，斯居戴里小姐、蒙田或是拉罗什富科笔下的第一人称意味不同[①]；巴尔扎克隐含的内部读者区别于作为小说人物的受话人读者；《克莱芙王妃》与《包法利夫人》中同样是主人公初相遇的场景，不能用同一个模型来分析其差异；普鲁斯特《追忆似水年华》的精妙闭环结构及其各个部分与整体间的关系也是独一无二的。在鲁塞的分析中，模型永远是特殊的、复数的，它“不是强制性的法则，而是一种批评的工具，用于向文本发问，提出合适的问题文本就会向我们开口诉说”[②]。

批评家在追寻一种平衡——不建立新的等级体系，在最小范围里界定一些基础性的概念单元，使得研究工作得以打开新的视野——而保持这样动态的平衡不仅十分不易（首先需要以一种极谦逊的心态不断地反思此前的成果），也容易招致误解：《双目相遇》被批评包含太多“违反”书中建立的核心模型的文学例证[③]；《私密读者》被认为缺少连贯性、严格的方法论，并且没对“自己的漫游下一个总结论”，书评人的观察是正确的：“事实上，他（鲁塞）对作者意图的观察在每个例证里都不一样”[④]；《自恋小说家》被认为在读者身上引发含糊不清的感觉，而这一感觉来自多样性过大的作品选择和一种“半理论”的“批评自由主义”（libéralisme critique）[⑤]。

不得不承认，鲁塞的批评思维——不依赖于理性概念工具的创造和统一应用，而是以诗性的语言和思维去分析艺术中实实在在的形式——着实非常罕见，因而不但容易被倾向于理论研究的学者们驳为不够严谨，

---

① See Jean Rousset, “Les difficultés de l'autoportrait”, in *Revue d'Histoire littéraire de la France*, 1969, No. 3, pp. 540 – 550.

② *Leurs yeux se rencontrèrent*, p. 46.

③ See Kathryn Hoffman, *Review*, *Reviewed work* (*s*): *Leurs yeux se rencontrèrent*: *la scène de première vue dans le roman by Jean Rousset*, The Johns Hopkins University Press, 1983, No. 4, pp. 787 – 791.

④ Claire Carlin, “Review, Reviewed work (s): Le lecteur intime de Balzac au journal by Jean Rousset”, In *The French Review*, 1987, Vol. 61, No. 2, p. 283.

⑤ René Démoris, “Review, Reviewed work (s): Narcisse romancier. Essai sur la première personne dans le roman by Jean Rousset”, In *Revue d'Histoire littéraire de la France*, 1976, No. 1, p. 155.

研究没有定论，也容易被倾向靠拢作者创造意识的学者们误读。后者要么将其认作是形式主义的，要么将鲁塞所说的实在的形式"架空"，根据自己的研究思维，将其看作从一个意识到达另一个意识的短暂中转站。

乔治·布莱就持有这样的看法，在《批评意识》中，他对鲁塞的研究工作做了这样的描述：

> 重要的是，越过对短暂的形式的观照，现在有了一个人，他意识到形式之短暂。依仗着对象和形式，但也最终摆脱对象和形式，意识终于把握住自己，尽管这种把握是最为短暂的行为……我们参与了一种运动……因此而在相接相续的诸种精神状态中认出自身①。

这显然完全是布莱自己思想体系的表达，始终怀着某种对形式的轻视，向往某种纯粹主观层面上的彻底的和终极的认同。鲁塞从未把形式看作"短暂的"和需要"最终摆脱"的。实际上，分割地使用"形式"和"对象"来描述这种关系已经相当容易引发错觉——仿佛这二者各自都具有相当的独立性，可以轮廓清晰地存在于对方的对立面，共同形成二元对立，随后批评家再踩着这块踏脚石，就可以到达创作意识的彼岸——鲁塞从不认为自己的阅读是为了与作者主体会合，他甚至对这种目标能否实现都十分怀疑②。

在关于作品意识的问题上，布莱写道：

> 鲁塞的批评的长处就在于让我们看到作品如何一个阶段一个阶段地接近它的终点，这终点只能是一种理解行为。"作品指明了一个作品之外"，这个作品之外不是别的东西，乃是作品的意识③。

---

① See *Les chemins actuels de la critique*, p. 29.

② See *Les chemins actuels de la critique*, p. 29.

③ 《批评意识》，第158页。

他还在该页的脚注上加注：“鲁塞在关于巴洛克文学的作品中专门说了这句话”[①]（指“作品指明了一个作品之外”）。非常遗憾的是，这似乎依然是一种误读。鲁塞在《法国巴洛克时代的文学》一书中的确写下了这句话，然而联系其上下文，却并非表达与作品意识相关的内容：

> 我们可以很好地看到一部巴洛克的作品，既是作品的同时又是这部作品的创造……作品指向了一个作品之外，就好像它是一种准备；在这方面它保存着类似草稿的某种东西；它像是定位于一个无尽生成之中的诸多作品里的一个[②]。

在这样的语境中，鲁塞更多在描述巴洛克文学极强的灵活性和形变能力，它不停地生成和流变，仿佛一直处在发展的中间阶段，永不终结。人不再任由理想世界的标准限制自身，其精神趋向不断发现，并尝试与现实建立一种不断更新的联结。因而鲁塞从未表达过对作品终点的追寻，与此相反，他追逐一种“不平静的感受，对得到的结果不断地质疑，气喘吁吁地追寻一个不断推迟的平衡点，读者需要在追寻之中、在混杂着断裂的运动之中寻找乐趣，而不是在最终得到的休憩之中找到乐趣，正是这种断裂组成了运动”[③]。这样在文本内外勤快跑动的形象正是鲁塞作为文学批评家的准确肖像。他承认文本是自律的、永远无法依靠批评汲尽，是精神存在，也是具体的存在。在此之上，深刻认识到自己作为读者的历史局限性，接受自己的个人偏好。而批评工作的进行紧密依靠阅读，这样的阅读是大量的、具体的、愉快和美味的，属于某种肉感的美学范畴[④]。在这几种特质的共同作用下，鲁塞的笔调具有一种轻松、谦逊、宽容且十分优雅的态度。

---

① 这一脚注在中译本中没有体现，J. Corti 出版社 1971 年版的 «*La conscience critique*» 第 163 页可见此注，原文如下：«Id.，p. 232. Ceci est dit spécifiquement par Rousset de l'œuvre baroque»。

② La littérature de l'age baroque en France：Circé et le Paon，p. 232.

③ La littérature de l'age baroque en France：Circé et le Paon，p. 233.

④ See *Les chemins actuels de la critique*，p. 100.

最后，我们必须谈到德里达对鲁塞的批评，因他的批评最严厉也最不公正。在《书写与差异》的第一章，批判从《力量与意义》这个承文本性（hypertextualité）[①] 显著的模仿式题目就开始了[②]。德里达的哲学工作很大一部分是对西方形而上学的解构，在这本著作中，鲁塞首当其冲，这种选择是精致而巧妙的。仅从题目看，《形式与意义》看上去简直可谓“逻各斯中心主义”的最小表达式，是德里达力图批判的这一体系的最小缩略图；再者，鲁塞不是一个理论化的批评家，他对形式所下的定义大都是否定的、诗化和审美化的。他的批评活动是以一种诗性语言（文学批评）言说另一种诗性的存在（文学和艺术）。因此，一方面因其批评语言浪漫化的特征，留给进一步阐释解读的开放性大；另一方面他的研究还主要探讨了“形式”这一处于当时论战核心区的概念，这些特征使鲁塞成为批判西方形而上思想的优秀代理人选。

在德里达笔下，鲁塞被批评是一位“极端结构主义者”，“结构、构图、形态关联性，尽管其理论的意向，实际上变成了鲁塞批评的唯一关怀”[③]。鲁塞在分析《波利厄克特》时所描绘出的螺旋式上升的隐喻形式，表明他“给予空间模态，数学功能，线条与形式以绝对的特权”[④]，更严重的是：“进一步将这种结合说成是高乃依自己的独特性，是他的个人习语，岂不是言过了吗？倘若‘高乃依式运动’的本质即在此，那么高乃依自己又将在何处呢？”[⑤] 而除了这种“几何学主义”以外，当鲁塞的分析显得“更有繁殖力也更令人信服”的时候，则是一种“雏形主

① 关于承文本性和模仿的具体概念参阅 Gérard Genette，*Palimpsestes*，Paris，éditions du Seuil，1982，pp. 13 – 17。中文翻译选用了史忠义老师在河南大学出版社 2009 年版的《热奈特论文选》中的译法。

② 德里达的《力量与意义》（Force et Signification）是对鲁塞的《形式与意义》（Forme et Signification）的模仿，两者仅相差一个辅音字母。

③ ［法］雅克·德里达：《书写与差异》，张宁译，生活·读书·新知三联书店 2001 年版，第 24 页。（译者将 Rousset 译为“罗塞特”，笔者为保证全文连贯性依然使用“鲁塞”）。

④ ［法］雅克·德里达：《书写与差异》，张宁译，生活·读书·新知三联书店 2001 年版，第 26 页。

⑤ ［法］雅克·德里达：《书写与差异》，张宁译，生活·读书·新知三联书店 2001 年版，第 33 页。

义（préformisme）走俏”的表现，并且这种成功主要是因为“普鲁斯特和克洛岱尔的美学观与鲁塞的美学观在深处颇为吻合”①。

德里达的批评中暗示一种颇有点强权色彩的逻辑：鲁塞的谬误不仅在于把具有几何性质的模型隐喻引入文学研究，还以此为基础揣测“高乃依式运动”的本质，批评家怎么有权利定义作者的意图和“本质”？随后，德里达间接表示，鲁塞关于普鲁斯特和克洛岱尔的章节写得更出色些，但这也完全归功于“这种作为作品概念的美学观正好包含了鲁塞的审美观”②。可以看到，批判他人无权定义作家“本质”，并不影响德里达自己对普鲁斯特、克洛岱尔以及鲁塞的审美观进行深层次的权威判断和比较。

涉及具体的方法论时，鲁塞谈到自己的分析将经常在形式和意义间“互换取舍”，这种行为依据的是批评家本身的自发性（spontanéité），是非理论的、个人化的特征。德里达否定这种自发性，批评这样将个性和风格建立在自发性而非批评方法中的做法：“这种自发性实际上会使鲁塞将之当做一种理论规范去建设的互换取舍度失衡。”③ 这似乎与德里达自己对鲁塞的批评形成了矛盾：不断忽视后者对自身批评方法和视野自发性、主观性和有限性的申诉，直接为其本质下判语。倘若鲁塞的文学批评的本质即是如此，那么鲁塞自己又将在何处呢？德里达的思路下依然掩盖着这样一种根深蒂固的秩序等级，即文学高于文学批评，文学离真理更近，文学的本质无法固定，但文学批评则是二级的，那么就完全可以用理性工具来对付它。但如若要让能指真正游戏，不是早该“废黜”作者对文本的统治，而这种做法的结果之一，不正是取消文学与批

① ［法］雅克·德里达：《书写与差异》，张宁译，生活·读书·新知三联书店 2001 年版，第 36 页。

② ［法］雅克·德里达：《书写与差异》，张宁译，生活·读书·新知三联书店 2001 年版，第 37 页。

③ ［法］雅克·德里达：《书写与差异》，张宁译，生活·读书·新知三联书店 2001 年版，第 23 页。译文略显艰涩，原文如下：«Sa personnalité, son style vont s'affirmer non plus par décision méthodologique mais par le jeu de la spontanéité du critique dans la liberté de l'〈alternative〉. Cette spontanéité va déséquilibrer en fait une alternance dont Rousset s'est pourtant fait une norme théorique»。

评的等级关系吗？

德里达对鲁塞的引用具有很强的选择性，他没有试图进入鲁塞的问题意识，认真倾听写作人的思路，理解其立场，而是以自己的理论框架作为模具和滤镜来“切割”、“过滤”对方的观点。这样的批判表现出一种充满无力感的悖论性：想要摆脱但又无力摆脱自己想批判之物对自身思想所施加的根本影响。这种意欲亲手砍断自身部分精神根系的做法，为其思想带来了荒芜、冰冷且惶惑的底色——意义不在场，成了“被某种自然或艺术灾难减至骷髅架子”；结构就是一座被意义和文化“闹鬼”的无人居住的城市①；写作变得既危险又令人不安、批评家们总是绕着一个东西说话，而这个东西却是“纯粹的不在场”，是“无”②；写作想要企及的是“在者”（étant）之外的那个既不在场又不直接对我发生作用的存在；要把情感驱逐出去，“意写（vouloir-écrire）不是写的欲望（désir d'écrire），不涉及情感，而是涉及自由和义务”③。

在这种荒凉之境中，焦虑写作的责任爆发出创造性时，德里达认为，与之相比“古典上帝的创造性都显得过于贫乏”④，但这种魔鬼般的力量使人生畏，当书写中的神圣性被拒绝，选择也被拒绝，意义无穷的增殖所带来的创造性不再是良性的，也无法带来福祉，而更像某种恶性增殖，只能把人引向虚无（人甚至不再能理解自己的话语和写作）或哑口无言的境地。这种割裂所指和能指，并把意义从在场中驱逐的做法，正像是印地神话中罗睺（Rahu）和计都（Ketu）的诞生：一个叫湿瓦巴奴（Svarbhanu）的阿修罗抢夺永生甘露，刚刚喝下，就被毗湿奴大神一剑斩下了头颅，此时甘露正好在他的喉咙中，湿瓦巴奴身首异处，却也成

① ［法］雅克·德里达：《书写与差异》，张宁译，生活·读书·新知三联书店2001年版，第6页。

② ［法］雅克·德里达：《书写与差异》，张宁译，生活·读书·新知三联书店2001年版，第11页。

③ ［法］雅克·德里达：《书写与差异》，张宁译，生活·读书·新知三联书店2001年版，第20页。

④ ［法］雅克·德里达：《书写与差异》，张宁译，生活·读书·新知三联书店2001年版，第12页。

了不死之身，分裂成永远无法获得满足的干渴的头颅罗睺和无头的身躯计都。这正是文本和写作境地的隐喻，能指盲目游戏舞蹈，不知该去往何处，所指爆炸性增殖，创造性超越了“上帝”，却令人迷失，因为没有身躯的头颅吞噬再多意义也永远无法得到满足。德里达提到的安东尼·阿尔托的写作中就表达了这种意识：他想写作时，思想拒他而去；他没有见解，却能以此写成两本小说，而内容就正是围绕这一“深不可测、蒂固根深，经常施虐的缺乏见解而进行的”①。作家开始直接用“能指”写作。德里达所说的作为创造（créer）的力②并没有消失，消失的是它的谓语，即创造什么。这股力量一直都在，只是失去了目的，成了一种没有指向的魔怪般的创造力。然而，即使一再不停地对主体表现的权力进行压抑和削弱，依然无法取消它，阿多诺在勋伯格的晚年的音乐中也观察到了这一点，“没有人能逃避这种表现性的力量。这种力量胜过个别的主体”③。就算主体意识不打算容忍任何整体的吸引力，也会在排斥和批判中产生表现性，这就是被割裂的身躯和头颅之间顽强的相互召唤。也正因如此，德里达在对他人的批判和解构中，不时流露出自相矛盾的失败痕迹④。

鲁塞对这种分裂提供了自己的弥合与解决的方案，他没有走向作者创作意识、理性主义或文本完全自律的任何一个极端。对于文本与读者的相遇，他的立场类似伽达默尔的“视野融合”——“进入一部作品，就是变换世界，开拓天际。真正的作品既呈现为一道不可跨越的门槛，也是一座横跨在这道禁止的门槛之上的桥梁。”⑤ 他不向往对另一个人精

① ［法］雅克·德里达：《书写与差异》，张宁译，生活·读书·新知三联书店2001年版，第11页。

② ［法］雅克·德里达：《书写与差异》，张宁译，生活·读书·新知三联书店2001年版，第9页。«La forme fascine quand on n'a plus la force de comprendre la force en son dedans. C'est-à-dire de créer».

③ 《新音乐的哲学》，第207页。

④ 参阅张逸婧《德里达能否走出逻各斯中心主义?》，载《法国哲学研究》2018年第00期；［美］肖恩·梅格虎《德里达的汉字偏见》，张剑锋、刘莹莹译，载《批评理论“西方文论中国问题”专栏》2018年第2卷第3期。

⑤ *Forme et Signification*, p. 9.

神世界的彻底融合，他清醒地认识到，很难分辨在这种“认同”中混杂着多少读者自身的投射①；鲁塞喜爱运动的、光滑的、富于装饰的巴洛克形式，却从未要对其进行彻底的把握和固定。他不断建立模型又不断违反它们，或者从同一篇文本中挖掘出几种不同的形式，有种随说随扫的无所用心。唯有诗性与美是恒在的，阅读无法穷尽文本，批评家刚走到文末又想转身回到文本中，“作为一个把自己来来回回置身于对象内部和外部的传话人——就像所有的批评家一样，他不掩饰自身略显模糊的位置”②。而这样跑动的空间是一个心智的国度，卡西尔这样描述它内部的图景：“其中语词不仅保存下了它的原初创造力，而且还在不断地更新这一能力；在这个国度中，语词经历着往返不已的灵魂轮回，经历着既是感觉的亦是精神的再生。”③ 而这里，正是让·鲁塞一生始终耕耘的精神场域。

【作者简介】

李青羽，曾任海南师范大学法语教师，目前系北京大学外国语学院法语系在读博士生。

【通信地址】电子邮箱：leeqingyu92@163.com

① See *Les chemins actuels de la critique*, p. 29.

② *Le lecteur intime*, p. 17.

③ ［德］恩斯特·卡西尔：《语言与神话》，于晓等译，生活·读书·新知三联书店1988年版，第114页。

德里达语言论述与文学论述的契合

广东外语外贸大学西方语言文化学院
■罗　薇

【摘　要】雅克·德里达作为20世纪著名的哲学家，在文学理论和文学批评领域也有着重要的影响。原因是他对语言的论述与对文学的论述存在着一定的契合以及当代跨学科性的普遍存在。本文通过对德里达的语言观念、文本创作和文学观念的分析，旨在更好地理解德里达作品中的文学性和思想性，全面了解德里达的思想以及他在人文科学中的历史坐标。

【关键词】德里达　语言　文学　契合
【基金项目】本论文为广东外语外贸大学外国语言和文化中心，青年创新人才培植课题“雅克·德里达的人文思想和解构批评”（项目号：19QNCX05）阶段性成果之一。

The Fit between Derrida's Language Discourse and Literary Discourse

【Abstract】As a famous philosopher in the 20th century, Jacques Derrida has an important influence in the field of literary theory and literary criticism. The reason is that there is a certain fit between his discourse on language and his discourse on literature. Through the analysis of Derrida's language concept, text creation and literary concept, we can better understand the literariness and ideology in Derrida's works, and comprehensively understand Derrida's thought and his historical coordinates in the humanities.

【Key words】Derrida　Language　Literature　Fit

自古希腊哲学开始，人们就对语言产生了关注。语言是区分人与动物的最大特征，人类的思想在语言的记录下代代相传。然而，由于语言的逻各斯中心主义（logocentrism）的统摄，西方语言也遭到越来越多人的质疑。

德里达很早就开始关注语言问题，在他的代表作《论文字学》（*De la Grammatologie*）中就将语言问题放在了首要位置。德里达重申语言的重要性："不管人们如何理解，语言问题也许从来就不是一个普普通通的问题。但与今天不同的是，它过去从未像现在这样渗透到形形色色的全球性研究领域以及在意向、方法和思想体系方面千差万别的话语之中。"① 德里达的声明提示我们将语言放在全球性的视野中思考，因此德里达的理论也走出了欧洲，走向世界。由于德里达富有哲学意蕴的语言论述和文学论述之间存在着某种契合，他的哲学理论被广泛地运用到文学理论和文学批评中，他本人也被纳入了文学研究领域。出于这个视角，我们展开对德里达在语言问题方面的论述的分析。

一　德里达的语言观念

20 世纪的法国思想家、哲学家们都将目光投向了语言问题，他们经历了"语言学转向"，深刻地感受到语言对思想的制约。将语言与其他学科之间相互关联起来，能够擦出更多的火花。回看思想界，德里达等一批哲学家都得益于现代语言学留下的宝贵遗产。

现代语言学的蓬勃发展离不开瑞士语言学家费尔迪南·德·索绪尔（Ferdinand de Saussure）的成就。这位现代语言学的鼻祖，犹如中国古代一些先贤一样属于"述而不作"的思想家。他的这部"传世之作"——

① Jacques Derrida, *De la Grammatologie*, éditions du Minuit, 1967, p. 15.

《普通语言学教程》（*Cours de Linguistique Générale*）并非由他个人执笔，而是他的学生们根据上课内容和笔记整理汇编而成的。然而这部作品具有划时代的意义，开启了语言学引领其他学科之路。索绪尔的这部作品也成为研究语言学必读的经典。

事实上，人们并没有一开始就对索绪尔的这部作品抱以如此高的评价。该部作品“1916年出版之后，并没有引起语言学界的很大注意，后来出现了一些评论文章，但以批评意见居多。到了20世纪五六十年代，当代语言学家才重新发现索绪尔”。[①] 索绪尔之所以得到认可，跟他本人对其他学科的运用存在一定的关联。

索绪尔出生在19世纪末20世纪初，当时社会的各种思潮兴起，各个学科都处在强势发展的势头上。在梳理西方语言学流派时，谈到索绪尔语言学产生的背景，刘润清认为，索绪尔受到了法国社会学家杜克海姆（émile Durkheim）和奥地利心理学家弗洛伊德（Sigmund Freud）的影响。他们三人共同成为当时人文研究的主流。

杜克海姆最大的成就是使社会学成为一门科学。在他看来，信仰、法制、风俗和习惯等都属于社会事实，而“语言也是一种社会事实”。[②] 弗洛伊德最有名的是精神分析，他提出了一个重要且影响至今的概念——“潜意识”（Subconscious）。潜意识表现为人的心理活动，人的行为受到内心欲望的驱使。但是欲望导致的结果仍然受到规范的约束。弗洛伊德认为语言也应当符合社会的规范，人在言语时受到语言规则的制约。

无论是社会学还是心理学，都预告了语言的跨学科属性。语言与哲学之间产生的联系将语言的属性升华了。西方所谓的“语言学转向”（The Linguistic Turn），是语言学与分析哲学之间产生的联系，促使人们区分20世纪的西方哲学与传统哲学的差异。语言不再只具备传统视角下单一的工具属性，它变成了一种哲学意义上用于反思存在意义的基础。重视语言，成为从语言学家、精神分析学家到现代哲学家们一致的态度。

---

① 刘润清：《西方语言学流派》，外语教学与研究出版社2013年版，第82页。

② 刘润清：《西方语言学流派》，外语教学与研究出版社2013年版，第86页。

德里达继承了索绪尔重视语言的这一传统，他利用了索绪尔力推建构符号学的出发点，以符号的视角反攻索绪尔的学说。德里达提到："符号概念始终在自身中包含能指与所指的区分，即便它们像索绪尔论证的那样只是同一片树叶的两面。这一概念也属于逻各斯中心主义的派生物，而逻各斯中心主义也不过是一种语音中心主义（phonocentrisme）：它主张言语与存在绝对贴近，言语与存在的意义绝对贴近，言语与意义的理想性绝对贴近。"①

在德里达的眼中，符号代替了语言，使相应的情感得以表达。德里达对符号的运用投射在"造词"方面。最经典的造词为德里达的"延异"（différance）。从词源上来说，它与 différence 紧密相关，是在 différence 的基础上更换了一个字母，二者发音一致，"音同形不同"。但是 différance 被阐释出新的含义，"差异"和"延迟"共存。语言符号带来了差异性，差异性丰富了语言表达，打破了语言的固定范式。

谈及"延迟"，在法语中有一个特别的时态叫作"未完成过去时"（l'imparfait）。该时态的时间开端和结束未知，表示动作或习惯延续的非界定状态。德里达赋予"延异"一种时间上的不确定性，成为一种语言游戏。"延异"拉长了语言的时空，破坏了语言本身该有的明晰性。刘象愚等认为，"延异使得意义没有得到确证的可能，从而成功替代也解构了形形色色的'逻各斯中心主义'"。②

说到底，德里达运用"延异"这个符号本身的可变性和跳跃性使得语言变得难以捉摸，逻各斯中心主义所持有的"真理"遭到破坏，德里达在这样的语词情景下构筑了一种突破制约的利器，将"延异"播撒到文本中。"文本就是各种不同的联结和嵌入的产物，充满无数的踪迹和延异。"③

德里达的文本中充满了像"延异""踪迹"（trace）这样的符号，形

① Jacques Derrida, *De la Grammatologie*, éditions du Minuit, 1967, p. 23.

② 刘象愚、杨恒达、曾艳兵主编：《从现代主义到后现代主义》，高等教育出版社 2002 年版，第 286 页。

③ 刘象愚、杨恒达、曾艳兵主编：《从现代主义到后现代主义》，高等教育出版社 2002 年版，第 288 页。

成了独特的符号诗学。符号已经从具体的象征物转变为抽象的象征物，超越了传统所认为的“标记”“记号”。符号并没有消失，它像意大利哲学家翁贝托·艾柯（Umberto Eco）所说的那样：

> 符号学工程并不像勘探海洋那样，当船驶过后船后的踪迹消失得无影无踪，却像勘探森林那样，后面留下的车印和人的足迹改变了被勘探的景致，这样，勘探者在描述已勘探过景致时，就必须把他所造成的种种生态变化也考虑在内。[①]

德里达的符号诗学体现了他的语言表达能力。在卢梭、纪德等文学家的启发下，德里达从事过文学创作，曾经试图写诗，展露出一种诗学的构想。德里达自述：“我写了些很糟的诗歌，它们居然发表在北非的杂志上，我还坚持写‘私人日记’。”[②]

写诗的人懂得符号的意象。例如在法国的诗歌里，多次出现“橘子”这一意象。无论是浪漫的现实场景还是大师的画布，“橘子”象征着诗人内心火热的激情。在《梦想的诗学》（*La poétique de la rêverie*）[③]中，哲学家、诗人加斯东·巴什拉（Gaston Bachelard）就分析过一首十四行诗，其中他提到：“橘子是世界的中心，一个传递运动、狂热、洋溢着感情活力的中心，诗人赖内·马利亚·里尔克（Rainer Maria Rilke）向我们提出的生活格言是：跳橘子舞吧！”

> 跳橘子舞吧！那将更热烈的景物，
> 从你的身心投射出，让橘子射出
> 在故乡的空气中成熟的光芒……[④]

---

① Umberto Eco, *A Theory of Semiotics*, Bloomington, ind, 1976, p. 29.

② 包亚明主编：《一种疯狂守护着思想——德里达访谈录》，何佩群译，上海人民出版社1997年版，第28页。

③ 准确的译法应该是《幻想的诗学》。——笔者注

④ ［法］加斯东·巴什拉：《梦想的诗学》，刘自强译，生活·读书·新知三联书店2017年版，第203页。

巴什拉通过橘子来表达一种激情，通过里尔克的格言来释放激情。跳橘子舞的人应该是一位年轻的姑娘，留给诗人的并不是一支舞，而是诗人的幻象。幻象里蕴藏着情感，透着橘子外表的鲜艳和成熟的芳香，引起他对故乡满怀的思念。

号称法国20世纪最亲民的诗人雅克·普莱维尔（Jacques Prévert），在诗歌中也借用了橘子的象征意义。

> 桌上放着一只橘，你的长裙扔在地，我的床上躺着你，此时此刻多甜蜜，良宵沁人心脾，生命热情洋溢。①

橘子本与场景下的一切无关，它甚至可以被替代为苹果、香蕉。但是它的存在，使得诗歌产生了一种意境，满怀激情，在爱的甜蜜里，享受着生命的美好。

德里达就像是文学中的诗人，他利用了哲学意味浓厚的“延异”概念，留下了“踪迹”，他的陈述方式犹如诗人一般，不凡且具有创造性。著名的符号学家恩斯特·卡西尔（Ernst Cassirer）在《符号·神话·文化》（*Symbol*, *Myth and Culture*）中称：“任何伟大的诗人都是一个伟大的创造者；不仅是他的艺术领域的创造者，而且也是语言领域的创造者。他不仅具有运用语言的膂力，而且还具有改铸和创新语言的膂力，把语言铸入一新的模式。”② 德里达的语言诗学，实现了语言与文学的水乳交融，用符号为文学创造了更多的可能性。

二　德里达的后现代文本观念

使德里达成名的“三部曲”发表十年后，他内心发生了微妙的变

① 网络资料：URL：https：//m. hujiang. com/fr/p723455/。

② 朱广华：《通往语言的路途——海子诗学语言观简论》，载《中国社会科学报》2020年6月22日。

化。他变得不再那么抗拒对童年的回忆，开始写下对过往的点滴回忆文字，他的“自白”式写作也凸显了他对新的语言方式的迫切需求：

> 如果我不发明一种新的语言，新的“风格”，新的句子，这本书将败笔。这并不是说应该从那里开始。相反，它在旧的语言中开始，然后引领自己（和读者）走向一种习语，它在起初的语言里归根结底将是无法翻译的。①

德里达明确了语言方面的目标，恰在此时，后现代主义的语言模式给他带来了巨大冲击。这个冲击来自以詹姆斯·乔伊斯（James Joyce）为代表的后现代主义文学创作者。1956 年当德里达获得资助去美国哈佛大学收集胡塞尔的相关资料时，偶然遇见乔伊斯的作品：布局奇特的小说，使语言一下子丧失了统领作用。乔伊斯还设计了大量的内心独白，有着普鲁斯特那种让人难以琢磨的意识流情节。如此构思的作品无疑为德里达打开了一条新的创作之路。

乔伊斯之所以被认为是后现代主义作家，其中一个原因是他的代表作《尤利西斯》（Ulysses）带来的巨大冲击力。这部号称全世界公认的最难读的作品之一，其文本中不仅充斥着各种“精心设计”的姓名，还有排序混乱的各个“时间点”，导致故事情节混乱，丧失层次，令读者在阅读过程中难以反应和接续，甚至只能放弃。再加上作品中蕴藏大量乔伊斯“自创”的词语，为文本的阅读添置了不少的障碍，难以卒读的特点跟德里达后来的文本颇为相似。

除了消极和负面的评价，也有不少学者给出了肯定的评价。他们认为乔伊斯带来了全新的创作方式，作品中混杂了多种语言和丰富的内容，体现出作者深厚的语言功底和高超的创作水平。彼得·盖伊（Peter Gay）认为乔伊斯为文学带来了革新：

---

① Benoît Peeters, *Derrida*, Paris, Flammarion, 2010, p. 360.

> 乔伊斯小说具备了最颠覆传统的现代主义的所有特征：丰富多变的思路，博大精深的隐喻，游刃有余的外语表达，变幻莫测的想象，以及打破根深蒂固写作规范的决心。他是异端中的异端。①

盖伊从文本创作的角度出发，认为乔伊斯的作品具备了内容充实、手法新颖、语言功力深厚等特征，他对乔伊斯的作品甚是钦佩。然而，也有评论认为《尤利西斯》的创作手法有“故作高深”之嫌。笔者认为，作者乔伊斯的个人能力赋予了《尤利西斯》独特性，阅读这部作品需要具备很强的个人能力，确切地说是很强的语言能力。

乔伊斯深受古希腊神话的影响。他的后现代写作风格带有很深的古希腊神话的烙印。作品《尤利西斯》与希腊神话中的英雄人物“奥德修斯”同名，事实上尤利西斯本身就是“奥德修斯”的拉丁文形式；另一个人物“斯蒂芬”就是现代版的“帖雷马科”（Teremako），即古希腊神话中奥德修斯（Odysseus）和潘奈洛佩（Penelope）的儿子。乔伊斯借用古希腊神话里的人物姓名，实现了符号的“拼贴”，将“碎片化”符号填充进文本，打开了文本的想象空间。德里克·阿特里奇（Derek Attridge）认为这些神话并不是凭空编造的，“而是出自乔伊斯为这部小说精心设计的……”②

乔伊斯把神话的名称放进了自己的作品，使作品具有了一种神话的幻想，解构了语言的限制。针对这一类型的后现代作品，陈晓明认为：

> 后现代小说不去追踪人类整体性的历史认识，不去探求永恒而内在性的超验存在，而是倾向于追求自反性或元虚构，它反映了一切语言都是自我指涉的这一认识观。后现代小说热衷于创造一种兼收并蓄的文体，把历史、政治、文学传统和个人本质的重大素材转变

① Peter Gay, *Modernism: The Lure of Heresy from Baudelaire to Beckett and Beyond*, W. W. Norton & Company, Ltd., 2008, p. 196.

② ［英］德里克·阿特里奇：《用天才向极峰探险》，马霖译，中信出版社2017年版，第52页。

为幻想、黑色幽默或启示录式的寓言，以及夸夸其谈的个人抒怀。[①]

德里达不仅受到乔伊斯的影响，也受到了波德莱尔（Charles Baudelaire）、马拉美（Stéphane Mallarmé）等文学家的影响。德里达过上了与文学相伴的哲学生活，其实也是一种文学生活。正如博尔赫斯（Jorge Luis Borges）透过具有后现代性的作品来描述当代“文学生活”的现状那样，即：

> 我们时代的文学噱头之一是创作貌似混乱的作品的方法和愿望。假装混乱、艰难地创造混乱、用智慧来达到偶然的效果，在马拉美和詹姆斯·乔伊斯的时代，成了他们的作品。刚在伦敦出版的庞德的《诗章》中的第五个十年延续了这个怪异的传统。[②]

博尔赫斯敏锐地观察到这些先锋作家们“前卫”的创作手法，以看似混乱的文本实现一种特殊的效果。可以说，他们的先锋性和后现代性混为一体，后现代主义思潮为这些特立独行、开创新潮的作家们提供了一个展示才华的机会。否则，他们的作品就会被世俗的观念掩盖，人们会在多样性的文学面前无法看到后现代作品呈现出的异样光彩，感受到一种缺失（absent）。

从后现代视角出发，语言在这样的背景下拥有了天马行空的想象力，朝着漫无目的的远处延伸，产生了各种绚丽多彩的差异性，这也变成了另一种“延异”。作家毕飞宇说：“语言是想象力的出发点，语言也是想象力的目的地。”[③] 是语言放飞了想象，也是语言构筑了新的可能。

回到对语言的需求上，德里达自始至终都将“解构”作为一种策略，“解构”的背后就是“一种语言以上”，或者说多语种的共存。因

① 陈晓明：《无边的挑战》，中国人民大学出版社2015年版，第7页。

② ［阿根廷］豪尔斯·路易斯·博尔赫斯：《文稿拾零》，陈泉、徐少军等译，上海译文出版社2017年版，第259页。

③ 毕飞宇：《小说课》，人民文学出版社2017年版，第13页。

此，德里达表示：

> 对我而言，我相信，总是而且必须有不止一种语言［我的和他者的（我简化了许多）］，我必须尝试以这样的方式写作，即他者的语言不会在我的语言中受损失，并允许我介入而又不使我从中受到损失，接受我的语言的好客，又不在我的语言中迷路或被吞并。①

德里达始终围绕着语言问题进行文本创作。从他的作品出发，能够找到乔伊斯创作手法的痕迹，乔伊斯所代表的后现代性写作模式满足了德里达突破现有语言的需求，协助德里达实现了文本的再创作，即具有“互文”特征的写作方式。后现代的语言模式因此变得更加多元，为德里达的文本创作提供了支撑。

三　德里达理论的文学构成

文学占据了德里达思想很重要的一部分。从他的成长历程到他理论思想的成形，文学可谓陪伴着他，文学性也伴随着他的思想的形成。

结合20世纪法国的历史风云，德里达在文学中勾勒出他的哲学构想。在阅读大师的文学作品后，德里达深刻地感受到“出现了文学和哲学之间一种相当新型的联系”。② 这种联系构成了一种新的跨学科研究，使他在文学和哲学之间摇摆。而衔接这两个领域且将它们纷繁复杂的关系呈现开来的是语言。

后现代主义思潮兴起之后语言变得难以捉摸。王岳川认为，后现代语言观是由语言反客为主，不是我们说语言，而是语言说我们。那么，语言不再是被控制的实用工具，反而成了一种文化和制度，规范了我们

① 包亚明主编：《一种疯狂守护着思想——德里达访谈录》，何佩群译，上海人民出版社1997年版，第52页。

② ［法］雅克·德里达：《文学行动》，赵兴国译，中国社会科学出版社1998年版，第1页。

的行为，降低了人类主体的重要性，以至于“人从万物的中心终于退到连语言也把握不了而要被语言所把握的地步”。[①] 最能体现的是在艺术方面，人们用语言对艺术品进行解读的时候，能够感受到艺术品带来的无限想象空间，是艺术赋予我们打破语言界限的可能性。

德里达眼中的艺术正是如此，在探讨艺术品时，艺术本身的价值和意义无时无刻不在变化。对艺术的鉴赏所形成的差异性评价实际上是一种跟语言有关的探险。正如“书名《论文字学》正勾勒出德里达探险的足迹”。[②]

在《论文字学》中，德里达以为卢梭的语言具有一种来自情感的隐喻。情感表达了人们对诗意的追求，对自我感受的酝酿，也是文学创作的内涵之一。卢梭的作品中充满了丰富的情感隐喻，这是他创作文学的方式；乔伊斯的作品中充满了多样的符号隐喻，这是他增加文本复杂性的重要手段。隐喻之所以被纳入后现代主义的特征，是因为西方后现代主义者摈弃了一般的或者平庸的表达，而通过符号形成的隐喻来找寻创作的新思路。德里达则利用卡夫卡的表达方式迂回地证明：“文学只有超越自身，只有通过一种语言的形象才能生存，而这种语言首先不是文学自己的语言；文学也会由于非隐喻的东西进占自身而走向死亡。”[③] 言下之意，隐喻拯救了文学自身。

利用文学的文学性和隐喻性，德里达实现了语言论述和文学论述之间的契合。德里达的理论看重文学，文学性和隐喻性的相互交织透出了一种哲学思想，即看似无法相融的两个视角却存在着千丝万缕的关系。德里达提出了“补充”（Supplément）概念并且认为：“文学的文学性寓于描写隐喻、凝练诗歌的补充性的辅助手段中。文学没有特殊性；它至多具有被诗歌不幸否定的特殊性。”[④]

---

① 王岳川、尚水编：《后现代主义文化与美学》，北京大学出版社 1992 年版，代译序，第 26 页。

② K. Malcolm Richards, *Derrida Reframed: Interpreting Key Thinkers for the Arts*, I. B. Tauris, Co. Ltd., London, 2008, p. 19.

③ Jacques Derrida, *De la Grammatologie*, éditions de Minuit, 1967, p. 383.

④ Jacques Derrida, *De la Grammatologie*, éditions de Minuit, 1967, p. 383.

德里达从文学性延伸到文本的阅读体验。为我们带来对文学本身构成的思考。在阅读的过程中，对作品的解读本质上探寻了文本的内部结构，文本的外部则由文学批评理论结合创作背景、创作理由、作家个人情感等方面组成。文学理论在文学批评的过程中得到了升华。德里达用一种动态的阅读方式，破除了我们对文学形成的固定解读模式，文学时刻都在随着语言的变化而变化。

德里达在阅读文学文本的过程中特别提醒读者，他们可能无法真正弄清文学的本质。“如果你进一步去分析一部作品的全部要素，你将永远不会见到文学本身，只有一些它分享或借用的特点，是你在别处、在其他的文本中也能找到的，不管是语言也好，意义或对象（‘主观’或‘客观的’）也好。”①

进入后现代主义时期，对语言的运用异于传统的方式，对文本的阅读也产生了暧昧的感受。在文本实践的过程中通过语言的不断“变异”，能够产出一些鲜活的解读，丰富了文本的内容。文学批评的最终成形是出于它对文学进行剖析后的再创作，它来自文本，但又超过了文本。

阅读文学作品犹如欣赏一幅艺术作品，不能单纯地将它视为作者随心所欲的创作，艺术作品是鲜活的，具有强烈的生命气息。“艺术作品的静谧乃是动态的静谧而非静态的静谧。”②

阅读文学文本和欣赏艺术作品一样，在不同欣赏者的目光下呈现出不同的情感呼应，它跟我们生命的某个时刻产生交会，揭示了蕴藏在我们内心深处的一种情感。艺术品是有形的，但是情感是无形的。艺术作品是一种语言表达方式，它寂寞无声却又仿佛在轻轻诉说。艺术混杂了语言，就像后现代时期的文学能够杂糅多种语言一样。我们不必在意语言的统一性和纯洁性，萨特说：“艺术从来不站在语言纯洁主义者们那一边。”③ 所以说，多语言的“综合体”会造就出一门新的艺术，使文本得到不同时代的不同解读。

---

① ［法］雅克·德里达：《文学行动》，赵兴国译，中国社会科学出版社 1998 年版，第 39 页。

② ［德］恩斯特·卡西尔：《人论》，甘阳译，上海译文出版社 2013 年版，第 254 页。

③ Jean-Paul Sartre, *Qu'est-ce que la littérature?* Éditions Gallimard, 1948, p. 32.

结 语

作家毕飞宇说：“思想和表达只能是一对孪生的兄弟，最为独特的思想一定会导致最为独特的表达。”① 德里达的思想就是如此，他对语言的论述独树一帜，具有极强的后现代主义色彩。

德里达对语言的态度构成了对传统的反叛，形成了俨然不同的后现代语言观。这种语言观承接了前人的智慧，又开创了德里达自身的理论。王守仁等在《战后世界进程与外国文学进程研究》的第二卷《后现代主义文学研究》中就提到：“后现代主义的语言观与五个人关系最大，即索绪尔、维特根斯坦、海德格尔、拉康和德里达。可以说，正是他们的语言观构成了后现代主义语言观的内核。”② 可见后现代主义语言研究的一脉相承。

德里达新创的语词“符号”代表着智性的思考和哲学的内涵，符号作为承载体，已经超越了文本本身。读者在这样的循迹中，通过“延异”的阅读，扩张文本的意义，使人们能够从德里达的文本中获得对创作的巨大启发，让阐释变成一种鲜活的体验，文本具有了多元成长的生命力。

德里达以语言论述和文学论述的契合，开创了后现代的文学创作新风，深刻地影响了西方人文学科的走向。他对语言的探险历程使他在文学理论史上留下了浓墨重彩的一笔。这也就解释了为何他能够在文学领域留下自己的坐标。

【作者简介】

罗薇，广东外语外贸大学西方语言文化学院法语语言文学 2018 级在

① 毕飞宇：《小说课》，第 183 页。

② 王守仁等：《战后世界进程与外国文学进程研究》第二卷《后现代主义文学研究》，译林出版社 2019 年版，第 87 页。

读博士生，主要研究方向为法国文学和后现代主义。主持课题：《德里达的语言论述和后现代文本观》和《德里达的人文思想和解构批评》。

【通信地址】广东省珠海市香洲区人民西路三好名苑 1 栋 2 单元 304 房，手机号码：13680351516，电子邮箱：229651080@ qq. com

跨学科与跨文化研究

《一个食鸦片者》:波德莱尔对德·昆西的创造性改编

四川外国语大学
▒胡博乔

【摘　要】法国诗人波德莱尔的作品《一个食鸦片者》是法国文学中一个颇为特别的个例，它并不是波德莱尔原创的作品，而是诗人根据英国作家德·昆西的自传体小说《一个英国食鸦片者的自白》翻译改编而成，波德莱尔对英语版的原文本进行特殊的加工，引入戏剧的形式，改变叙述的人称，完成了一场与原作者之间的隔空对话，在文本中实现了“非原创的独创性”，体现了具有象征主义特质的文学创作手法。

【关键词】夏尔·波德莱尔　德·昆西　《一个食鸦片者》　翻译与改写

【基金项目】此论文属于四川外国语大学青年科研项目“波德莱尔的‘沉醉体验’研究”（项目号：sisu202028）的阶段性成果。

An Opium Eater: Baudelaire's Creative Adaptation of De Quincey

【Abstract】The French poet Baudelaire's work *An Opium Eater* is a rather unusual example in French literature. It is not an original work by Baudelaire, but a translation of the autobiographical novel *Confessions of an English Opium Eater* by the English writer de Quincey. The original text has been specially processed by Baudelaire, introducing a dramatic form, changing the personification of the narrative, completing a dialogue with the original author, achieving “unoriginal originality” in the text and embodying a literary technique with symbolist qualities.

【Key words】Charles Baudelaire　Thomas de Quincy　*An Opium Eater*　Translation and Adaptation

1860年问世的《人造天堂》（*Les Paradis artificiels*）是法国诗人夏尔·波德莱尔（Charles Baudelaire）生前除《恶之花》之外唯一正式出版的专著作品，包括两篇文章：《印度大麻的诗》（«Le Poème du haschisch»）和《一个食鸦片者》（«un Mangeur de l'opium»）。诗人不仅用科学和博物学的眼光研究并分析了印度大麻和鸦片这两种致幻剂对人类身体和精神的影响，还运用了文学的手法，将它们引发的陶然入迷的状态与诗歌的沉醉状态进行比较。从此之后“人造天堂”成了广为使用的致幻剂的代名词，波德莱尔也因此成为描写致幻剂的沉醉体验最具代表性的作家之一，跻身于包括托马斯·德·昆西（Thomas De Quincey）、爱伦坡（Allen Poe）、赫胥黎（Aldous Huxley）、亨利·米肖（Henry Michaux）在内的“迷幻体验俱乐部”中。

《印度大麻的诗》在《人造天堂》中位于前半部，向读者们表达出诗人的主题式写作的目的：通过致幻剂带来的幻觉，暗示出更加晦涩难明的诗意的想象力与灵感世界。而对于第二篇文章《一个食鸦片者》，诗人则有了一种令人出乎意料的处理：他并没有针对鸦片这个主题进行原创，而是选择对一部英语小说进行翻译、评论、改写、拆解和转化。这篇小说就是英国作家、著名的鸦片瘾君子德·昆西的《一个英国食鸦片者的自白》（*Confessions of an English Opium Eater*）。

一　《一个英国食鸦片者的自白》

《一个英国食鸦片者的自白》是英国作家托马斯·德·昆西于1821年创作的自传体小说，讲述了他的鸦片瘾的形成以及鸦片对其生活的摧毁性影响。

《自白》于1821年9月和10月首次以连载的形式匿名发表在《伦敦杂志》（*London Magazine*）上，次年以作者本人署名结集成书的形式出版，1856年又以作者本人的修订版本再次发行。《自白》是德·昆西的第一部重要作品，也是让他几乎一夜为天下人所知晓的作品。它在英国一经出版就大受欢迎，在很短的时间内重印了三版。巴尔扎克在1830年12月发表的文章《浪漫主义的连祷文》（«Les Litanies romantiques»）[①] 列举了当时最重要的作品名单，《一个英国食鸦片者的自白》就赫然名列其中。德·昆西在《自白》中掀起了一种寻找不可言传的感官体验的风潮，这种风潮后来传遍了欧洲艺术界和文学界，吸引着大众的审美好奇以及对相关领域的科学研究的兴趣。

按照《自白》的首版内容，德·昆西的记述以“致读者”（«To the Reader»）开篇，建立叙事框架；紧接着的《首次的自白》（«Preliminary Confessions»）介绍了作者的童年和青年时期，并集中讨论了作者后来吸食鸦片的情感和心理因素，特别是1802年和1803年德·昆西在伦敦牛津街无家可归的流浪时光；然后是《鸦片的乐趣》（«The Pleasures of Opium»），讨论了作者从1804年到1812年吸食鸦片的经历；最后是《鸦片的痛苦》（«Pains of Opium»），叙述了作者深受鸦片之苦的极致状态：失眠、噩梦、可怕的幻觉和难受的身体症状。

《自白》的文学风格从一出现就引起了人们的关注和评论。德·昆西熟读16世纪和17世纪的英国文学，并深受托马斯·布朗（Thomas Browne）等的影响。可以说，《自白》中最著名、最常被引用的一段话，是《鸦片的乐趣》最后一段对鸦片的辩护：

> 哦！公正、微妙、强大的鸦片！对于穷人和富人的心灵，对于永远无法愈合的创伤，对于诱使精神反叛的恐慌，它带来的是一种安抚人心的药膏。雄辩的鸦片！你用你有力的言辞辩术解除了狂热

① 参见 Balzac, «Les Litanies romantiques», *La Caricature*, n° 6, 9 décembre 1830, *Œuvre complète*, Vol. 2, Paris, coll. Bibliothèque de la Pléiade, t. Ⅱ, pp. 822 – 827。

> 的决心的武装。对于有罪的人，一夜之间让他重拾年轻时的希望，让他的双手被鲜血洗净，你使骄傲的人暂时忘却未纠正的错误，未雪耻的侮辱。①

德·昆西的“哦！公正、微妙、强大的鸦片！”仿照了沃尔特·罗利（Walter Raleigh）著名的句子“哦！雄辩、公正、威严的死神！”，我们可以看出，德·昆西在这里有意将鸦片比喻为死神，写出了鸦片既强大、不可抵抗又至高无上的力量，然而这种力量并不是以上帝的圣洁之光呈现的，反而与带着死亡的黑暗与恐怖并行而至。波德莱尔对这段描述非常喜爱，并逐字逐句在《鸦片吸食者》中将这段话原封不动地翻译了出来。德·昆西常常被外界批评对鸦片的快感关注太多，对残酷毒瘾的负面影响表现得不够，尽管《鸦片的痛苦》其实比《鸦片的乐趣》在篇幅上要长很多。

1856年，德·昆西为出版商詹姆斯·霍格（James Hogg）提供了一个新的版本。他对《自白》进行了大规模的修订，将作品的长度增加了一倍多。最值得注意的是，他扩大了开篇关于自己身世背景的部分，占据了全书三分之二以上的篇幅。不知道他是因为吸食鸦片所致的思想混乱，还是因为想要削弱鸦片这个主题所占的比重，他絮絮叨叨地写了很多离题万里的内容，谈到自己的监护人，以及在学校里的生活，还兴致勃勃地说起了教育学生的方法。

许多研究者都认为，在修改后的版本中，他给该书“开了个弱得多的头”，并以离题万里和前后矛盾的方式减损了原作的文学特色。“大多数评论家的判断是，早期版本在艺术上更胜一筹。”②“德·昆西无疑因修改而糟蹋了他的杰作……任何将两者进行比较的人，都会更喜欢原版的毫不懈怠的活力和张力，而不是修改后的大部分内容中的令人疲惫的

---

① Thomas De Quincey, *Confessions of an English Opium Eater*, edited by Alethea Hayter, New York, Penguin Books, 1971, p. 103.

② Alethea Hayter's introduction, Thomas De Quincey, *Confessions of an English Opium Eater*, p. 22.

絮叨。”[1]

尽管如此，我们丝毫不能否认《一个英国食鸦片者的自白》的深刻影响力。“它被出版了无数次，间隔几年便有新的版本出版，而且被翻译成多国语言。由于在他死后很久，医学界才真正开始对鸦片这类麻醉品进行系统的研究，所以德·昆西的记载就成了一种具有权威性地位的证词。实际上，这本书主导了几代人对鸦片的效果和影响的科学与公众观点。”[2]

然而，德·昆西的《自白》从出版之时起也遭受了不少的批评，因为它所展现的吸食鸦片经历过于积极，对读者的诱惑力太大。早在1823年，一个匿名作者写的《给鸦片吸食者的忠告》(*Advice to Opium Eaters*)出版问世，这本书“警告其他人不要重蹈德·昆西的覆辙”[3]。

这种担忧并非毫无根据，据说有多位英国作家，比如弗朗西斯·汤普森(Francis Thompson)、詹姆斯·汤姆森(James Thomson)、威廉·布莱尔(William Blair)，或许还有布兰威尔·勃朗特(Branwell Brontë)，都是读了德·昆西的作品之后走向鸦片成瘾的。[4] 柯南·道尔(Arthur Conan Doyle)于1891年创作的福尔摩斯的故事《歪唇男人》(*The Man with the Twisted Lip*)也涉及了《自白》，故事中的人物之一是个鸦片瘾君子，他正是在学生时代读了《一个英国食鸦片者的自白》之后开始尝试吸毒的。

德·昆西自己也意识到了这种不好的影响，并且积极试图化解这类对他作品的批评。当1821年的首个版本在次年以书本形式印刷时，他在文末增加了一个关于鸦片戒断过程的附录，他还在1856年的修订本中插入了关于鸦片医学方面的科普知识。

从更宽泛的层面来说，德·昆西的《一个英国食鸦片者的自白》中对鸦片效果的大量描述，对鸦片对梦境的影响的细致刻画，给当时的心

① Alethea Hayter's introduction, Thomas De Quincey, *Confessions of an English Opium Eater*, p. 22.

② S. Lyon Judson, *Thomas De Quincey*, New York, Twayne Publishers, 1969, p. 178.

③ 参见 Virginia Berridge and Griffith Edwards, *Opium and the People: Opiate Use in Nineteenth-Century England*, New Haven, Yale University Press, 1987, p. 53。

④ 参见 Virginia Berridge and Griffith Edwards, *Opium and the People: Opiate Use in Nineteenth-Century England*, New Haven, Yale University Press, 1987, p. 178。

理学和精神病学带来了丰富的研究材料，并且影响着浪漫主义及其之后长于刻画内心情感、梦境的文学形态。[①] 爱伦·坡称赞《自白》有着“辉煌的想象力，深刻的哲理，敏锐的思辨”[②]。

托马斯·德·昆西的《一个英国食鸦片者的自白》之所以经久不衰，在很大程度上要归功于它在文化史上的独特地位，德·昆西对“鸦片的愉悦与鸦片的幻灭”的具有开创性、自我反思性的描述，和一种“知耻近乎勇”的坦白，成为一类“反道德的伦理学”的自传体作品的模板，是法国卢梭的《忏悔录》的精神的延续。在美国文学史上的一个广泛的认知是，杰克·凯鲁亚克（Jack Kerouac）广为流传的《在路上》（*On the Road*）问世之前，德·昆西的《自白》是对“垮掉的一代”影响最大的文学作品。

二　波德莱尔的《一个食鸦片者》

《自白》传入法国是在首次发表的六年后，也就是1827年，确切的日期是9月29日和30日，法国的一份关于表演、文学、艺术、风俗和时尚的日报《潘多拉》（*La Pandore*）发表了这部著作的法文翻译版的节选，译者为匿名。这个版本的法文翻译据说比一年后的缪塞翻译的版本更加忠实于德·昆西的原文文本的精神。1828年，缪塞以《英国的食鸦片者》（*L'Anglais mangeur d'opium*）为名，翻译出了该书的法文译本，并署名为“A. D. M.”。在同一年，缪塞发表了一篇关于鸦片使用的医学论文，其中就引用了德·昆西的那句著名的句子：“哦！公正、微妙、强大的鸦片！”[③]

① 参见 Alethea Hayter, *Opium and the Romantic Imagination: Addiction and Creativity in de Quincey, Coleridge, Baudelaire and Others*, revised edition, Wellingborough, Northamptonshire, Crucible, 1988, p. 31。

② E. A. Poe, *How to Write a Blackwood Article*, orig. publ. in American Museum, Nov, 1838.

③ Paul Sawyer, «Musset's Translation of Confessions of an English Opium Eater», *The French Review*, Vol. 42, n° 3, 1969, p. 403.

研究者们普遍认为，缪塞翻译的《自白》是一个差劲的版本，“这是最奇怪、最不忠实、最私人化的翻译，它甚至完全不是一个翻译，而是充满了错误、删减、缺失的肆意发挥”。[①] 这个翻译版本被广为诟病。因此，波德莱尔的“翻译版本”《一个食鸦片者》问世之后，其光芒完全遮挡了前者的存在。

从1857—1860年，更确切地说，是在1858年和1859年，波德莱尔对德·昆西的《一个英国食鸦片者的自白》进行了翻译、评论、剪裁、改编，这一改编本最初发表在《当代评论》（*Revue contemporaine*）上。后来，诗人将其整理成了《一个食鸦片者》，放在《印度大麻的诗》之后，作为《人造天堂》的第二部分，于1860年结集出版。

波德莱尔究竟是什么时候读到的德·昆西的作品的呢？我们可以一直追溯到诗人年轻的时代住在圣路易岛上的皮莫丹酒店的岁月，因为他在1852年1月创作的文章《异教派》（«L'école païenne»）中就曾经这样写过：

> 人们用资财和掌声嘉勉这种令人叹惋的追捧（对古希腊和古罗马的盲目追捧），这种狂热往往将人们转化为惰性的存在，让作家堕落成“食鸦片者”。[②]

当时波德莱尔还住在“大麻俱乐部”的隔壁，诗人显然对“印度大麻”这个主题更感兴趣，不过这里的“食鸦片者”（Mangeur de l'Opium）的表述显然是受到了德·昆西的原文“Opium Eater”的启发。不过，直到1857年，这位英国的鸦片吸食者的作品才真正深深吸引了波德莱尔，以至于令波德莱尔决定放弃自己作为作家的原创者的身份，而用法语将德·昆西的英文文本重新整理、翻译和解读一遍。

---

① Paul Sawyer, «Musset's Translation of Confessions of an English Opium Eater», *The French Review*, Vol. 42, n° 3, 1969, p. 404.

② 《波德莱尔全集》（以下简称《全集》）（Charles BAUDELAIRE, *Œuvres complètes*, 2 Vol., coll. Bibliothèque de la Pléiade, t. I 1975; t. Ⅱ, 1976.）第二卷，第38页，中文由笔者翻译，以下皆同。

令我们感到好奇的是，波德莱尔在翻译《鸦片吸食者》之前，是否知道缪塞的这个版本。在这个问题上，学者雅克·克雷佩（Jacques Crépet）已经指出，缪塞翻译的版本《英国的食鸦片者》（*L'Anglais mangeur d'opicium*）在布瓦斯蒙（Boismont）于1845年发表的研究印度大麻致幻剂的文章《重重幻觉》（«Des hallucinations»）中被详细引用过①，波德莱尔本人则多次提到并援引布瓦斯蒙的这篇文章。因此，波德莱尔很难忽视缪塞的这个译本。

在这点上还有另外一个证据可以证明，皮舒瓦（Claude Pichois）在《波德莱尔作品全集》的说明部分指出，波德莱尔的出版商普雷·马拉西（Poulet-Malassis）的一封信上证明，诗人在准备翻译德·昆西的书时，在塞纳河畔偶然发现了署名为“A. D. M.”的册子，“他当场就读了它，认识到这是一个摘要，是他正在翻译的作品的概要”，但是波德莱尔立刻“发现它并不高明，他甚至没有买它”②。

三　波德莱尔对德·昆西作品的改编

不同于《印度大麻的诗》中对印度大麻的效果的直接书写，《一个食鸦片者》是波德莱尔在德·昆西自传性原文的维度之中，通过叙述（或者说重述了）一个瘾君子的充满戏剧性的生活，侧面描摹了鸦片的特性与效果。波德莱尔在写作中采用了一种非常特殊的形式——在对另外一个原创性文本进行翻译基础上的诠释和改编。

首先，波德莱尔是这样解释自己改编这部著作的动机的：

> 鸦片的探寻工作已经被很多人涉及了，并且做得非常出色，以至于我不敢再多加什么了。因此，我将在一本别人写的《一个英国食鸦片者》中，对这本超群出众的作品进行条分缕析，之前还没有

① Jacques Crépet, *Recueil d'anecdotes et de Lettres de Baudelaire*, Paris, A. Messein, 1906, p. 106.

② 《全集》第一卷，第1373页。

任何人完整地将它译介过来。[①]

这段话的法语原文运用了简单将来时，或许可以证明是在波德莱尔开始动手翻译之前说的，这既表现了波德莱尔对德·昆西作品的欣赏，也阐明了改编这部作品的动机——波德莱尔在德·昆西的作品中找到了自己迄今为止未能充分表达的经验和思想。当波德莱尔转向德·昆西的时候，他也转向了自己，他并没有因为仅仅作为翻译者而让自己的工作变得更轻松，反而在阐述德·昆西的作品中克服了重重困难，从而营造出一个鸦片美学的全新境界。

对于《一个食鸦片者》文本的性质，皮舒瓦有这样的说法：

> 我们必须坚持这是一种分析，而不是对英语原文直接的翻译。这是因为波德莱尔所做的远远不止是在技术意义上翻译德·昆西的散文。他以读者和叙事者的身份重新组织它、评论它、令它具有戏剧的格式，最重要的是切割它、消化它、使它成为自己的作品，重新将其定位。[②]

因此，这部作品既不是对文本逐字逐句详尽的翻译，也不是严格意义上的抄袭，波德莱尔对德·昆西散文的“翻译”远不止技术意义上的“翻译”，他将德·昆西的文字内化、提炼，与他自己想要表达的思想相互契合。诗人保留了故事的主线，对《自白》进行了压缩、简略，删减掉1856年改编版的那些冗余的絮叨，并将多个段落重组、删减、添加、移动和改写。波德莱尔按照其独特的审美标准解构了德·昆西的作品，重新创造出一个更好的文本。概括地讲，波德莱尔对德·昆西的《一个英国食鸦片者的自白》进行了三种类型的修改：压缩、增补和重组。

① 《全集》第一卷，第788页。

② 《全集》第一卷，第407页。

学者穆瑞斯·普利姆（Muris-Prime）认为，波德莱尔的这一操作过程令我们想到了加拿大翻译理论研究专家乔治斯·巴斯汀（Georges Bastin）对于翻译中的改变策略的分类。[①] 在巴斯汀看来，翻译中的改编，分为“局部改编”和“整体改编”。第一种是任何译者的工作都会涉及的部分，包括在翻译过程中一次性地增删或修改一个词、一个表情或一个形象，以保持语篇的连贯性，这意味着在文本中实施的翻译补偿策略。而“整体改编”则是为了实现某种“作者的野心与目的”，因此作者将原文仅仅视为一种原材料，对其进行整体的结构性更改。[②]

波德莱尔对于德·昆西原文本的处理就是属于第二种改编形式，远远超出了局部改编的框架，因为他对许多段落进行了删减、添加、移动和改写。从英文文本来看，波德莱尔在《一个食鸦片者》中贯彻了约翰逊（M. A. Johnson）所说的“改编的创造性过程”四个阶段中的三个阶段[③]，即摄取（阅读作品、收集资料）、消化（将文本进行同化，在《一个食鸦片者》中就是翻译的环节）和拒绝（编辑、重构、摒弃冗余、发现弱点，将其消除、替代，以期使作品成为杰作）。[④] 因此，波德莱尔将德·昆西的文本进行的传统意义上的翻译只是他所做的全部工作的一个初级阶段。而诗人的最终目的是让他所改写的《一个食鸦片者》具有与原文不同的形式，并符合自己作品的特质，成为《人造天堂》的第二部分，从而表达出想要暗示的沉醉体验的隐秘意义。因此，波德莱尔最终创作的文本与原作有很大的不同，《一个食鸦片者》超越了原始的文本，走向了原创的作品。

然而，如果说波德莱尔在《鸦片吸食者》中对德·昆西的改写与原著有很大的出入，这并不意味着波德莱尔删减或者扭曲原文的原意，情况恰恰相反，正如学者阿兰·阿斯托（Alan Astro）所说的：“波德莱尔

① 参见 Muris-Prime, C., «Baudelaire, l’opium et la poésie: digestion, digression et adaptation» TTR, 27 (1): 213 - 227, 2014. https: //doi. org/10. 7202/1037124ar。

② 参见 Georges Bastin, «La notion d’adaptation en traduction», *Meta*, 38/3, 1993, p. 473。

③ M. A. Johnson, «Translation and Adaptation», *Meta*, 29/4, 1984, p. 421.

④ M. A. Johnson, «Translation and Adaptation», *Meta*, 29/4, 1984, p. 422.

正是通过对翻译的快速和松散的玩弄，使翻译成为自身之外的其他事物，并允许它代表自身。”[①] 也就是说，通过翻译，以及对翻译的叛逆，波德莱尔对德·昆西的文本进行加入处理，将原本的文本重新编排，创造出一种差异，而正是通过这种差异，波德莱尔将英国鸦片吸食者的思想进行了更进一步的梳理和深化，让两者的思想产生深层次的共鸣。

波德莱尔在改编的文本中给予读者的，其实是对原文本《一个英国食鸦片者的自白》的文本提炼物，在法语中，“提炼物”和“摘录”是同一个单词“extrait”。这个词暗示出了波德莱尔文本的性质。正如波德莱尔本人所说的那样：

> 著作中的许多绝妙文字与鸦片这个主题偏离得有点远，而可供我使用的空间甚微，我必须满带歉疚地省略了不少饶有趣味的开胃菜，旨在让读者完整地领略作品的令人感动的图景，然而虽然仅仅是简洁的摘录，也可令读者们感受到作品蕴含的力量之强大。[②]

四 非原创的独特文本

1857 年波德莱尔开始进行这项工作，主要面临的是三个艰难的任务：首先，要给昆西的作品“一种戏剧性的形式”，“把秩序引入其中”；其次，要将自己对鸦片的体验与昆西的体验相吻合；最后，要使这些成分如合金般紧密连接在一起，无法区分。[③]

根据阿斯托的总结，波德莱尔将五种策略运用到对德·昆西文本的操作中：（一）用引号将某些段落按照原文逐字翻译，其中英语中的“我”（I）直接对应成法语中的“我”（je）；（二）用第三人称转译其他没有引号的段落，其中英语中的“我”（I）被译为法语中的“他”（il）；

① Alan Astro, « Allegory of translation in Baudelaire's un mangeur d'opium », *Nineteenth-Century French Studies*, Fall-Winter 1989 – 1990, Vol. 18, n° 1/2, p. 165.

② 《全集》第一卷，第 788 页。

③ 《全集》第一卷，第 788 页。

（三）用释义的方法，概括性地演绎和诠释其他段落；（四）对特定段落加入自己的评论；（五）删除波德莱尔认为冗余和离题的大部分文字。[1]

我们可以在波德莱尔的《一个食鸦片者》中看到两个不同的话语体系和两个不同的叙述声音，《一个食鸦片者》是以德·昆西的自传性话语来叙事的。波德莱尔作为读者和翻译者，以德·昆西的原文作为材料，与他进行了一场作者和译者间的对话，这就构建出了一个戏剧的舞台：德·昆西的声音在舞台上活跃着，而波德莱尔的声音则像幽灵般的画外音一样，在关键的时刻响起。这样的双重叙述模式为德·昆西的文本引入了一种戏剧的结构。有两个声音在舞台上此起彼伏，一个是属于德·昆西所扮演的"演员"，另一个是属于波德莱尔所扮演的"导演"。

因此，文章中的许多观点——尤其是对鸦片究竟是接受还是批判，就非常容易因为叙述者的不一致而使读者陷入迷雾。许多时候，文章中对鸦片的大篇赞颂，并不是以波德莱尔为叙述主体，而是借由德·昆西的声音讲出。可以说，波德莱尔通过这样的叙事结构，在对鸦片的态度上设置了巧妙的暧昧，暂时将他自己对鸦片的批判放在一边，努力以客观的角度来叙述德·昆西对于鸦片的成瘾性依恋。最典型的例子是在文章的一开始：

> "公正、微妙而强大的鸦片！无论贵贱，你在人们的难以复原的疤痕和诱发心灵叛逆的苦难上带来了舒缓的药膏；有说服力的鸦片！通过你所向披靡的修辞术，让狂热的心肠缴械投降……"[2]

这部分文字被波德莱尔加了引号，表明是他翻译的德·昆西的原文，文字对鸦片进行了热情的赞颂，将它拟人化，仿佛一篇祝祷。这并不是英文原文的开头，波德莱尔打乱顺序把它放在这里，是为了给作品定下基调和尺度。波德莱尔在通信中解释说："我终于找到了开头，它的庄

① Alan Astro, «Allegory of translation in Baudelaire's un mangeur d'opium», *op. cit.*, p. 170.

② 《全集》第一卷，第442页。

严，类似于管弦乐队的第一小节。”①

不过，紧接下来，波德莱尔又重新拿回了叙述的话语权，跟德·昆西这个被评论的对象隔开距离，进行了第二种类型的叙述和重构，诗人的话语，犹如在舞台上激烈剧情上演的间歇传出的冷冷的画外音：“魅惑才刚刚起头，毅力已然被降服，欢愉的回忆将要实施它永恒的暴政。”② 阅读了开头的读者，刚刚被德·昆西叙述中的鸦片之魔力吸引，又被波德莱尔作为翻译者的警示话语当头浇了一瓢冷水。因此，波德莱尔在文本中让德·昆西讲出的那些对鸦片带来沉醉感的热烈赞颂，并不是波德莱尔本人对毒品的倾慕，而是他想要使用这样的舞台剧的效果，让鸦片对人性的束缚和迷惑的魔力更加淋漓尽致地通过文本的舞台凸显出来。

整篇文章就是在这种你来我往的对峙性的张力中展开的。《一个食鸦片者》具有了双重的主体性，这显然是一种炼金术性质的组合再创作，波德莱尔将自己的思想和德·昆西文本的精华部分进行混合，产生全新的魔法效果。

日本学者井上辉雄在《波德莱尔：沉醉的诗学》中认为，波德莱尔仿佛有意识地扮演着导演的角色，令德·昆西的叙事具有了“戏剧的形式”：“事实上，我们似乎可以肯定，波德莱尔在这部作品中所设计的构图是带有戏剧的灵感和秩序的。”③ 这种从文本叙事到戏剧叙述的转化，伊夫·弗洛朗斯在《人造天堂》序言中也提到：“这个令人钦佩的形象是由戏剧的效果所产生的。”④

波德莱尔通过将德·昆西文本中的“我”（I）译为第三人称的“他”(il)，与德·昆西在文本中刻意保持了一定的距离，这就在文本中形成

① Charles Baudelaire, *Correspondances*, Paris, Gallimard, Bibliothèque de la pléiade, 1973, Vol. 1, pp. 650 - 651.

② 《全集》第一卷，第444页。

③ Teruo Inoue, *Une poétique de l'ivresse chez Baudelaire*, Tokyo, éditions France Tosho, 1977, p. 187.

④ Yves Florenne, introduction de Baudelaire *Les Paradis artificiels*, Paris, Livre de Poche, 1972, pp. 14 - 15.

了一个显著的效果：通过人称的切换，波德莱尔对德·昆西作为鸦片瘾君子的忏悔模式提出了怀疑。对于此类的忏悔模式，阿斯托提醒我们可以从法国“忏悔文学”的宗师卢梭那里寻找根源。保罗·德曼（Paul de Man）在研究卢梭的《忏悔录》时就曾经将一句法国谚语反用：“自我认罪即自我辩护”（Qui s'accuse s'excuse），这句法国谚语的反用揭示了卢梭的忏悔的可疑性。① 揭露真相即代表完全的坦诚，而完全的坦诚则与无辜紧密相连，因此，忏悔者假定的诚实在潜移默化中已经为他开脱了罪名。波德莱尔敏锐地发现了德·昆西文本中蕴含的这种特质，因此，他才利用人称的转变，刻意与“食鸦片者”保持一定的距离。通过将“我”改为“他”，波德莱尔改变了德·昆西《一个英国食鸦片者的自白》的修辞视角，避免成为作者在忏悔上的“同谋”。波德莱尔用第三人称代替第一人称，通过写“il”而不是“je”，使自己的叙述与德·昆西的修辞策略保持距离，同时又令他的语言与自己的语言相融合。

阿斯托指出，我们可以用英国著名语言哲学家奥斯汀（J. L. Austin）的“施事话语”和“记叙话语”的概念来理解波德莱尔对德·昆西文本的修改和加工。② 这样的看法无疑是准确的，我们可以在这个启发性的观点上继续深挖下去。奥斯汀认为，交际言语行为包括三个要素：（一）说话人陈述某个事实，（二）说话人用语言行为表达自己的观点或意图，（三）言语行为对听众或参与者造成影响。③ 在这个理论的基础上，可以区分出记叙话语与施事话语两个概念。

记叙话语表示描述或描绘事实或事态的陈述性语句，它涉及一个是真还是假的问题。是真还是假取决于它们与事实的对应（或不对应）。而施事话语是指在适当的情况下说出会产生具体效果的言语，带有表演的性质。施事话语的“说出”并不真的是在“说”，而是在执行“某种

① 参见 Paul de Man, *Allegories of Reading: Figural Language in Rousseau, Nietzsche, Rilke and Proust*, New Haven, Yale University Press, 1979, p. 280。

② Alan Astro, «Allegory of translation in Baudelaire's un mangeur d'opium», *op. cit.*, p. 174.

③ Jacobsen, Klaus H., «How to Make the Distinction Between Constative and Performative Utterances» *The Philosophical Quarterly* (1950 –), Vol. 21, n°85, [Oxford University Press, University of St. Andrews, Scots Philosophical Association], 1971, p. 357.

动作”，施事话语并不涉及真假，人是为了做某事而不是说某事而做出表演性的语句。

因此我们可以有如下的理解：记叙话语具有“是”或“否”的属性，一句话或是肯定性的，或是否定性的。相比之下，施事话语永远不可能是两者之一，它不具备真或假、肯定或否定的因素，它有自己的特殊目的，它是用来执行一个动作的。发出这样的语句，就是在执行某个行动。

波德莱尔在《一个食鸦片者》的文本中将这样的“记叙话语”与“施事话语”运用到了极致，造成了两个声音、两种言说方式，甚至是两种态度。因此阅读《一个食鸦片者》的时候，倘若不具备区分两种言说功能的意识，是很难把握波德莱尔的真正意图的。

通过两套言说系统的交织与对话，一个全新的英国鸦片吸食者的形象在波德莱尔的文本中被建构而成，波德莱尔也由此完成了一个独创性的作品。维克多·雨果在阅读《一个食鸦片者》后感叹道：“我终于读完了，多亏了您，您有力地让这部作品重获生机。这样的分析，就是在创造！”①

结　语

波德莱尔自德·昆西的《一个英国食鸦片者的自白》“翻译”过来的《一个食鸦片者》，在佛朗索瓦·鲍尔斯（François Porché）等批评家看来，不是简单的文本层面的翻译或者是语言符号的转换，而是一部新的文学作品。②

对于《一个食鸦片者》，我们可以使用波德莱尔惯用的矛盾修辞法来形容它的特征：“非原创的独特性。”波德莱尔一方面尊重了德·昆西

① 转引自 Claude Pichois et Robert Kopp，«Baudelaire et l'opium»，*Europe*，avril-mai 1967，Paris：édition Europe，p. 78。

② François Porché，*Baudelaire*：*Histoire d'une ame*，Paris，Flammarion，1944，p. 384.

的文字，成功地传达它所揭示的审美经验，另一方面，他发明了一种在另外文本上令自己的思想得以发扬光大的价值生成机制。因此我们可以说，《一个食鸦片者》是一部将对话置于实践核心的文本，并为作者和译者之间的讨论提供一个由文本构建出的舞台空间。恰恰是波德莱尔与德·昆西之间设置的距离，他对作者本质上的离题万里的修正，最终赋予了文本全新的价值。在某种程度上来看，《一个食鸦片者》是汲取了《一个英国食鸦片者的自白》的精华之后的全新作品。同时，借由德·昆西的文本，波德莱尔也更好地对自己的思想进行了挖掘和诠释。

这种文学创作的手段是波德莱尔一以贯之的方法：诗人并不在意文本和意象的独创性，“因为他毫不犹豫地从其他艺术家那里借来了诗句或理论，以至于人们会错误地认为他的想象力是贫乏的”①。诚然，必须说波德莱尔常常苦于缺乏灵感，但这位一直致力于寻求新的形象的诗人有自己特殊的应对手段：对已有的事物进行组合式的再创造，从中发掘隐藏的秘密。波德莱尔正是像这样地寻找一些灵感来源以构成基本的文本，成为原始创作的基础。

当然，所有的艺术家都或多或少地采用了这种创作方法，但波德莱尔往往比其他人更频繁地借助于这种过程。波德莱尔之所以采用这种方式，不一定全都是为了弥补灵感的缺失，它应该被看作波德莱尔独特创作风格的必然结果。马塞尔·雷蒙（Marcel Raymond）在《从波德莱尔到超现实主义》（*De Baudelaire au surréalisme*）中认为：“波德莱尔对外在自然采取了极其卓越的态度。一切对他而言都是一个巨大的象征之库，对他的想象力进行无限的激发。”②

这些重要的词句清楚地揭示了诗人面对世界的万事万物的态度：一切存在物都归其所用，都为其诗意灵感的激发贡献价值。在波德莱尔（以及之后的象征主义的诗人）那里，存在着“翻译者”和“破译者”的双重身份：波德莱尔首先用其敏锐的诗意感受到了已存在之物的隐藏

① Claude Pichois, «Baudelaire ou la difficulté créatrice» dans *Baudelaire, études et témoignages*, Neuchatel, La Baconnière, 1967, p. 244.

② Marcel Raymond, *De Baudelaire au surréalisme*, Paris, José Corti, 1963, p. 23.

意义，这是“破译者”的工作；然后，他必须用各种不同的意象将其暗示出来，融入自己的思想，并令其显化。这是“翻译者”的工作。因此，我们不能怀疑波德莱尔对德·昆西的作品进行翻译和改编的工作中所包含的独创性，波德莱尔借助德·昆西的作品，完成了自身思想的表达，这反映了波德莱尔文学创作的精髓，甚至也可以说是象征主义诗学的精髓之一。

【作者简介】

胡博乔，2021 年获得广东外语外贸大学法国文学博士，师从刘波教授，四川外国语大学法语学院讲师，主要从事法国象征主义诗学、波德莱尔学、认知诗学的研究。

【通信地址】手机号码：18580458105，邮箱地址：tsdxjoe@163.com

迟子建小说在法国：热译与冷评①

山东大学外国语学院

陈　曦

【摘　要】作为三夺茅盾文学奖的唯一中国当代女作家以及拥有独特的边地书写风格，迟子建越来越受到海外翻译界和出版界的关注。作为中国当代文学海外译介重镇的法国对迟子建作品的推介力度最大。以迟子建作品在法国的译介历程、所受评价及译介成功因素三个视角阐述迟子建作品在法国的译介可以还原其作品在法国的实际接受现状，并为中国文学“走出去”战略提供可行性建议。

【关键词】迟子建　法国　译介　接受

Chi Zijian's novels in France: hot translation and cold criticism

【Abstract】As the only contemporary Chinese woman writer who has won three Mao Dun literary awards and her unique writing style, Chi Zijian has attracted more and more attention from overseas translation and publishing circles. As an important place for overseas translation of contemporary Chinese literature, France has the largest promotion of Chi Zijian's novels. From the perspective of the translation and introduction process, evaluation and success factors of Chi Zijian's novels in France, this paper expounds that the translation

① 本文系山东省社科规划研究专项项目“法国视阈中的中国当代文学”（项目号：20CSTJ12）的阶段性成果。

and introduction of Chi Zijian's novels in France can restore the actual acceptance status of Chi Zijian in France, and provide feasible suggestions for the "going out" strategy of Chinese literature.

【Key words】Chi Zijian　France　Translation　Reception

2020年3月19日，法国《解放报》(*Libération*) 邀请世界各地作家就当前肆虐全球的新冠病毒疫情撰写“疫情”文章。中国著名女作家迟子建在受邀之列，并在该报发表《当世界屏住呼吸》① 的文章。作为中国当代作家的唯一代表，迟子建参与此项活动，充分表达了中国作家的立场，传递了中国作家的声音。迟子建此次受邀的浅层原因是其长篇小说《白雪乌鸦》的法文版刚刚在法国出版，更深层的原因应该是其作品在法国得到持续追踪和译介。这同时说明迟子建小说在法国图书市场已经占有一席之地，她在法国读者中已经获得了较高知名度。本文拟以该事件为起点，详细梳理迟子建小说在法国的译介历程、译介现状及接受效果。在梳理中总结成功经验及教训，以期能为中国当代文学作品在法国的译介提供有益借鉴。

中国文学在法国的译介途径主要有两个：(1) 国家机构赞助下的中国文学对外推介，主要指的是国家外文局主办的《中国文学》杂志(*Littérature chinoise*) 及其出版的“熊猫丛书”(Collection Panda)。通过主动译介中国文学促使中国文化“走出去”一直是国家努力实现的目标，《中国文学》是海外中国文学研究者、文学爱好者以及所有对中国文学艺术有兴趣的人士必读的出版物。对很多人而言，他们对中国文学的了解，就是从《中国文学》开始的。由于独特的写作风格及女性特有的细腻笔触，迟子建的作品得到《中国文学》的大力推介，该杂志共翻译和出版了她的6部短篇小说。(2) 法国出版界的主动译介。法国作为欧洲汉学之都，在对中国文学对外译介中起到举足轻重的作用。特别是

① «Quand le monde retient son souffle», trad. du chinois par Brigitte Duzan, *Libération*, le 19 mars 2020.

20世纪90年代，随着法国几家专事中国乃至亚洲文学出版的小型出版社的相继成立（如菲利普·毕基耶出版社、南方文献出版社以及中国蓝出版社等），中国当代文学作品在法国得到前所未有的关注与译介，得到译介的作家作品更加丰富，体裁也更加广泛，进而使得法国读者对中国当代文学的认知和了解得到进一步加强。迟子建就是在这一时期真正进入法国读者视野的。截至2020年3月，法国翻译出版了她的9部中篇和3部长篇小说，其中很多中篇小说以合集形式出版。详细译本见表1：

表1　迟子建作品法译本统计列表

作品中文名	作品法文名	译者	出版社	年份
《逝川》	*La Rivière Shichuan*	Zhang Yunshu	littérature chinoise	1995
《亲亲土豆》	*Les Fleurs de pommes de terre*	Gao Dekun	littérature chinoise	1996
《原野上的羊群》	*Le Troupeau de chèvres dans la prairie*	Lao Yan	littérature chinoise	1996
《雾月牛栏》	*L'Etable au mois de brouillard*	Gao Linhan	littérature chinoise	1997
《秧歌》①	*La Danseuse de Yangge*	Dong Chun	Bleu de Chine	1997
《银盘》	*Des plateaux en argent*	Gao Dekun	littérature chinoise	1998
《清水洗尘》	*Le Jour du bain*	Zhang Yongzhao	littérature chinoise	2000
《旧时代的磨坊》②	*Le Bracelet de jade*	Dong Chun	Bleu de Chine	2002
《香坊》③	*La Fabrique d'encens*	Dong Chun	Bleu de Chine	2004
《世界上所有的夜晚》④	*Toutes les nuits du monde*	Stéphane Lévêque	Philippe Picquier	2013
《晚安玫瑰》	*Bonsoir, la rose*	Yvonne André	Philippe Picquier	2015
《额尔古纳河右岸》	*Le Dernier Quartier de lune*	Y. André et S. Lévêque	Philippe Picquier	2016
《群山之巅》	*A la cime des montagnes*	Y. André et S. Lévêque	Philippe Picquier	2019
《白雪乌鸦》	*Neige et corbeaux*	François Sastourné	Philippe Picquier	2020

通过表1可以清晰看出，迟子建作品的译介经历了国内主动推介和海外主动译介两种模式，可以分为三个阶段。

① 收录《秧歌》和《向着白夜旅行》两部中篇小说。
② 收录《旧时代的磨坊》和《白银那》两部中篇小说。
③ 收录《香坊》和《九朵蝴蝶花》两部中篇小说。
④ 收录《世界上所有的夜晚》和《北极村童话》两部中篇小说。

第一阶段（1995—2000 年）：迟子建和国内其他作家一样，其 6 部短篇小说先是通过创办于 1951 年的《中国文学》杂志向海外读者进行了推介。1964 年问世的法文版是当时法国读者了解新中国最新文学动向的重要窗口。《中国文学》杂志及其“熊猫丛书”在特定历史时期的中国文学对外译介事业中发挥着启蒙和先行者的重要作用。不论译介的质量如何，它首先为海外读者了解中国新时期文学样态提供了一条便捷路径。绝大多数经由以上丛书出版的作家和作品很快为法国读者所认识，他们的作品在以后的时间里获得了法国汉学界和出版界的关注并得到了零星或系统的译介。

第二个阶段（1997—2004 年）：迟子建作品是由中国翻译家翻译并引介至法国的。20 世纪 90 年代翻译家董纯①在国内出版了《红罂粟丛书》②，收录了迟子建的《迟子建影记》和《向着白夜旅行》。据董纯回忆：“我看中了其中迟子建的作品，她笔触细腻沉静，看似不经意的细节里蕴含着悠悠的伤感，使读者看到一个毫不虚浮、真实生动的中国社会。我决定将她推荐给法国读者，接连译出了她的《秧歌》《向着白夜旅行》《旧时代的磨坊》《银盘》《香坊》《九朵蝴蝶花》等多篇小说。”③随后推荐给法国的中国蓝出版社（Bleu de Chine），该社由法国著名汉学家、翻译家安博兰（Geneviève Imbot-Bichet）于 1994 年创办并专门出版中国题材的图书。该社虽然只出版了迟子建的《秧歌》《旧时代的磨坊》《香坊》等三部小说合集，但是每部合集均收录两部中篇小说。这体现了中国蓝出版社“短平快”的出版策略，想在最短时间内将迟子建及其作品介绍给法国读者的初心。同时还表明该社并没有打算译介迟子建的长篇小说。接下来的近十年间，由于中国蓝出版社自身经营问题和被并

① 著名翻译家和法国职业记者，鲁迅文学奖“外国文学翻译奖”、法兰西艺术与文学骑士勋章和法国竞业金红十字勋章获得者。曾翻译过苏曼殊的《天涯红泪集》、蒙古族作家郭雪波的《沙狐》和《沙狼》以及迟子建的多部作品，还译有中国文化典籍《故宫珍宝》和《中国丝绸》等。

② 该丛书共 31 册，收录了陈染、铁凝、池莉、迟子建、方方、宗璞、舒婷、张抗抗、叶文玲、蒋子丹、徐小斌、林白、徐坤、胡辛、赵玫、毕淑敏、陈祖芬、王晓玉、范小青、王小鹰、陆星儿、张欣、黄蓓佳、残雪等人的作品。

③ 董纯：《舍形存旨，依实出华——文学翻译实践体会》，中国作家网，2014 年 8 月 26 日。

购于嘉里玛出版社（Gallimard）等原因，该社没有持续追踪和译介迟子建的作品。

第三阶段（2013—2020年）：2007年迟子建凭借中篇小说《世界上所有的夜晚》第三次获得鲁迅文学奖，成为唯一的三次获得鲁迅文学奖的中国当代作家①。2009年，迟子建长篇小说《额尔古纳河右岸》获得第七届茅盾文学奖，2010年凭借《白雪乌鸦》获得人民文学奖长篇小说奖。这一系列重要文学奖项的获得，再一次引起海外的关注。特别是《额尔古纳河右岸》被美国汉学家、翻译家徐穆实②（Bruce Humes）以《一弦残月》为名翻译成英文大获成功，一系列其他语种的翻译才由此开始。2013年法国另一家专事中国文学出版的出版社——菲利普·毕基耶出版社（Editions Philippe Picquier）开始重新审视和关注迟子建的作品，开始时沿袭中国蓝出版社的出版策略于2013年出版了短篇小说合集《世界上所有的夜晚》。由于图书销量不错，毕基耶出版社开始着手翻译迟子建的长篇小说。《额尔古纳河右岸》《群山之巅》《白雪乌鸦》在四年的时间内相继出版发行，这一出版速度在该社的出版历史上尚属首次，一方面证明毕基耶出版社抢占图书市场的迫切心理，更证明了出版社对中国作家迟子建创作水平的高度认可。

中国蓝和毕基耶两家出版社在推介迟子建作品方面不遗余力，同时也是因为迟子建作品符合两家出版社的选题宗旨。“中国蓝出版社在选择代译文本时始终关注其对中国社会和芸芸众生的变化与状貌表现的力度，而毕基耶出版社则出于对中国悠久历史和神秘文化的好奇而决定致力于介绍中国文化。”③ 法国出版界对中国当代文学的译介继续扮演着桥头堡和中转站的角色，即在欧洲，其他语种的翻译基本依附于法语译本。迟子建作品的其他语种的翻译，如意大利语、西班牙语、荷兰语等都参

① 1996年，迟子建凭借《雾月牛栏》获得第一届鲁迅文学奖，2000年凭借《清水洗尘》再获鲁迅文学奖。

② 曾翻译卫慧的《上海宝贝》以及迟子建的《额尔古纳河右岸》。

③ 褚云侠：《“神秘”极地的本土性与世界性——迟子建小说的海外传播与接受》，载《当代作家评论》2018年第6期。

照了法译本。尤其是意大利语出版的迟子建的作品篇目与法译本篇目基本一致。与迟子建作品在英语世界译介的最大区别在于法国出版界专门选择没有被翻译成英语的作品。比如前期译介的《秧歌》《向着白夜旅行》《旧时代的磨坊》《白银那》《香坊》《九朵蝴蝶花》等充满地域特色书写的中篇小说。并且译介的模式是从中篇到长篇小说这种有节奏推进的模式,这比英语世界对迟子建作品的翻译更加理智和有序。

迟子建作品被大量地译介到法国,进入译语国家后就要自觉接受异域视角下的评价。其中《晚安玫瑰》《额尔古纳河右岸》《群山之巅》《白雪乌鸦》是得到较多评论的作品,毕基耶出版社、主要报刊如《解放报》《快报》以及文学杂志《页码》《艾戈》《费米娜》《电视周报》等纷纷就作家整体写作风格与作品特色发表书评,给予极高的评价。

一是对作家整体风格的评价。

毕基耶出版社在对作家迟子建的介绍中说:“她的写作时而敏感时而诗意,总是试图描写最平凡生活中的真实。”① 法国著名翻译家布吉利特·杜赞(Brigitte Duzan)认为迟子建“她是一位伟大的描写北方的作家,而不像她同时代的女作家一样专注于书写城市的现实与变迁。长期以来,她远离了伟大的文学流派和读者的品味。迟子建的世界是一个永恒的世界,无限接近大自然,这个自然赋予她力量以及神秘。这使人想到了同样出生于黑龙江的作家萧红的《呼兰河传》,也使人想到了南方作家沈从文。迟子建作品中超自然的描写也让人想到了蒲松龄”。② 《页码》杂志的评论是:“作家擅长人物命运的描写,擅长多种人物的叠加,以及各种人物之间的相互交织影响。”③ 《电视周报》评论迟子建“具有掌控简洁画面以及使作品中人物灵魂剧烈震动的天赋”④。

二是对作品内容的概述。

2020 年 3 月《白雪乌鸦》法译本出版时,出版社对该部作品的介绍

---

① 见毕基耶出版社网站(editions-picquier. com)。

② 见当代华文中短篇小说网站(www. chinese-shortstories. com)对迟子建的介绍。

③ Marianne Kemiecik, *Chi Zijian*, *A la cime des montagnes*, Page, été 2019, p. 48.

④ Martine Landrot, *Bonsoir*, *la rose*, Télérama, 02/08 mai, 2015, p. 60.

是："在大量的文献资料收集和细致研究的基础上，迟子建开始描绘一张城市地图，并将小说的场景安置在这张地图上，包括带花园的洋楼、教堂、谷仓、三康旅馆、钟楼、蒸馏厂、马厩、两棵榆树及成群的乌鸦、药房、糖果店……，在一个充满活力和生存意志的年代里通过市民之间发生各种光怪陆离的故事，使古老的哈尔滨重新焕发了活力。"①

毕基耶出版社在《群山之巅》法译本出版之际的社评是："爱情、复仇和秘密相互交织，宛如一幅音乐拼图，每个部分都在整个乐谱中加入自己的音符。围绕着人类的自然之美和力量，赋予了这个令人惊叹的、残酷的世界一个宏大的维度，它的曲折令人颤抖，直到最后一页。"《图书馆杂志》（*Biblioteca Magazine*）发表书评："这是位于中国极北地区一个小镇的故事，故事中：铁匠、战争英雄、屠夫、裹尸人、卖豆腐的商贩，迷人的油坊老板娘，坏事做尽的警察，换句话就是没人愿意与其握手的刽子手。爱情、复仇、秘密被揭露，彼此交叉，围绕着人类的自然之美和力量，赋予了这个令人惊叹的、残酷的世界一个宏大的维度。"②《凯欧埃》文学杂志（KOI）的书评是："迟子建让我们了解和发现了中国北方一个小镇的生活。村民的故事与秘密相互交织。这是一部充满波折的小说。"③《快报》（*L'Express*）评论："这是一种逐渐消失的书写方式，充满着奇妙的花朵，还有迷人的动物，恰如一幅木刻画，它既巨大，又遥远，如此渺小的世界。"④

《额尔古纳河右岸》讲述了栖居在中国极地北疆的鄂温克族与命运的顽强抗争，表现了一个弱小民族顽强的生命力以及不屈不挠的民族精神。《奥尼利克》杂志（OniriK）认为"在这幅壮丽的肖像画里，植物、动物和各种元素都是完整的人物，并试图向我们展示无限的细节，这些细节在上下文中似乎是如此的徒劳……这部小说具有欢快，温情，有时是痛苦的诗歌和哲学的烙印，因为大自然中的生活是严酷的，这部小说

① 见毕基耶出版社网站（editions-picquier. com）对长篇小说《白雪乌鸦》的介绍。

② "Chi Zijian, A la cime des montagnes", *Biblioteca magazine*, mars 2019, pp. 16 – 17.

③ "A la cime des montagnes", *KOI*, mars-avril 2019, p. 90.

④ "A la cime des montagnes", *L'Express*, avril 2019, p. 44.

可以吸引我们并让我们感到生活更美好，这本小说对净化我们的灵魂有好处”。[1]《艾戈》杂志（*Ego*）评论说：“在这部让迟子建获得中国文学最高奖——茅盾文学奖的神话故事里，我们遇见了猛熊、驯鹿、蓝眼睛的斯拉夫人和骄傲的汉族人。当我们合上书本时，必然感受到一个日渐衰落的民族（指鄂温克民族）殊死抗争的历史，毫无疑问，游牧民族在历史上留下了痕迹。”[2]《麦达姆》杂志（*Madame*）认为：“在这部史诗般的巨作中作者赞颂动物世界，是一部描绘人与驯鹿、凶猛动物与温和动物之间非凡共生的传奇故事。”[3]

在《晚安玫瑰》这部小说中，作者将我们带到一个非常私人化的世界，这就是中国的极北地区。它不仅是作家出生的地方，还是作家多部作品的发生地，同时还是作家作品所重复谈论的话题。正如作家所言：“假如我不是出生在这里，我有可能永远成为不了作家。”《阿塞尔》杂志认为“《晚安玫瑰》是一部集忧伤、委婉和暴力的作品”[4]。“在这部作品中，作者以细腻的手法为两个生活轨迹完全对立的幸存者画出肖像画。用精致而简洁的笔触为这个社会勾勒出一幅苦涩的肖像画。”[5]“《晚安玫瑰》这本可爱的小说中包含了关于中国社会腐败程度和仍然存在的禁忌的信息。”[6]

综观以上评论，主要集中于对作家及其作品的概述式评论，属于浅层的、直观式的阅读体验，基本没有对作品的深入分析和学术研究。可以说，迟子建在法国的译介面临着“热译”与“冷评”的局面，“这也就意味着，对迟子建小说的翻译推介和海外的实际接受效果之间存在着较大的差距”。[7] 这与中国其他当代作家在法国译介所面临的境遇类似。

① «Une incroyable poésie», *Onirik*, le 2 novembre, 2016.

② «Le Dernier Quartier de lune», *Ego*, hiver 16, p. 96.

③ «En Chine, une vie dans le Grand Nord», *Madame*, 19/20 août 16, p. 39.

④ «Bonsoir, la rose», *Axelle*, septembre, 2017.

⑤ Fabienne Rosset, «Destins croisés», *Fémina*, le 28 juin, 2015.

⑥ CIH Zijian, «Bonsoir, la rose», *Libération*, le 30 avril, 2015.

⑦ 褚云侠：《“神秘”极地的本土性与世界性——迟子建小说的海外传播与接受》，载《当代作家评论》2018 年第 6 期。

随着中国当代文学作品更多地被译介到法国，以及法国学界和公众对中国文学了解的逐步加深，希望这一局面能够得到改观。

从译本数量上来看，迟子建作品在法国的译介是成功的。她的作品在法国能够得到持续的译介，主要原因有三点。

第一，独特的地域书写。

独特的地域文化书写是作家的重要标签。迟子建将大部分作品安置在她出生和熟悉的极地北疆，执着地书写东北大地。在作品中用唯美的眼光和温情的笔触描写边地人民的日常生活。迟子建一直怀着悲悯之心描写着黑土地上的小人物，描写他们生活中的酸甜苦辣和喜怒哀乐。《晚安玫瑰》中流亡到冰城的犹太人吉莲娜身上发生的凄美故事；《额尔古纳河右岸》中描写的鄂温克民族璀璨的文明，以及独特狩猎、驯鹿和萨满文化；《群山之巅》描绘的雪域北疆龙盏镇上三个家族的兴衰历史；《白雪乌鸦》又将读者带进鼠疫灾难笼罩的冰城哈尔滨等。极寒天气、漫天飞雪、狩猎、驯鹿、萨满这些独具地域色彩的元素恰恰是西方社会所渴望看到和了解的东西。"法国翻译界近年相当重视跟踪中国最新的文学作品，译介了大量在题材上具有强烈时代感或地域特色，在思想内涵上具有对人性本质的深刻剖析、凝练着东方哲学精髓，在艺术上有所突破创新或具有鲜明个性特征的中国当代作家作品。"① 迟子建在进行地域书写的同时，还对人与自然和谐共处、古老边地文明与现代文明冲突等进行东方式深度哲思，这也是西方社会，特别是法国这个哲学国度的读者所喜欢的作品类型。

第二，翻译质量的保证。

翻译是促进不同国家的文化相互交流的重要途径，在中国当代文学外译中扮演着重要角色。"在当今的中国，翻译更是在中国文化走出去的战略中被赋予重任，翻译因此超越了语言符号转换的层面，成为跨文化的交流活动。"② 参与迟子建作品法文翻译的翻译家相对固定，这有助

① 李朝权：《中国当代文学对外译介成就概述》，载《文艺报》2007年11月6日第3版。

② 祝一舒：《翻译场中的出版者——毕基埃出版社与中国文学在法国的传播》，载《小说评论》2014年第2期。

于保证译文质量。施蒂凡·勒维克[①]（Stéphane Lévêque）和伊夫娜·安德烈（Yvonne André）联手翻译了迟子建的《世界上所有的夜晚》《额尔古纳河右岸》和《群山之巅》、范稳的《水乳大地》、韩寒的《他的国》、李娟的《阿勒泰的角落》以及王安忆的《长恨歌》等。特别要指出的是，由两人合译的《长恨歌》在法国业界取得良好的口碑。二人还分别独译了王安忆的《小城之恋》、《荒山之恋》、《锦绣谷之恋》、《寻找上海》和《月色撩人》以及迟子建的《晚安玫瑰》，正是由于他们熟悉中国女作家写作风格的缘故，毕基耶出版社才决定让他们从事迟子建小说的翻译工作。2020 年 3 月刚出版的《白雪乌鸦》由翻译家尚多礼（François Sastourné）翻译而成，尚多礼是法国著名外交家，曾任法国驻武汉首任总领事，对中国文化非常熟悉，中文功底深厚。曾经翻译过艾米、格非、莫言、苏童和章诒和等作家的作品，熟谙中国当代文学，尤其是中国女作家的创作特色。迟子建的多部中篇小说的译者董纯女士，毕业于原北京外国语学院，后任《欧洲时报》记者，曾经翻译的中国文学作品有《故宫珍宝》《中国丝绸》《沙狐》《沙狼》《天涯红泪记》《明清爱情小说选》《隔帘花影》《中国当代女诗人诗选》等。可以说，所有从事迟子建作品翻译的人都是中法文功力深厚，熟悉中法两国国情的专家学者，这为译文质量打下了坚实基础。

第三，出版社大力推介。

中国当代文学在海外译介的过程中，除了高质量的翻译，出版社也扮演着重要角色。出版社的推介在一定程度上可以左右一个作家在海外传播的广度和深度。

由安博兰创设的中国蓝出版社对迟子建作品在法国的推介功不可没。安博兰以作品的文学性为选择标准，在该社出版作品的主要当代作家有王蒙、贾平凹、迟子建、蒋子丹、冯骥才、张承志、残雪、刘心武、韩少功等。同时还涉及中国港澳台地区作家以及海外华人移民作家。该出

---

① 施蒂凡·勒维克是一位中学教师，1999 年在波尔多获得中文硕士学位后，就开始在毕基耶出版社出版翻译作品。在该社《奇异的躯体》丛书出版郁达夫的《秋河及其他小说集》和中国儿童文学作家杨红樱的《淘气包马小跳》系列小说，获得读者的广泛好评。

版社虽于 2010 年被法国大型综合出版社嘉里玛出版社收购，但是仍然以《中国蓝》丛书系列继续推出中国当代文学作品。

由菲利普·毕基耶先生（Philippe Picquier）创办的毕基耶出版社以介绍和出版亚洲文学为特色和立社宗旨。“不论从毕基埃出版社出版的作品数量看，还是从出版作品的影响看，在毕基埃出版社出版的东方文学与文化书籍中，中国的作品明显占有非常重要的位置。”[①] 该社中文图书的负责人陈丰女士对中国当代文学作家的作品及风格特别熟悉，能够保证选择文本的文学性及可读性，因此在立社的近 40 年历程中出版了种类多样的中国文学作品，收录了从古代到现代许多作家的作品。其中涉及的当代著名作家有王蒙、陆文夫、张承志、莫言、余华、毕飞宇、苏童、阎连科、韩少功、王安忆、黄蓓佳、叶兆言、王朔、曹文轩、杨红樱等。截至 2020 年 3 月，该社出版了迟子建的 3 部中国中篇小说和 3 部长篇小说，在新时期里对迟子建的推介力度最大。

出版社的选材决定了哪一类的当代文学作品可以被翻译到海外，这对提高中国当代作家的海外影响力至关重要。迟子建的作品能被大量地译介到法国，中国蓝和毕基耶两家出版社应该说居功至伟。

结语：迟子建以独特的边地书写进入文坛，又以中国首位三夺茅盾文学奖的作家身份成功吸引海外汉学界和出版界的注目。在高质量的译文保证以及法国出版社的大力推介下顺利进入法国图书市场，进入法国读者视野。虽面临着“热译”与“冷评”的局面，但终究已经成为法国翻译界和出版界热烈追捧的中国作家之一。随着迟子建作品被更广泛地译介到法国，我们完全有理由相信，法国学界及读者会真正领略到这位写作风格独特、笔触温暖的中国作家的风采。

【作者简介】

陈曦，山东大学外国语学院法语系主任、法国文学研究会理事、里

① 许钧：《生命之轻与翻译之重》，文化艺术出版社 2007 年版，第 73 页。

昂第三大学访问学者，研究方向为法国现当代文学及比较文学。目前已出版专著 1 部、编著 1 部、译著 1 部，主持山东省社会科学规划研究项目 2 项、山东大学人文社科青年团队项目子课题 1 项，发表论文数篇。

【通信地址】山东省济南市历城区洪家楼 5 号山东大学外国语学院，邮编：250100，电话：15098735327，邮箱：chinechenxi@126.com

尤瑟纳尔的记忆之场

——《哈德良回忆录》中的历史书写

苏州大学外国语学院
■裴南兰　段慧敏

【摘　要】自20世纪80年代起，历史逐渐成为西方文学作品中重要的关键词之一。法国当代女作家尤瑟纳尔的代表作《哈德良回忆录》正是以书信为叙事模式，通过自述的口吻再现古罗马皇帝哈德良的一生。小说预示了法国历史学家皮埃尔·诺拉的“记忆之场”概念，通过构建实在层、功能层、象征层三层“记忆之场”，呈现出历史—记忆的内在关联和真实—虚构的有机融合，揭示尤瑟纳尔历史书写的共性与普遍性，以期深刻审视人类的共同命运，捍卫历史的真实。

【关键词】尤瑟纳尔　记忆之场　哈德良　历史书写

Memory Space Created by Yourcenar

——History Writing in *Mémoires d'Hadrien*

【Abstract】Since 1980s, history has gradually become an important keyword in Western literature. *Mémoires d'Hadrien* created by a contemporary French writer, Yourcenar, recreates the life of the ancient Roman emperor Hadrian in a self-reported tone in the form of an epistle. The novel anticipates French historian Pierre Nora's concept of the "memory space". By constructing the three "memory spaces": the real "memory space", the functional "memory space" and the symbolic "memory space", the novel presents the inner connection between history and memory, as well as the organic fusion of reality and fiction, revealing the universality of Yourcenar's history writing. The novel consequently considers the common destiny of humanity and defends the history.

【Key words】 Yourcenar　Memory Space　Hadrian　History Writing

玛格丽特·尤瑟纳尔（Yourcenar Marguerite）是法国当代著名女作家。受东方智慧和希腊拉丁哲学的启发，尤瑟纳尔的作品以语言的审美阐述为特征，兼具优雅与古典的风格，展示了古代文明和历史的广阔空间。她于1951年出版的作品《哈德良回忆录》（*Mémoires d'Hadrien*）正是以历史为题材，通过书信的形式虚构了古罗马皇帝哈德良的自传。小说通过史料召唤遥远的历史场景，建构真实的历史框架，再借以文学的想象，在文本层面重塑历史，最终引向历史的共性。在尤瑟纳尔的笔下，这位帝王因濒临死亡带来的痛苦，回忆一生，展现历史—记忆的内在关联。这种真实与虚构的有机融合，契合了法国历史学家皮埃尔·诺拉（Pierre Nora）所提出的"记忆之场"的概念。

"记忆之场"概念诞生于20世纪80年代，当时的历史书写发生转向①，历史学家逐渐关注记忆。诺拉指出，记忆环境消失后，历史便召唤了记忆之场②，并明确了"记忆之场"的三个层次：实在层、功能层和象征层。实在层指向档案化，功能层指向文本化，象征层指向某种精神和情感的凝聚。历史原是外在于我们的他人记忆，史学家通过档案记录完成对他人记忆的内化，构建了实在层的"记忆之场"。随后作家通过文本的还原和想象，完成记忆对历史的重塑，构建"记忆之场"的功能层。最后，实在层和功能层共同指向某种象征性的精神或情感，象征层的"记忆之场"得以被召唤。由此，历史和记忆在实在性、功能性和

① Cubit Geoffrey, *History and Memory*, Manchester: Manchester University Press, 2007, p. 2.

② ［法］皮诺尔·诺拉：《记忆之场》，黄艳红等译，南京大学出版社2017年版，第11页。

象征性三个层次上交互影响，彼此决定。自发的记忆不再存在，而是根据他人的记忆进行重构，让真实和虚构混杂交织。

《哈德良回忆录》正是呈现了“记忆之场”三个层次的转换和递进，完成了对远古时代的历史书写。米歇尔·德·塞尔托（Michel de Certeau）在其专著《历史书写》中阐释了历史书写的双重意义：“讲述历史”（raconter des histoires）和“制造历史”（faire l'histoire）[①]。前者对应历史的真实，后者对应历史的虚构。笔者将通过诺拉“记忆之场”的实在性、功能性和象征性三个层面，分析尤瑟纳尔《哈德良回忆录》中历史书写的意义，探究其如何还原真实历史，重塑虚构记忆，将真实和幻想相结合，引发对人类命运和共同境遇的审思。

一　历史与档案——物化的“记忆之场”

尤瑟纳尔醉心于从历史中寻找真实的厚度和节奏[②]，她的作品总是绕不开历史这一宏大主题。柳鸣九曾这样称赞尤瑟纳尔：“以出色的文学创作丰富了这种久远但生命力极为强旺的精神，咀嚼古老经典的历史文化并有全新的体验与创见。”[③]《哈德良回忆录》无疑是其典型代表作之一，其中所涉及的遥远的古罗马，决定了这段历史对“记忆之场”的召唤。因此我们需要检视小说中所构建的历史环境。

哈德良是罗马帝国安敦尼王朝的第三位皇帝，是历史上真实存在的人物。在位期间，他反对战争，改革官僚制度，是一位博学贤明的帝王。尤瑟纳尔在创作《哈德良回忆录》时主要参考了两种当时被公认为可靠的史料：亨利·艾斯蒂安出版的《迪奥·卡西乌斯》以及《奥古

① ［法］米歇尔·德·塞尔托：《历史书写》，倪复生译，中国人民大学出版社2012年版，第69页。

② 史忠义：《走进尤瑟纳尔》，载［法］玛格丽特·尤瑟纳尔《火/一弹解千愁》，史忠义主编，李玉民译，东方出版社2002年版，第5页。

③ 柳鸣九：《序——法国20世纪文学的一个轮廓》，载《从选择到反抗——法国20世纪文学史观（五十年代——新寓言派）》，柳鸣九主编，上海文汇出版社2005年版，第4页。

斯都史》[1]。她在小说中忠实地还原史料记载，为作品构建历史环境，以复现哈德良真实的一生。据史料相关记载“皇帝哈德良生于西班牙”[2]。这位博爱的帝王“总是光着脑袋，走遍宇宙所有的地方”[3]。在位期间，“虽然他喜欢和平而不是战争，但他训练士兵，就像战争即将来临一样，并教他们忍受疲劳和匮乏”[4]。历史中的皇帝热爱漫游，追求和平与正义。皇帝在生活中的所言所行，被史学家镶嵌在笔墨之间，过去鲜活的记忆都变成朴实的文字，封存在史册中。在尤瑟纳尔的笔下，我们可以清晰地观察到史料中的这些历史踪迹：在书中第二章，哈德良自述生平，谈及其出生，正契合史料记载：“冠冕堂皇的假想希望一位罗马皇帝应在罗马出生，可我却生在伊大利卡。”[5] 同时，小说中的哈德良同样表现出对漫游的热爱及对和平的追求——“在掌权的二十年中，我有十二年居无定所。我相继在亚洲商人的豪宅，希腊人庄重大方的住家，高卢的罗马侨民带有浴室和取暖设备的漂亮别墅，以及草棚或农舍住过”[6]；“我不断地对前沿阵地的视察只不过是为了使这支和平军队保持着处于有益活动状态的众多手段中的一种而已”[7]。史料中的记录真实地反映在小说中，使得书中的哈德良形象真实生动。从历史到史料再到小说的过程中，他人记忆被内化，文字构建了实质性的记忆——档案化的历史。因此，《哈德良回忆录》被附上“档案化”的特征，建立起隐性的记忆

① ［法］玛格丽特·尤瑟纳尔：《〈哈德良回忆录〉的创作笔记》，载［法］玛格丽特·尤瑟纳尔《哈德良回忆录》，史忠义主编，陈筱卿译，东方出版社2002年版，第308页。

② Panckoucke-C, *écrivains de l'histoire auguste*, *Tome premier*, *Spartianus*, traduit par M. FL. Legay, Paris: Hachette livre-BNF, 2018, p. 11.

③ Panckoucke-C, *écrivains de l'histoire auguste*, *Tome premier*, *Spartianus*, traduit par M. FL. Legay, Paris: Hachette livre-BNF, 2018, p. 57.

④ Panckoucke-C, *écrivains de l'histoire auguste*, *Tome premier*, *Spartianus*, traduit par M. FL. Legay, Paris: Hachette livre-BNF, 2018, pp. 29 –30.

⑤ ［法］玛格丽特·尤瑟纳尔：《哈德良回忆录》，史忠义主编，陈筱卿译，东方出版社2002年版，第35页。

⑥ ［法］玛格丽特·尤瑟纳尔：《哈德良回忆录》，史忠义主编，陈筱卿译，东方出版社2002年版，第128—129页。

⑦ ［法］玛格丽特·尤瑟纳尔：《哈德良回忆录》，史忠义主编，陈筱卿译，东方出版社2002年版，第126页。

场所。由此，第一层面物化的“记忆之场”得以构建。

在创作中，尤瑟纳尔竭尽所能还原哈德良真实的肖像，摆脱任何中间人的干扰，包括她自己①。这也导致尤瑟纳尔作品中显而易见缺少作者本人的印记②。在审视历史与思考历史的过程中，她始终与其保持足够的距离，这更加凸显了《哈德良回忆录》中历史的“档案性”特征与其真实的色彩。

被记录的历史是对他人记忆的内化，而尤瑟纳尔以史料为基础，借助“档案化”的方式确定飘飘忽忽的记忆，真实诠释早已过去的历史事实，让记忆和历史成为同一材料编织出的织物，从而使《哈德良回忆录》这部作品建立起物化的“记忆之场”。

二　历史与幻想——抽象的“记忆之场”

以真实史料为基础的《哈德良回忆录》，呈现“档案化”的印记，召唤了物化“记忆之场”。然而从历史资料的提供到小说人物的孕育，尤瑟纳尔的创作是一段建设性的旅程，是历史诗学向小说诗学的过渡③。小说不仅是历史档案的折射，也是历史真实与文学幻想得以重叠的空间。尤瑟纳尔不仅希望再现哈德良的形象，更希望让他站在我们的位置上去面对他的一生④。

一方面，尤瑟纳尔通过叙事方式的处理，实现小说对历史的重构。诺拉在《记忆之场》中指出，历史性记忆的断裂性导致了历史书写的新转向：“叙事的复兴”以及对口述史、微观史、日常生活史的关注⑤。尤

---

① ［法］玛格丽特·尤瑟纳尔：《〈哈德良回忆录〉的创作笔记》，载［法］玛格丽特·尤瑟纳尔《哈德良回忆录》，史忠义主编，陈筱卿译，东方出版社 2002 年版，第 310 页。

② Blot Jean，*Marguerite Yourcenar*，Paris：Seghers，1980，p. 2.

③ 史忠义：《走进尤瑟纳尔》，载［法］玛格丽特·尤瑟纳尔《火/一弹解千愁》，史忠义主编，李玉民译，东方出版社 2002 年版，第 4—5 页。

④ ［法］玛格丽特·尤瑟纳尔：《〈哈德良回忆录〉的创作笔记》，载［法］玛格丽特·尤瑟纳尔《哈德良回忆录》，史忠义主编，陈筱卿译，东方出版社 2002 年版，第 302 页。

⑤ ［法］皮诺尔·诺拉：《记忆之场》，黄艳红等译，南京大学出版社 2017 年版，第 20—21 页。

瑟纳尔在创作中，对“声音”因素及其关注。为了使重构后的哈德良形象栩栩如生，尤瑟纳尔曾考虑以对话的形式进行历史书写。然而这种选择会导致各个部分损害整体的平衡，哈德良的声音会被淹没在一切喧嚣中[①]，对话的表现方式无法准确地把握历史人物说话的语气，也无法再现他的心理活动和精神世界。而当哈德良成为叙述者，一切都迎刃而解："为了把我的病情告诉你而开了头的这封信，渐渐地变成了一个再也没有精力去长时间地处理国事的人的消遣，变成了一个追忆往事的病人的沉思录。"[②] 根据哈德良留下的几行回忆录以及其身边秘书和大臣留下的文字素材，尤瑟纳尔从中提取出哈德良真实的声音，并加以文学化，以第一人称的叙事方法，通过内聚焦的视角虚构哈德良的自述场景，从而避免任何中间人对哈德良生平叙述的干扰。除了让“哈德良可以更加坚定地，并且更加细微地讲述他的生平”[③]，这种第一人称的叙事处理，同样弥补了史料的缺失，让这一部分的内容成为哈德良回忆时不小心遗忘的片段[④]，使得小说中的帝王也会撒谎，也会隐藏心事。人物肖像经过作家的笔墨雕刻变得栩栩如生，虚虚实实之间让读者辨不出真伪。有了叙述者，相对应就会有“感知者”。哈德良的第一人称视角依托于书信式的文本，因此这封回忆录式的书信不仅写给了继承人奥勒留·马克，更是写给了读者。在阅读小说时，读者仿佛在面对面聆听着这位疾病缠身、优雅而贤明的君主的娓娓道来。

除了叙事人称的选择，为了让哈德良的声音更加真实，尤瑟纳尔还选择将古代固有的文学性质进行到底，因此小说使用了典雅的托加体风格。托加体风格并不是指一种特定的古代风格，而是指一种口径，一种

---

① ［法］玛格丽特·尤瑟纳尔：《〈哈德良回忆录〉的创作笔记》，载［法］玛格丽特·尤瑟纳尔《哈德良回忆录》，史忠义主编，陈筱卿译，东方出版社2002年版，第302页。

② ［法］玛格丽特·尤瑟纳尔：《哈德良回忆录》，史忠义主编，陈筱卿译，东方出版社2002年版，第21页。

③ ［法］玛格丽特·尤瑟纳尔：《〈哈德良回忆录〉的创作笔记》，载［法］玛格丽特·尤瑟纳尔《哈德良回忆录》，史忠义主编，陈筱卿译，东方出版社2002年版，第310页。

④ 段映虹：《一部共生的回忆录——〈哈德良回忆录〉中作者的生命体验与人物形象之交织》，载《欧美文学论丛》2005年第00期。

节奏[①]。这种文体在尤瑟纳尔笔下，呈现的是一种固定的句子或段落风格：

> 皇上乘船直达波斯湾尽头的查拉克斯港。他到达了令人惊异的海岸地区。我的担忧一直存在着，但我把我的担忧像罪行似的统统深藏着。过早地认为自己做得对是错误的。[②]

小说原文先通过简单过去时唤起个人经历，再通过描述性的一般过去时展开叙述，最终以格言式的句式抒发真理，以此结尾。先叙述一个故事或事实，再总结一个道理，这种半叙述性和半沉思的书面特性，摒弃了直觉的特性与口语化的词句，使得叙事带有语言的节奏感，说话风格也呈现一种古典感。这样的叙事口吻更加契合哈德良的历史身份，虚构中人物的叙述也更加真实合理。另一方面，文学的幻想也以神话的方式，渗透进小说，重建历史：

> 我在普鲁塔克的著作中读到过一个有关一些航海家的传奇故事，其中提到一个位于与黑暗之海相邻的一些滨海地区的海岛，海岛上，获胜的奥林匹斯众神连续几个世纪把被打败的泰坦踩在脚下。（……）我在这个被置于天涯海角的神话中重新发现了哲学家们的理论，我把它们变成了自己的理论：每一个人在他短暂的一生当中，都必须永远不断地在孜孜不倦的希望与明智地放弃希望之间，在混乱的欢愉与稳定的欢愉之间，在泰坦巨神族与奥林匹斯众神之间做出抉择。[③]

---

① Bessières Vivien, «Stylistique du roman "togé"», *Revue de littérature comparée*, 2014/1 (n° 349), p. 42.

② ［法］玛格丽特·尤瑟纳尔：《哈德良回忆录》，史忠义主编，陈筱卿译，东方出版社2002年版，第90页。

③ ［法］玛格丽特·尤瑟纳尔：《哈德良回忆录》，史忠义主编，陈筱卿译，东方出版社2002年版，第143—144页。

哈德良的这段叙述同样遵循了由简单过去时到一般过去时、从事实叙述到真理总结的托加体叙事风格。他从特定的阅读中，唤起有关泰坦的神话，并由神话引出了一个具有哲学性质的普遍真理。帝王的沉思总是带有神话的特性，他的历史形象背后，折射着许多文明和传说中的神话剪影。例如他“想像自己在协助这个神明去努力赋予某个世界以形式，（……）我是普罗透斯和朱庇特。大约正是在这一时期，我开始感觉到自己成了神了”①。小说中的哈德良渴望将一切置于没有暗影的光明之中，他希望成为朱庇特那样正义的化身，成为事物的秩序。这种渴望本身也带有神话的特性。这种特性致使尤瑟纳尔笔下的哈德良带有普罗米修斯式的精神，他既追求进步、知识与自由，也具备“人类之拯救者的泰坦主义思想”②。神话赋予文本意义，并允许多元解读③。借助神话，尤瑟纳尔极大地丰富了《哈德良回忆录》中的历史背景，从而重建宏大的历史图景。

史料上档案化的记忆被尤瑟纳尔赋予文学的想象，叙事手法和风格的刻画借助神话的幻想，使真实与虚构得以在《哈德良回忆录》中巧妙融合。尤瑟纳尔选择将哈德良放在新的时代之中，以文学文本的形式为这位帝王的一生投下别样的光辉和暗影。哈德良得以从古罗马的历史风尘中走入文学层面，抽象的“记忆之场”因此诞生，历史得以重构。

三　历史与共性——象征的“记忆之场”

尤瑟纳尔笔下的《哈德良回忆录》，既还原了历史的磅礴之境，同时借以叙事风格与神话的向往等一系列文学幻想，构建真实与虚构重叠

① ［法］玛格丽特·尤瑟纳尔：《哈德良回忆录》，史忠义主编，陈筱卿译，东方出版社 2002 年版，第 152 页。

② 史忠义：《走进尤瑟纳尔》，载［法］玛格丽特·尤瑟纳尔《火/一弹解千愁》，史忠义主编，李玉民译，东方出版社 2002 年版，第 9 页。

③ Blanchet-Douspis Mireille, *L'Influence de l'histoire contemporaine dans l'œuvre de Marguerite Yourcenar*, Leyde: Brill, 2008, p. 14.

的空间，实现历史的重塑。然而，尤瑟纳尔的全部作品“似乎都表达了排斥个性经验，向封闭性宣战的意愿”。[①] 在这一由历史转向小说的过渡中，作家显露出对共性或普遍性的追求。从叙事方式看，尤瑟纳尔所选用的第一人称“我”，通过文学的虚构，连接过去与现在两个时间，叙事者的“我”与哈德良的“我”重合吻合，时间空间得以跨越。小说中的哈德良始终表现出一种“超越自身、超越纯粹的个性经验和孤立经验”[②] 的特性。首先，这位帝王渴望和平、拒绝权力、追求自由和正义，他的统治宗旨是人道、自由、幸福：“我禁止人们迫使奴隶去从事羞辱的或危险的职业，禁止人们把奴隶卖给妓院老鸨或角斗训练学校。”[③] 其次，他时常会对人性进行思考：“有时候，我曾经幻想建立一种以性爱为基础的人类知识体系，一种关于接触的理论。（……）在这种哲学中，肉欲将是一种同他人的这种接触更加完整但也更加专门化的形式，将是一种更有效地利用并非指我们自己的知识的技术。”[④] 哈德良认为与肉体首先有直接关系的，是人的爱欲，这是所有人类无法避免的。哈德良的思考所展现的是全人类无法克服的人的本性，以及对该本性的深刻见解：爱欲不再仅仅是肉体的简单游戏，而是肉体被精神渗透。最后，他审思人与自然的关系，渴望人与自然的和谐：“任何灾难都像对人类美丽躯体的侮辱一样，应该被禁止。”[⑤] 这位帝王认为自己对世界的美负有责任，所有的人类创造，都必须适应大自然的变化节奏和规律。只有与自然相适应，人类的生存才能得以保证。因此哈德良欣赏希腊人的艺术，因为那是和平与自然的代名词，它们象征人类生存的希望。唯有摒弃战

---

① 史忠义：《走进尤瑟纳尔》，载［法］玛格丽特·尤瑟纳尔《火/一弹解千愁》，史忠义主编，李玉民译，东方出版社2002年版，第10页。

② 史忠义：《走进尤瑟纳尔》，载［法］玛格丽特·尤瑟纳尔《火/一弹解千愁》，史忠义主编，李玉民译，东方出版社2002年版，第10页。

③ ［法］玛格丽特·尤瑟纳尔：《哈德良回忆录》，史忠义主编，陈筱卿译，东方出版社2002年版，第122页。

④ ［法］玛格丽特·尤瑟纳尔：《哈德良回忆录》，史忠义主编，陈筱卿译，东方出版社2002年版，第14页。

⑤ ［法］玛格丽特·尤瑟纳尔：《哈德良回忆录》，史忠义主编，陈筱卿译，东方出版社2002年版，第142页。

争，维护和平，尊重自然，人类才能达到内心和外在的和平统一。哈德良阐释了人与人之间、人类与宇宙的生存关系。这也是尤瑟纳尔在历史书写中所致力描绘的基本问题。

在这一层面上，《哈德良回忆录》展现出一种乌托邦的愿景，一个由博爱宽容的帝王领导国家的梦想①。这是哈德良对未来继承者的寄语，也是作家尤瑟纳尔的希望。“捍卫自然”，“捍卫和平”成为小说的两大关键词。通过捍卫过去的价值观，尤瑟纳尔正在捍卫我们能够衡量其利益的文明，以对抗席卷全球的野蛮主义。这种野蛮主义，其目的在于奴役人类②。尤瑟纳尔通过对历史，特别是对雅典民主和罗马帝国的丰富知识，捍卫历史，传达希望。我们在上述这些特性的背后，可以看到尤瑟纳尔借助哈德良这一特定的“个体”形象，对具体历史进行了“非客观化和非个性化的处理”，使其小说中的历史具有共性特征③。这意味着，哈德良在历史情景中的处境，不再仅仅局限于对其个体命运的思考，而是成为一种共性的思考。他对自由的渴望、对正义的追求，也是一种社会性、世界性的价值追求。

《哈德良回忆录》中的神话因素极大地丰富了历史图景，使尤瑟纳尔得以在小说创作中逃离时间和空间。神话本身的象征意义及其具有的普遍意义，表达了某种历史哲学④：“我计划沿伊利索斯河修建一座新的雅典城——与忒修斯城相邻的哈德良城。专门为奥林匹斯的宙斯修建的那座巨大神庙，在6个世纪之前就被废弃了，如今又立刻着手修建。”⑤忒修斯是希腊神话中的阿提卡英雄，哈德良意欲在其雅典城旁修建一座

① Blanchet-Douspis Mireille, *L'Influence de l'histoire contemporaine dans l'œuvre de Marguerite Yourcenar*, Leyde: Brill, 2008, p. 206.

② Blanchet-Douspis Mireille, *L'Influence de l'histoire contemporaine dans l'œuvre de Marguerite Yourcenar*, Leyde: Brill, 2008, p. 34.

③ 史忠义：《走进尤瑟纳尔》，载［法］玛格丽特·尤瑟纳尔《火/一弹解千愁》，史忠义主编，李玉民译，东方出版社2002年版，第11页。

④ Blanchet-Douspis Mireille, *L'Influence de l'histoire contemporaine dans l'œuvre de Marguerite Yourcenar*, Leyde: Brill, 2008, p. 15.

⑤［法］玛格丽特·尤瑟纳尔：《哈德良回忆录》，史忠义主编，陈筱卿译，东方出版社2002年版，第167页。

新的雅典城，并以宙斯比拟自身，展现了其对荣耀的渴望。这种“人类有能力铸造自己的伟大和辉煌的思想”①，正折射着典型的普罗米修斯式人物精神。普遍性的概念建立了神话、历史和自我书写之间的联系。“罗马，是一只大坩埚，但也是一只大熔炉，是沸腾的金属，是铁锤，但也是铁砧，是历史的演变和复始的可见的明证，是人类将要在其中极其喧嚣地生活的世界的许多地方之一。”② 小说中的哈德良带着家庭和民族的印记，在丰富的历史和文化意蕴中，进行自我的叙述，呈现一种自我写作。而这种自我写作包括通过个人的命运、对人类共同命运进行审思③。由此尤瑟纳尔在作品中揭示了对普遍性的追求。

诺拉曾经指出，记忆之场是实在的、功能性和象征性的场所，这三层含义同时存在，只是程度不同而已。即便像档案馆这样看起来纯粹实在性的场域，也只是因为象征性的光环赋予其上而成为记忆的场所的④。他在论证象征性的“记忆之场”时，以《两个孩子的环法之旅》为例，说明了记忆之场的象征层面塑造了数百万法国青年人的记忆，是民族记忆的象征。在某种程度上，象征人类共同文明和命运的哈德良，也成为人类整体生存和思考的象征，由此，《哈德良回忆录》中象征的“记忆之场”被构建。

结　语

尤瑟纳尔以真实的史料和文献为基础，赋予《哈德良回忆录》以“档案化”的历史特征，建立起第一层物化的“记忆之场”。她一面旁征博引，一面通过叙事与神话，将文学的幻想植入真实的历史，构建第二

① 史忠义：《走进尤瑟纳尔》，载［法］玛格丽特·尤瑟纳尔《火/一弹解千愁》，史忠义主编，李玉民译，东方出版社2002年版，第9页。

② ［法］玛格丽特·尤瑟纳尔：《哈德良回忆录》，史忠义主编，陈筱卿译，东方出版社2002年版，第178页。

③ Blanchet-Douspis Mireille, *L'Influence de l'histoire contemporaine dans l'œuvre de Marguerite Yourcenar*, Leyde: Brill, 2008, p. 15.

④ ［法］皮诺尔·诺拉：《记忆之场》，黄艳红等译，南京大学出版社2017年版，第23页。

层抽象的“记忆之场”。在历史、神话与自我写作中，尤瑟纳尔赋予哈德良这一具体形象以共性和普遍性，哈德良的存在象征着人类生存的共同处境，他对生命的思考是现当代人类无法避免的重要话题。由此，小说中象征层面的“记忆之场”最终完成。尤瑟纳尔在《哈德良回忆录》中所构建的三层“记忆之场”，还原了一代英明贤德的古罗马皇帝的一生，揭示出其在处理历史与共性关系时所体现的一种对恢复人与世界、主体与客体之间联系的执着。她自己曾经表示，人们需要从正在研究的东西中退后一步，因为我们无法看到属于我们这个时代的东西①。她将一个在历史上留下特定印记的皇帝带到了生活中，实现了神话、历史与现实的相互交织。因此，其笔下的历史共性，实则就是在书写“今天的历史”②。《哈德良回忆录》中的历史书写，既可以表示过去，也可以表示未来，尤瑟纳尔对普遍性的渴望意味着她同时也在拥抱现在。

【作者简介】

裴南兰，苏州大学法语语言文学在读硕士，2021 年 10 月获“江苏省外国语言文学研究生学术创新论坛暨第十六届江苏高校外语专业研究生学术论坛”学术论文评选一等奖。译文《阿拉贡：愤怒》发表于《世界文学》2021 年第 4 期。

联系方式：手机：18896916817，电子邮箱：hyhymaevapnl@163.com

段慧敏，苏州大学外国语学院法语系教授、硕士生导师，主要研究方向为法国文学、符号学。全国法国文学研究会常务理事、中法语言文化比较研究会理事、中国语言与符号学研究会理事、江苏省外国文学学会理事。独立承担并完成国家社科基金项目、江苏省社科基金项目各一项，目前主持在研教育部社科基金项目“萨冈小说研究”。著有《塞利

① Blanchet-Douspis Mireille, *L'Influence de l'histoire contemporaine dans l'œuvre de Marguerite Yourcenar*, Leyde: Brill, 2008, p. 17.

② Blanchet-Douspis Mireille, *L'Influence de l'histoire contemporaine dans l'œuvre de Marguerite Yourcenar*, Leyde: Brill, 2008, p. 18.

纳文学世界的构建》《塞利纳互文诗学研究》。发表论文二十余篇，文章被《人大复印资料》等转载。翻译出版《西方媒介史》《香奈儿的态度》等十余部译著。

联系方式：手机：18626109816，电子邮箱：duanhm@ suda. edu. cn

非洲作家姆丹博和迪奥普对古希腊罗马典籍的哲学借鉴

西北工业大学外国语学院

■史忠义

【摘　要】论文以实例说明，姆丹博和迪奥普在他们的史学研究中借鉴古希腊罗马典籍进行思考时常有哲学维度，他们也从真正的哲学视域出发，思考科学、知识，特别是人文知识的地位和意义，思考一般意义上和非洲范围内的政治问题。[①]

【关键词】瓦朗丹－伊夫·姆丹博　谢赫·安达·迪奥普　古希腊罗马典籍　借鉴　哲学维度　哲学思考　政治思考

【Résumé】: Le texte illustre par des exemples la dimension philosophique des réflexions faites par Valentin-Yves Mudimbe et Cheikh Anta Diop au cours de leurs emprunts des œuvres classiques de l'antiquité grecque et romaine. Les deux savants réflechissent aussi sur les statuts et les significations des sciences, des connaissances, particulièrement de celles des sciences humaines, sur des problèmes politiques généraux et de l'ordre affricain.

【Mots-clefs】: Valentin-Yves Mudimbe　Cheikh Anta Diop　œuvres classiques de l'antiquité grecque et romaine　emprunts　dimension philosophique　réflexions philosphiques et politiques

---

① 本文写作中参照了 Bernard Mouralis, *Littératures africaines et antiquité. Redire le face-à-face de l'Afrique et de l'Occident* (Paris, Honoré Champion, 2011) 一书。

非洲作家从哲学研究领域使用和借鉴古希腊罗马典籍的情形可以分为四种主要类型：第一种类型是叩问亚里士多德的类型说（范畴说）的实质和完整含义；第二种类型是思考科学在非洲的可行性条件；第三种类型是思考政治问题；第四种类型是思考哲学在非洲的性质和功能。关于人文科学在非洲是否适用的这种叩问（即第二种类型）在某些作家或研究者那里，有时候基于从古希腊罗马文库中借鉴而来的成分或类型。在这方面，两位作者尤其引起人们的关注：瓦朗丹-伊夫·姆丹博（Valentin-Yves Mudimbe）和谢赫·安达·迪奥普（Cheikh Anta Diop）。前者对古代的历史问题特别感兴趣，他尝试圈定像希罗多德（Hérodote）、修昔底德[①]或普鲁塔克（Plutarque）[②]等作家希望建立一种历史“真实”的条件。后者从对已经建构的知识尤其是欧洲的埃及学的批判开始，不停地询问理解非洲实在的最有效的途径是什么，是历史还是人类学？另外，姆丹博、桑戈尔和迪奥普也思考政治问题，迪奥普间接一些。这是第三种类型。三位非洲学者在第一和第四类型方面涉猎很少。另有哲学色彩更浓的其他非洲学者关涉一、四两种类型。本文主要分析这两位学者的情况。

一　瓦朗丹-伊夫·姆丹博对古希腊罗马典籍的哲学借鉴

姆丹博的情况显示，古希腊罗马文库在历史领域的使用经常以哲学的维度出现，清晰程度不同地蕴含着有关非洲的历史地位及其变迁，这

① Thucydide，修昔底德（或修西底德斯）是古希腊历史学家，是在高度成熟了的希腊文化的熏陶下成长起来的。根据《伯罗奔尼撒战争史》中偶尔提及的有关他自己的文字内容判断：他约出生于公元前460年，其父奥罗路斯是雅典的贵族，其家族在色雷斯沿海地区拥有金矿开采权。他在雅典长大，自幼受到良好的教育。修昔底德生活的时代正值雅典的极盛时期，也是古希腊文化的全盛时期。伯里克利等人的政治演说，埃斯库罗斯、欧里庇得斯、索福克勒斯等人的戏剧，诡辩派（又称“智者派”）的哲学，希罗多德等人的历史著作，以及“医学之父”希波格拉底所代表的“实验的”“科学”精神，都对他产生了极大的影响。

② 普鲁塔克（希腊文：Πλούταρχος；拉丁文：Plutarchus，约公元46—120年），罗马帝国时代的希腊作家、哲学家、历史学家，以《比较列传》（οἱβίοι παράλληλοι，又称《希腊罗马名人传》或《希腊罗马英豪列传》）一书闻名后世。

个见解对谢赫·安达·迪奥普同样适用，对桑戈尔适用的程度稍小一点。诚然如此，我们后边还是有必要回到真正从哲学视域出发使用和借鉴古希腊罗马文库的情况。

瓦朗丹－伊夫·姆丹博在其1973年出版的著作《王国的另一面》（*L'Autre Face du royaume*）里多次询问旅行者的路径以及后者从其“他者”民族的经验里获得的叙述有何意义，在这方面，他特别强调西方人类学试图避免两类决定论所置身的困境：一方面是扩张主义使这种行旅及该行旅的叙述成为可能或给予方便的语境本身；另一方面是“与差异相遇，发现位于这种或那种历史范畴此岸或彼岸的事物”，既成为“恐惧理由”又成为“欲望对象”的差异（Mudimbe，1973：38）。自此，人们可以赋予这样一种“如此有特点、如此深藏于一种历史中的知识”以何种信任呢（Mudimbe，1973：79）？包括这种知识被试图界定为对上述历史的批判以及对先前整个科学传统的质疑时。正如我们将看到的那样，《王国的另一面》，继而《父亲的气味》（*L'Odeur du Père*），都将带来对这一问题的回答，当然各自有自己的重心。

但是，为了回答这一问题，姆丹博认为，应该预先区分西方所秉持之人类学言语的理论内容与“直接触及人类每次经验之独特性的意义的诠释学冲突”（Mudimbe，1973：81）。姆丹博通过把自己的思考和检视移到“历史学和人种学之父”希罗多德身上，而检视两个问题（Mudimbe，1973：81）。事实上，自古代起，希罗多德就是截然不同的判断的对象。普鲁塔克就是主要的诋毁者，他的一部著作的标题就是《论希罗多德的恶毒》（*De la malignité d'Hérodote*）。姆丹博对普鲁塔克的主要指责进行了详细的分类，并特别指出后者关涉历史人物时使用贬义术语、经常使用诽谤的一种倾向，非常轻视所谓的历史真实，更喜欢诡辩，明显缺乏对希腊人民及其过去的尊重。当希罗多德视整个古希腊时期的军事大事特洛伊战争乃愚蠢之举，或者当他强调古希腊从古埃及或野蛮民族那里所得甚多时，普鲁塔克的最后一种态度就明显出现了。姆丹博的结论是，“普鲁塔克指责他以写古希腊历史的名义美化蛮族”（Mudimbe，1973：86）。这大概是最严厉的指责了。

相反，比普鲁塔克早大约一个世纪的德尼·德·哈利卡尔纳索斯（Denys d' Halicarnasse）却非常欣赏希罗多德，主要体现在他《致CN.庞塔的信》（*Lettre à CN. Pompée*）里，这封信的第三部分包含对希罗多德和修昔底德的"文学评判"，姆丹博将使用这个评判。德尼赞赏两位历史学家的风格，似乎更喜欢前者继承了荷马文风的诗体书写，德尼也欣赏他们的历史观，这种历史观总是引导他们把自己所述事件的原因说得清清楚楚。然而，他更喜欢希罗多德的理由是，修昔底德在时间和空间上的题材过于受限制。事实上，选择伯罗奔尼撒战争作为叙事对象最终使读者感到厌倦："修昔底德只谈论一场战争，把战斗与战斗、备战与备战、讲话与讲话堆积起来。"（Mudimbe，1973：88）除此之外，修昔底德在结束雅典军队公元前411年在西诺塞玛的海战失败时，突出雅典的最终衰落。反之，希罗多德选择的主题广阔得多，这使他能够超越希腊的范围，某种程度勾画了他那个时代的世界画面，尽管民族之间存在着冲突，希腊与蛮族的对立就是一种很壮观的范式，但是，人们从希罗多德的世界画面上，还是能读到一种人类一体的情感。这个计划在著作的提纲里显得很清楚，著作交替讲述"人种"的发展和"历史"的发展：例如，居鲁士（Cyrus）的儿子冈比西斯二世（Cambyse Ⅱ）占领埃及的故事就是作者详细描写这个国家以及古希腊人与之保持何种关系的一个契机；同样，讲述波斯帝国向欧洲东北部的扩张（卷三）之后，作者接着描述了锡西厄（*Scythia*，卷四）。

姆丹博认为，从这样一场论争中，在认识论的思考方面，人们至少可以吸取两种教益。教益一关涉古代作家赋予方法问题的意义，它是评价史学家、人种学家的主要鉴赏标准，关于这个主题，姆丹博写道：

> 古代四个大名鼎鼎的作家希罗多德、德尼·德·哈利卡尔纳索斯、普鲁塔克和修昔底德进入了这场论争，它让人们惊异的，关于方法规则的争论退居其次，主要是希冀谈论自己、自己祖国的某些方式……超越针对希罗多德的批评，普鲁塔克与德尼·德·哈利卡尔纳索斯在共同的要求中相遇：要求提供自我和自己祖国的最令人

> 赏心悦目的形象，必要时筹划敌人；但是在可能和规则赋予的可能性的范围内，尽可能地符合事实的真实。（Mudimbe，1973：89）

姆丹博从这场论争吸取的第二个教益并不明显存在于针对希罗多德和修昔底德的古代文本中，而是稍后或没有时间限制、在考虑到针对西方人类学的批评的基础上，如今人们可以阅读它们的方式：

> 在事实与史学家（在“没有历史的社会”，则是人种学家）给出并排列的结果之间，探索者目光的在场是司空见惯的事实，他搜索、调整、排列、根据可核查的规范阐释事实，有时也有意或无意地，根据自己的好感和或矜持或粗暴的反感来书写历史。（Mudimbe，1973，92）

于是，“对于我们这些非西方的人而言”，相信“关涉我们的西方阅读”就是很困难的事情，理由是，这些阅读“自始至终都是在忠实永远已经给出的文化‘文本’的基础上呈现的”（Mudimbe，1973：92）。说得更明显一点，那就是非洲学者很难相信西方现代学者有关非洲的论述，因为这些论述都是基于西方人的先入之见、在已经形成的文化文本的基础上重复书写的。

然而，当他写作《王国的另一面》时，姆丹博不排除有可能“匡扶”人类学，他多次反问自己，非洲人能否自由地使用这个学科，他在该著的导论中写道：“我想足够严谨地对待人种学这门学科，敢于想象它的某些局限性，并为非洲梦想另一种实践。”（Mudimbe，1973：10）为了实现这个计划，姆丹博一方面批评欧洲人所实践、作为论述对象的社会所承受的人种学。这种批评特别突出该学科与其诞生和继续被实践之地域的语境的关联。另外，他尝试想象非洲人可能采纳的人文学科的另一种实践方式，考虑该方式与政治实践的关系。但是，在有条不紊地讨论这两点的同时，逐渐把自己话题的真正目标转移了，毫无疑问，这是姆丹博思想最独特的风貌之一。此后，他告诫他的读者注意反对下述论点，即人种学的历史（从进化论到功能论，从功能轮到结构论，从结构论到罗贝尔·诺兰/Robert Jaulin 谴责“白色和平”的各种论点）有可能被视为近似值越来越准确、越来越“真实”的前后承接，或者更倾向于视为科学的逐渐净化。非洲研究人员经常是这种幻想的受害者：

> 或者被确定为崇拜差异，后者把他完全固定起来，阻止他说出自己身份的理由，说出自己进入支配地位的复杂关系的理由；或者自愿被封闭在一个有害的圈子里，同时承担对象和主体的角色：被他者目光的经验及其话语的技巧所物化，他完成了一种异质多元性的行为，把自己的作品和自己的工作体验为“科学”所要求的某种盲目决定论的限制。（Mudimbe，1973：119）

这样一来，不管是在这种还是在那种情况下，研究者都处于被异化的状态：他所生产的言语并非真正独立自我的言语，因为它没有载入研究者完全自由状态下确定的战略中。

即使两部著作不可分离，相对于《王国的另一面》，《父亲的气味》表达一种进化观。正如我们已经说过的那样，告诫读者反对人种学的历史可能被视为科学知识的逐渐净化的幻想，但是这种做法并不排除科学有效性的原则本身。《父亲的气味》所进行的转移引导姆丹博把重心更多地放在主体夺得话语权而非科学之上。这种方向的根源在于一种新的批评人种学的方式。事实上，直至现在，姆丹博一直在关注人种学言语的内容，他展示了该言语的两种特点，它们的性质会明显降低该言语的理论意义：一方面，它进入的历史的和学术建制的语境远不能始终回答科学的要求；另一方面，诸如“原始”“传统”“现代性”“人种”“图腾崇拜”“无历史的社会”等概念的使用在反映科学研究的对象社会现实时运转并不灵。但是，当他进行这种批评时，姆丹博发现，倘若确实存在西方人种学言语的暴力时，那么这种暴力并非存在于它所产生的“简化型”陈述文的内容方面，而更多地存在于西方自诩谈论他者的权利方面，而这种权利从来不曾成为论证的对象。这种自以为是的态度是不可宽恕的，姆丹博在《父亲的气味》里对之以非洲主体享有发言、悖论和“差距”[①] 的权利。

在这个阶段，试图论证并竭力反对西方科学的战斗是徒劳的：

> 严格地说，传教士……对异教徒没有任何东西可言。我也看不到非洲神学家或神甫可以对我说什么。面对他们的存在，我肯定自己的认识是不可压缩的，我希望看到他们像我一样。差异，一种根本性的差异，把我置于传教士对面的一种存在，同时也置于我的同族基督徒或神甫兄弟的对面：我们没有任何共同语言，有的只是迫使我们躬身自思的沉默的滞重感和浑浊感。（Mudimbe，1982：71）

在突出存在经验的同时，姆丹博步入了一种“我思故我在”的逻辑，这种逻辑出现在科学及构成科学的各种学科的此岸。这样一种做法尤其可以避免把人异化的差异问题。无差异性才是“能够用纯洁的话语和疯狂的希望，面向历史承担主体性的活动和力量的这种能力”（Mudimbe，1982：202）。那么姆丹博在多大程度上保持了“话语的纯洁性”这个原则呢？他在美国写的著作（《非洲的发明》/*The Invention of Africa*，1988；《寓言与故事》/*Parables and Fables*，1991；《非洲的理念》/*The Idea of Africa*，1994）显示，他重新赋予学科以重要性，这种重要性在他进入美国的大学体制方面占有很大的比例。因此，我们在一定程度上可以说，其方法的小变化引导他发展了人类学及其内容的批评史。但是，他对哲学学科的热爱阻止他向“理论”偏移，而倾向于一种突出文本评论并进而突出科学的更传统的方法。这种方向尤其让非洲研究跳出了它们原初的严格领域，显示出这些研究澄清了欧美思想的许多方面（Mudimbe，1993：133）。同时，姆丹博继续忠实于“希腊范式”，在他看来，这是坚持基本话语的“纯洁性”，反对建制起来的科学一直程度不同地孕育的风险。他在《路径》（*Cheminements*）一段文字中说明，必须“上溯到

① 我们借用了姆丹博 1979 年出版的小说《差距》的标题。

希腊人那里，并非因为他们更好，而是因为可以在他们那里注明关于自由的当代话语的根源。由此出现撒哈拉以南非洲思想的新的可能性”。（Mudimbe，2006：164）

反之，谢赫·安达·迪奥普显示出一种很不相同的态度。我们在迪奥普那里找不到这种摇摆：一方面肯定主体及其对悖论和“差距”的权利，另一方面又肯定科学和构成科学的学科的价值。迪奥普经常反驳这些学科的内容以及西方学者出于意识形态目的对这些内容的过多使用。我们从他长期反对西方的埃及学的斗争中尤其看到了这一点，他指责埃及学自1820年诞生时起，就歪曲或遮蔽了古希腊罗马作者支持古埃及黑人身份的许多见证文字。例如他在《文明抑或野蛮》（*Civilisation ou barbarie, anthropologie sans complaisance*）一书导论中的文字（Diop，C. A.，1981：9）。

在有关非洲的知识方面，姆丹博和迪奥普代表了两种不同的态度。前者如他在《父亲的气味》里所说，试图“选择反‘科学’的‘探索’，选择反知识可靠性的不确定性”（Mudimbe，1982：57）。后者不走出科学及构成科学的学科的范畴，他既不怀疑它们的宗旨的坚实性，也不怀疑它们吁求的问题类型的中肯性。迪奥普深受马克思主义文化的影响，完全意识到多学科结合带来的好处，在很多反对者或欣赏者的眼里，他可谓一个离经叛道者，不失为一个终生坚持科学普遍性要求的典型学者。

二　政治问题

古希腊罗马文库的阅读也可以为非洲作家提供一些素材，用来圈定政治问题，或者从一般视野，或者更多地从非洲视野。在这方面，我们可以看到两大态度，两种态度分别对应提出问题的一种方式。第一种方式可以界定为归纳方式，从主体可能维持的与权力的关系出发，第二种尝试从中得出一般结论。姆丹博在《语词和人的光辉形体》（*Les Corps glorieux des mots et des êtres*）一书中给出了一个特别有意义的例子，他提到了两类截然不同的非洲权力。重叙了导致他离开蒙博托政权控制的扎伊尔、定居美国的情况后，姆丹博写道：

> 十多年前，一位君主希望把我纳入他的国家的步伐，服从他的国家的规则。而我更喜欢继续我的职业：教授我在卢本巴希的大学生们阅读拉丁文本并严谨地分析它们的语法结构。我拒绝了君主的奉送而踏上了流亡之路。桑戈尔总统给我写信，说我的位置不在美国。他更希望我在塞内加尔。这项方案没有结果。于是我就到了美国，继续教授一种根本性的东西：必须把任何“空间”感知为开放的并与另一空间相关的空间。（Mudimbe，1994：141）

1980 年，蒙博托任命他为国家最高权力机关人民共和运动（MPR）中央委员会委员，他拒绝了这项任命，自我放逐，几经辗转，最后定居美国后，桑戈尔总统给他写信，说他的位置不在美国，而在塞内加尔。他继续留在美国任教。面对这两种形式的政权，姆丹博坚持肯定自己作为教师和研究者的独立性，在他看来，唯有知识力比多（*libido sciendi*）最重要。

姆丹博发现桑戈尔是一位修辞学家，最关心的是创造文本的效果，1966 年开始系统阅读桑戈尔的作品，尤其是他的论著。他承认自己被后者的“黑人传统精神”吸引，认为他的“非洲社会主义”是一个美妙的创造（Mudimbe，1994：154）。同样，他很欣赏桑戈尔 1962 年发表的《皮埃尔·泰亚德·德·夏尔丹与非洲政治》（*Pierre Teillard de Chardin et la politique africaine*）[①] 一书并写道：“桑戈尔的思想因其复杂性，为我打开了许多新视野，特别是自 1968 年起，打开了相异性问题的新视野。”（Mudimbe，1994：154）但是这种欣赏是相对的，伴有许多保留意见，

① 皮埃尔·泰亚德·德·夏尔丹，中文名德日进，1923 年 5 月作为巴黎大学生物学博士的德日进（Pierre Teillard de Chardin）神甫，应桑志华（émile Licent）神甫之邀请来华，与桑志华神甫共同主持北疆博物院（天津自然博物馆的前身）工作。1929 年参加周口店“北京猿人”的挖掘工作，其著述超过 1200 种，被学术界公认为 20 世纪新托马斯学派的主要代表人物之一，为中国的考古事业做出很大贡献，见《词北大学史》。

因为姆丹博同时想写一部反驳桑戈尔的著作，另外他还拒绝在一篇发表于鲁汶大学的《经济和社会科学杂志》（*Revue des Sciences économiques et Sociales*）的长文《结构主义、事件与非洲的社会科学》中提及桑戈尔的名字。但是，姆丹博意识到公开的对立会给他带来风险，与他作为非洲人的自身利益适得其反，于是他采取了与其思想实际略有差异的态度：

> 因而我使自己反对他的本质主义的哲学的强烈立场变得柔和一些：许多年内，我继续把玩自己知识分子的杂技态度：对"黑人传统精神"表示保留，对非洲社会主义的思想降温，直面法语世界，但无论如何并竭尽所能，保持我对列奥波尔德·桑戈尔的欣赏态度。（Mudimbe，1994：154）

此外，姆丹博还感觉桑戈尔的人格对他吸引不大，他觉得后者总在扮演一个人物："当他担任共和国总统，出席研讨会和国际代表会议时，我看到他总摆出一个大牧师的架势。"（Mudimbe，1994：155）有段时间，他把桑戈尔比作古希腊最雄辩的演说家狄摩西尼（Démosthène）。后来，当弗朗索瓦－雷吉斯·韶马尔坦（François-Régis Chaumartin）邀请他为《杂谈》（*Mélanges*）某卷写一篇纪念桑戈尔的文章时，他建议的题目是《在塞内加所做〈神人克洛迪奥之变相〉阅读范围内的大师》（Mudimbe，1994：155），心目中把该文设想为向桑戈尔政权的告别，也许是向非洲政权的告别。

姆丹博写成发表的论文的全名是《论作为历史见证的讽刺。关于塞内加的〈神人克洛迪奥之变相〉的思考》[1]（Mudimbe，1977：315－323）。这篇论文可以有两种相互关联的阅读。首先，这是一篇关于拉丁文学的博学之作，满足了通常的学术要求，且不无精英色彩。在这方面，论文分析了《神人克洛迪奥之变相》十五个章节的内容，显示了作家的方法

① 法文为«De la satire comme témoin historique. Réflexions à propos de l'*Apocoloquintose du divin Claude* de Sénèque»。我们没有找到塞内加的这部著作，向拉丁语专家请教后，也未查到 *Apocoloquintose* 一词是何意思，故而借用了网上已有的译法。

何以可以通过对塞内加这部论著的叙述，罗列后者的主要瑕疵。同时，对《神人克洛迪奥之变相》的相当经典的分析也是姆丹博思考对政权的讽刺与历史真实之间可能存在的关系。这样，他在重申“历史的实践在很大程度上是受研究者的主体性和研究工作得以进行的社会学的、认识论的和意识形态语境强烈影响的一种实践”（Mudimbe，1977：115－216），“王子们的意识形态和意志”的强制性暴力（Mudimbe，1977：316）经常给这种工作施加影响后，强调“经常滑稽的持不同政见的历史叙事或……历史的蒙太奇”因而可以代表的意义（Mudimbe，1977：316），《神人克洛迪奥之变相》构成一个颇有意义的案例。事实上，这些叙事经常展现出双重特征。一方面，它们可以显著干扰或修改建制或事件的进程，正如姆丹博基于勒内·瓦尔茨（René Waltz）所汇集的古代和现代的见证，克洛迪奥这种漫画般的形象“使罗马帝国一种非常脆弱的制度摇摇欲坠：尊崇为神”（Mudimbe，1977：323）。另一方面，它们又可以构成理解某些历史形象的一种途径。塞内加的例子显示，“这种阅读历史的独特方式其实超越了史学专家们有时倾向于保持的狭小圈子……讽刺可以比完全经典的史学著作更真实”（Mudimbe，1977：323）。

这就是为什么姆丹博研究塞内加的《神人克洛迪奥之变相》，收录在《献给列奥波尔德·塞达·桑戈尔的杂谈》（*Mélanges offerts à L. S. Senghor*）文集中的研究论文可以呈现为“虚构的一种辩护词”，或者“漫画的辩护词”，这篇辩护词里囊括了作家自己小说创作计划（如昨天的《水天之间》/*Entre les eaux*，1973 和《帅气的卑污者》/*Le Bel Immonde*，1976；后来的《差距》/*L'écart*，1979 和《萨巴哥俩》/*Shaba deux*，1989）里及其自传写作面对的许多问题。姆丹博似乎与塞内加不同，他至少没有在自己的小说作品里“复制”一份准确的、很容易对接上的政权形象。他更多的是通过自己笔触的积聚，显示一个民族和一个国家在某些历史环境下最终会变成什么样子。但是，如同在塞内加的作品里一样，在他的小说和自传里，不管是《水天之间》里教会的漫画艺术或《帅气的卑污者》或《萨巴哥俩》里的政治人物的漫画艺术，都是一种特别有效的写作技巧。这些文本由此落脚到对政权性质及其效果的思考。在姆丹博看来，不管他叙述的事件多么残忍，权力并不简缩为唯一的力量，它还是且一直都是喜剧、导演、舞台化，如同克洛迪奥的继承者内龙（Néron）十分精彩地展示的那样。在这一点上，姆丹博的思考可以比肩巴郎迪耶（Balandier）的许多分析，尤其后者在他的著作《搬上舞台的权力》（*Le pouvoir sur scène*，Balandier，1980）中的分析，这种思考把政权固有的景观和面具与学者和哲学家所产出的思想的真实相对立。

三　谢赫·安达·迪奥普对古希腊罗马文库的哲学使用

如上所述，我们在迪奥普那里看不到姆丹博那种摇摆：一方面肯定主体及其对悖论和“差距”的权利，另一方面又肯定科学和构成科学的学科的价值。迪奥普经常反驳这些学科的内容以及西方学者出于意识形态目的对这些内容的过多使用。我们从他长期反对埃及学的斗争中尤其看到了这一点。他在《文明抑或野蛮》一书的导论中，指责埃及学歪曲或遮蔽了古希腊罗马作者支持古埃及黑人身份的许多见证文字：

> 居心叵测的埃及学学者一线是一支疯狂的博学队伍，他们完成了反对人们所知之科学的罪行，有意识地歪曲人类的历史。在所有西方国家公权力的支持下，这种以知识和道德无赖为基础的意识形态，轻而易举地战胜了具有学术良知的埃及学学者的团体所发展的真正的科学潮流，无论怎么突出后者的知识诚信甚至勇气都不为过。应运而生的新的埃及学思想强化了帝国意识形态的理论基础。（C. A. Diop，1981：9）

正如我们看到的那样，这里被质疑的不是埃及学本身，而是某些埃及学学者的用法，因为作者把该学科的两种用法相对立。不同用法这个问题是《文明抑或野蛮》关注的核心。这部著作可看作迪奥普思想的最终表达，它是根据可以让作者澄清主要问题的不同学科来组织的。

例如，以“古生物学方法”为标题的第一部分研究人类的起源问题，突出的论据说明，人类首先出现在东非，然后向东和向北传播。这个部分突出的一个神话研究即从柏拉图的《克力锡亚斯篇》（le *Critias*）和《蒂迈欧篇》（le *Timée*）里的说法，关于亚特兰蒂斯神话（mythe de l'Atlantide）的研究是如何与公元前1420年前后发生在圣托里尼岛（l'île de Santorin）① 上的火山喷发关联起来的。另外，碳放射分析可以强调该事件与古埃及18王朝的同时性（C. A. Diop，1981：93－131）。第四部分探讨"非洲在科学和哲学方面对人类的贡献"，回答两个明显不同的宗旨。第一个宗旨属于科学史，这方面以准确的例子和图形，分析了几何学、代数、天文学和医学的发展史。第二个宗旨关涉哲学，主要通过希腊思想的古埃及源泉来考察。《文明抑或野蛮》也借助了语言学分析，著作的最后一节讨论"源自黑非洲的希腊词汇"。

还要说明的是，《文明抑或野蛮》赋予"史学观"十分重要的地位，迪奥普主要是从两个方向去考虑他的史学观的。方向之一，在历史的某个时段捕捉到社会的这种或那种类型，展示一种"氏族和部落"式的社会组织中亲缘结构的特征，或者还有人们可以在"种族与社会阶级"之间建立的关系。迪奥普同时研究社会的演变，特别指出促成"历史上不同革命"的成分或阻止它们的成分，在这方面，他特别重视希腊国家—城邦与"亚洲生产方式"之间的相似性，这引导他批评性地检视了关于这一概念的最新研究成果（C. A. Diop，1981：239－267）。

上述简略分析使我们清楚地看到，非洲作家在借鉴古希腊罗马文库时，都有明确的文化选择，这就是立足于非洲的文化建设和政治建设，也立足于非洲的哲学建设。他们不是为西方的政治建设和文化建设出谋划策，甚至对西方现代多有批评，而是从西方古典典籍中借鉴方法，力求办好非洲自己的事。

① 圣托里尼（希腊文：Σαντορίνη）是在希腊大陆东南200公里的爱琴海上由一群火山组成的岛环，位于北纬36.40°、东经25.40°。圣托里尼岛环上最大的一个岛也叫圣托里尼岛，别名锡拉岛（Θήρα）。圣托里尼岛位于基克拉泽斯群岛的最南端，面积约73平方公里，人口约一万四千余人，多为希腊人。"圣托里尼"是13世纪时威尼斯人所命名的，起源于圣·爱莲（意大利语：Santa Irene）；此前这个岛称为锡拉岛、卡利斯提（Καλλίστη，在古希腊语中意为"最美"）或斯特隆基里（Στρογγύλη）。岛上建筑蓝白相间，衬以蔚蓝大海，美不胜收，是著名旅游胜地。

参考书目

Mudimbe, V. Y., *Entre les eaux. Dieu, un prêtre, la révolution*, Paris, Présence Africaine, 1973.

Mudimbe, V. Y., *L'Autre Face du royaume*, Lausanne, L'Âge d'homme, 1976.

Mudimbe, V. Y., *Le Bel Immonde*, Paris, Présence Africaine, 1976.

Mudimbe, V. Y., «De la satire comme témoin historique. Réflexion à propos de l'*Apocoloquintose du divin Claude* de Sénèque», in *Mélanges offerts à Léopold Sédar Senghor. Langues, littérature, histoire anciennes.* Dakar/Abidjan, NEA, 1977, pp. 315 – 323.

Mudimbe, V. Y., *L'écart*, Paris, Présence Africaine, 1979.

Mudimbe, V. Y., *L'odeur du père. Essai sur des limites de la science et de la vie en Afrique noire*, Paris, Présence Africaine, 1982, p. 207.

Mudimbe, V. Y., *The Invention of Africa. Gnosis, Philosophy and the Order of Knowledge*, Bloomington, Indiana University Press, 1988, pp. XII – 241.

Mudimbe, V. Y., *Shaba deux*, Paris, Présence Africaine, 1989.

Mudimbe, V. Y., *Parables and Fables, Exegesis, Textuality, and Politics in Central Africa*, Madison, The University of Wisconsin Press, 1991, pp. XXII – 238.

Mudimbe, V. Y., Bates, H. Robert and O'Barr, Jean, ed., *Africa and the Disciplines. The Contributions of Research in Africa to the Social Sciences and Humanities*, Chicago, The University of Chicago Press, 1993, pp. XXIII – 245.

Mudimbe, V. Y. et Kwame Anthony Appiah, «The Impact of African Studies on Philosophy», in Mudimbe, V. Y., Bates, H. Robert and O'Barr, Jean, ed., *Africa and the Disciplines. The Contributions of Research in Africa to the Social Sciences and Humanities*, Chicago, The University of Chicago Press, 1993, pp. XXIII – 245, 113 – 138.

Mudimbe, V. Y. (a), *The Idea of Africa*, Bloomington, Indiana University Press, 1994, pp. XVII – 234.

Mudimbe, V. Y. (b), *Les corps glorieux des mots et des êtres. Esquisse d'un jardin africain à la bénédictine*, Paris, Présence Africaine/Montréal, Humanitas, 1994, p. 232.

Mudimbe, V. Y., *Tales of Faith: Religion as Political Performance in Central Africa*, London, Athlone Press, 1997, pp. XIV – 231.

Mudimbe, V. Y., *Cheminements. Carnets de Berlin (avril-juin 1999)*, Brossard (Québec),

Humanistas, 2006, p. 224.

Diop, Chech Anta, *Civilisation ou barbarie*, *anthropologie sans complaisance*, Paris, Présence Africaine, 1981, p. 526.

【作者简介】

史忠义，1951 年生人，西北工业大学外国语学院客座教授，中国社会科学院外文所研究员、博士生导师。

【通信地址】北京市海淀区清河中街 28 号院 2 号楼 1105 室，手机：15910934088，邮箱：shizhongyi51@126. com

亨利·米修作品中的“内”与“外”

——跨文化、跨领域视角下亨利·米修作品新解

西安外事学院
■朱 婧

【摘 要】本文旨在通过对亨利·米修作品中“内”与“外”的关系，也就是说通过其“内在精神”与“形象”、“动作”、“图像运动”、“符号”等所表现在作品中的元素的研究，来讨论米修怎样在其作品中通过具体的形来表现抽象的精神。米修的创作可以说是其精神自传。他通过一种变形想象将其内在外在化、具体化。其作品在不同文化、不同艺术领域之间开创了一个中间地带。本研究在其作品中探索了什么是“变化”，以及变形在现当代艺术背景下所代表的真实意义。通过写作与绘画，米修进行着自我探索。本研究揭示了其通过描写形所展现出的内在投射以及所传达出的多元诗学思想。在这种情况下，形，以及形的变化，成为作者最真实、最本质的表达。

【关键词】内 外 精神 形象 变形

The Interior and The Exterior in Henri Michaux's Works

——New Interpretation of Henri Michaux's Works from The Intercultural and Interdisciplinary Perspective

【Abstract】Our research aims to the relationship between the “interior” and the “exterior” in Henri Michaux's works. In other words, we discuss how

Henri Michaux express the abstract spirit through the concrete form by analyzing the elements, for example “the form”, “the gesture”, “the movement”, “the sign”, etc. to explore his “inner spirit” . Michaux's works can be recognized as his autobiography. He externalizes and concretizes his interior by a kind of metamorphic imagination. His works create a middle field between different cultures and different artistic fields. This research explores what the “transformation” is in Michaux's works, and its true meaning in the context of modern and contemporary art. Michaux explore himself by writing and painting. This research reveals his inner projection and his multiple poetic thoughts by analyzing his description of the form. In this case, the form and the transformation become his most true and essential expression.

【Key words】The Interior The Exterior The Spiritual Form Transformation

2020 年 9 月 9 日至 10 月 11 日，上海当代艺术博物馆展出了亨利·米修（Henri Michaux）与木心的画作。此展览由来自法国的弗朗索瓦·米肖以及北京大学法语系董强教授策划。陈丹青在开幕致辞中说木心交到了新朋友——亨利·米修。亨利·米修（1899—1984）是欧洲现当代文学艺术发展过程中的重要人物。中国读者对于米修的了解大多通过他的作品与中国文化——尤其是与道家思想的关系而得之。武汉大学法语系杜青钢教授在其专著《米修与中国文化》[①] 中主要讨论了亨利·米修作品与中国的关系。然而，中国读者对于米修与欧洲现当代文学艺术的关系知之甚少。米修出生于比利时小城纳慕尔一个经济宽裕的家庭，在布鲁塞尔度过童年时期。他青少年时期颇感焦虑，开始尝试写作，并阅读了大量书籍。之后他开始学习医学，但是很快他放弃了医学院的学习去当了一名船员。1920—1921 年间，他跟随大船航行于大海上，之后他又回归陆地生活。他在文学创作之初深受法国诗人洛特雷阿蒙（Comte

① 杜青钢：《米修与中国文化》，社会科学文献出版社 2000 年版，第 1 页。

de Lautréamont）影响，并逐渐形成了多变的创作风格。之后，他移居法国巴黎，并于巴黎结识了许多文学界、艺术界的朋友。于1922年起他开始在由其朋友——弗朗兹·海伦斯（Franz Hellens，一位多产的比利时小说家、诗人和评论家，用法语写作，曾于1947—1971年生活于巴黎，并四次获得诺贝尔文学奖提名），创办的杂志《绿盘》（*Le Disque vert*）上发表文章。从1925年起，他开始感兴趣于绘画。绘画对其诗歌创作影响很大，慢慢地，他成了一名“诗画家”（poète-peintre）。米修也可以被称作一位旅行作家，他于30年代在亚洲旅行，并幽默地称自己为“野蛮人”。除了亚洲，他还游历了美洲。在这些真实的旅行之后，他在其诗歌创作中提出了“想象的旅行”这一诗学思想。米修的多重身份使其创作富于变化，为了寻求更多的变化，他于其创作后期使用致幻剂。他的诗学探索最终与其绘画，以及符号联系在了一起。

亨利·米修是比利时与法国于法语文学界的重要人物。他沟通了不同文化，联通了诗学与绘画领域。的确，米修可以被看作一个处于中间地带的人。用北京外国语大学法语系车琳教授的话说米修与欧洲主流文学思想界保持着“合适的距离”。[①] 米修不想把自己固定于一种风格，或局限在一种文化中。因此他的作品也被法国的评论家们称为“万花筒”。他从人类古老文明中寻找灵感。生长于基督教家庭的米修，不仅受基督教文化影响颇深（他曾说他青少年时期的梦想是成为一个圣徒“Le rêve de mon adolescence eût été d'être Saint”[②]），还通过阅读《奥义书》《道德经》等古老典籍，在其中寻找启迪。因受印度神秘主义影响，他先是运用冥想进行创作，回归质朴、原初之美。之后米修又通过服用致幻剂从而寻求创作上的突破，运用无意识、神经反应以及情绪抒发进行创作。因此，在他对自己不断进行探索的过程中，“变化”成为其风格特点。米修的作品像是他的一幅精神自画像。对于读者来说，阅读他的作品是

① 车琳教授于2021年法语文学年会上提到这一概念。

② *Documents*, *Quelques renseignements sur cinquante-neuf années d'existence*, *Notices*, *Notes et Variantes*, *Œuvre Complète*, tomme Ⅰ, Pléiade, p. 996.（《亨利·米修作品全集》第一册，Pléiade版，第996页。）

一种奇特的体验，又像是不断在与作者进行着交流。米修也曾在其作品中对读者发出呼唤：

> Ne me laissez pas pour mort parce que les journaux auront annoncé que je ne suis plus. Je me ferai plus humble que je ne suis maintenant. Il le faudra bien. Je compte sur toi, lecteur, sur toi qui va me lire, quelque jour, sur toi lectrice. Ne me laisse pas seul avec les morts comme un soldat sur le front qui ne reçoit pas de lettres. Choisis-moi parmi eux, pour ma grande anxiété et mon grand désir. Parle-moi alors, je t'en prie, j'y compte. ①（假如报纸上宣布我不再存在于世间，那么请不要让我死去。这样，我就如同现在一样，不至于默默无声。这非常有必要。我信任你，读者②，某天你将读我的作品。别让我独自和那些死人们待在一起，这就好像是前线收不到来信的战士。请选择我，我充满焦虑与渴望。请谈论我，我期待着。）

米修将其内在并具有情绪化的声音注入作品。“选择我”“谈论我”这个对于他者的召唤表现出他对于读者的邀请。他邀请读者进入他的内心世界，进入他自己所建造的空间。

然而，米修似乎一直在遭受着双重的痛苦：来自他者的痛苦，以及来自其纳克索斯情节（narcissisme）的痛苦。根据让-皮埃尔·马丁（Jean-Pierre Martin）③ 的解释，如果选择在于读者，米修便将其梦想注入了作品，自我消散于一种不稳定的身份变形中，消散于一些想象形象的分裂中。④ 因此，为了走出这种双重痛苦，其作品中不断出现的形的

---

① *Ecuador*, *Œuvre Complète*, tomme I, Pléiade, p. 179.（《厄瓜多尔》，《亨利米修作品全集》第一册，Pléiade 版，第 179 页，本文作者译。）

② 作者使用了法语“读者”的阴性形式及阳性形式，即：lectrice，lecteur。

③ 1948 年 3 月 15 日出生于法国南特，法国作家、散文家、法国里昂二大现当代文学教授。

④ «Si le lecteur occupe une place élective, c'est à condition de sacrifier son rêve à celui du texte, de se dissoudre dans les métamorphoses d'une identité instable, dans l'éclatement de ses figures imaginaires». (Jean-Pierre Martin, *Henri Michaux*, *écritures de soi expatriations*, José Corti, p. 11.)

变化可以被看作其作品自身的命运，对于其不同身份进行的探寻，又或者是其所作的诗学“隔断”（rupture）与“更新”（renouvellement）。

米修作品中的“内”（内在精神、情绪）与“外”（外在的形）之间的关系，充分体现于其文学与绘画作品中。一方面，作为诗人，米修连接了文学与艺术，将诗意扩散到了诗歌之外。他启迪了欧洲的一些现当代作家，比如诺贝尔奖得主勒克莱齐奥（J. M. G. Le Clézio）就是米修的资深读者，其写作受到了亨利·米修的启迪。勒克莱齐奥的作品 *Vers les Icebergs* 灵感来自米修的作品 *Iniji*。勒克莱齐奥在语言风格上也受到其创作语言影响。换句话说，勒克莱齐奥与米修的文学观有着异曲同工之妙。另一方面，作为画家，米修与赵无极有着不可分割的联系。动态与变化是他所追求的风格，因此，赵无极曾说过，水墨材料非常适合米修的个性特征。他创造属于他自己的符号，利用水墨材料的流动性，表现其追求变化与动态的创作风格。因其曾学习中国书法，他的绘画创作还颇具中国绘画与书法的韵味。米修的作品也颇具哲学意义，比如其作品《梦与腿》（*Les rêves et la jambe*）就是在以诗的形式写哲学，其作品《褶子人生》启迪了法国著名哲学家德勒兹（Deleuze）创作出《褶子》（*Le Pli*）一书。

在这样的中间地带，米修也在其作品中通过内在与外界，或者本体与他者的混合中寻找一种愉悦。那么，形，或者有身体的存在是怎样在外部世界的作用下而变化的呢？

在米修的作品中，心理变成了形象描写的材料。因此内在心理变化被体现在外在形态以及形象变化上。换句话说，米修作品中的“内”与“外”问题，其实是“内在精神”的具体化、形象化问题。那么，米修在其作品中怎样阐释出形象与主体存在之间的关系，以及心理与身体的关系？

一　面具与精神自传

变形这一主题是众多作家喜欢探讨的话题。许多作家一直都在通过变形来探索个体存在问题，比如奥维德（Ovid）用希腊神话故事来讽刺当时罗马宫廷的政治，卡夫卡（Franz Kafka）在《变形记》中描写的故事表现了主体存在与他者的关系，而米修通过对变形的描写表达着他对于其内在的探寻以及内部与外部的关系。

当我们说到变形，首先要回归神话。米修在其作品中首先创造了属于其个人的神话。雷蒙・贝卢（Raymond Bellour）① 解释说长久以来米修都在营造以及思考创造世界的条件，如上帝初创世界。② 米修重新写了属于其自己的"创世记"神话，搭建了属于其自己的世界。③ 在其用作品所呈现的世界中，作者创造了一个个不同的身份与形象，像是给自己戴上了各种不同的面具。一般来说，面具的存在起着一种掩饰、掩盖的心理作用，这种掩饰可以被理解为一种乔装，也可以被理解为一种保护，又或者被理解为是为了通过模仿动物、想象中的恶魔，或者其他人的脸来使别人产生一种焦虑不安的心理，等等。因此，面具所投射或者呈现出来的心理状态是隐藏、自我保护，又或者是为了融入一个外在社会团体的必需之物。诗人米修在其作品中通过一系列想象中的变形，呈现出其不同身份或者不同人格，这就是我们所说的其写作中所戴着的"想象中的面具"。因此，想象中的面具这一论题所要回答的是"我是谁"的问题，他阐释了"我"与"他者"的关系问题。根据《面具与镜子》④ 一书，面具作为最常被话语提及的能指，表现出在当今思想发展趋势下，形的异化是无法被人们控制的。面具本身作为一个区分个体与社会的物，通过对"本我"与"超我"的表达，"面具"成了一个带有心理意义的物，因此，它具有了其自身含义。相反，在面具所给予的象征意义下，个体也被面具身份化。因此，在这种情况下，面具这个人工物品，在具有了心理意义后升华成了另外一种心理之物（投射），面具

① 1939 年 1 月 18 日出生于法国里昂，法国作家、评论家、批评理论家，主要因其电影评论以及对于亨利・米修的评论而出名。

② «Longtemps Michaux n'a cessé de conter et de penser les conditions de création d'un monde. 'Comme Dieu aux premiers jours du monde' [415] ». （Raymond Bellour, *Lire Michaux*, Gallimard, 2011, p. 55.）

③ Raymond Bellour, *Lire Michaux*, Gallimard, 2011, p. 55.

④ Jean-Thierry Maertens, *Le masque et le miroir*, Aubier Montaigne, 1978.

最终也成了身体的一部分。最终，面具与真正的脸一起呈现出一种，或者多种人格。通过戴上面具，作品中的人物实现了变形，并且揭示出人物的双重或者多重人格。在福柯的理论中，面具是其“身体乌托邦”理论的一部分。福柯指出：“身体也是一个伟大的乌托邦式演员，当它涉及面具、化妆、纹身时。戴面具、化妆、纹身，这些并不像我们想象的那样使我们简单地获得了另一个更漂亮、更具修饰性、更容易被识别的身体。”[①] 根据福柯所言，面具使身体与一种神秘力量以及一种看不见的力量交流，并赋予了身体一种谜一般的语言[②]。

在米修的写作中，不同的形象与身份创造可以被看作其所戴的不同面具。亨利·米修宣称：“我写作是为了游历。”[③] 写作与绘画还被米修看作“生命的冒险”[④]。当我们触及米修的想象面具，我们首先要思考的就是“自我”（“soi”）的问题。其写作是对于“自我”（le soi）的追寻。想象的面具给诗人带来了极大的自由与想象空间。跟随这些想象的意象，“本我”戴着不同的面具展现了其所想表现的不同人格以及存在于记忆中、介于真实与想象之间的画面场景。“自画像”与“自我（soi）书写”是经常被一些评论文章谈及的关于米修的关键词。这些想象的面具意味着他对于自己的否定，意味着一种隔断（rupture）与重生（renaissance）。这些关系以一种隐喻的方式阐释着他的内心状态与其真实生活。首先，米修戴上了隔断的面具。与其出生文化隔断，与之前的自己隔断，从而获得不同于之前的，新的自我与新的创作风格。接着，他戴

① 本文作者译。原文见 Michel Foucault, *Le Corps Utopique suivi de Les Hétérotopies*, éditions Lignes, 2009, p. 15。«Le corps aussi est un grand acteur utopique, quand il s'agit des masques, du maquillage et du tatouage. Se masquer, se maquiller, se tatouer, ce n'est pas exactement, comme on pourrait se l'imaginer, acquérir un autre corps, simplement un peu plus beau, mieux décoré, plus facilement reconnaissable».

② «tout un langage énigmatique, tout un langage chiffré, secret, sacré, qui appelle sur ce même corps la violence du dieu, la puissance sourde du sacré ou la vivacité du désir »Michel Foucault, *Le Corps Utopique suivi de Les Hétérotopies*, éditions Lignes, 2009, p. 15.

③ *Observations*, *Passages*, *Œuvres Complètes* Ⅱ, Pléiade, p. 345.

④ *Observations*, *Passages*, *Œuvre Complète tomme* Ⅱ, Pléiade, p. 345.

上了“空的面具”（le masque du vide）[①]。这个“空的面具”象征着诗人、画家对于其内在平静的追寻；以及其对于内在与自在身体的平衡。让－皮埃尔·马丁指出“空的面具”是米修的自画像。面具通过外表呈现出其内在的真实自我感受。

作为一个喜爱“拒绝”的诗人及画家[②]，他将其内在与上帝和谐统一的神秘性相连接，并从中寻找到通向无限多样的革新之法。

通过前文的介绍，我们已经得知米修是一个深受基督教思想影响的人。然而，他不断尝试着诗学“隔断”以冲破思想方面的限制。比利时对于米修来说是一段隐藏的过去，他封闭的童年生活给了他想要去否定的思想，以走出自己家庭文化的限制。他写道：

> J'ai vécu contre mon père（et contre ma mère et contre mon grand-père，ma grand-mère，mes arrière-grands-parents）；faute de les connaître，je n'ai pu lutter contre de plus lointains aïeux. [③]［我反对我的父亲（我的母亲，我的祖父，我的祖母，我的曾祖父母）；我不能够反对离我最遥远的祖先，因为我缺少对于他们的认识。］

他的这种反抗是反对陷入同一种思维模式，是对事物保持一成不变的看法这种思想行为的警惕。因此他创造了“诗的意象转换（transfiguration poétique）”这一概念。他写道：“Le poète n'est pas un excellent homme，qui prépare à son gré des mets parfaits pour le genre humain.”[④]（诗人不是一个会给人类准备可口佳肴的完美的人。）他将诗人看作“伟大的医生”，敏感于潜意识，反对习以为常的观点以及陈词滥调。一方面，米修作品中的变形表现了其神圣“自我”（soi）以及对于神圣“自我”的追寻；另一方面，变形也是“驱魔主义”（exorcisme）与“幽灵主义”（fant-

① *Epreuves*，*exorcismes*，*Œuvres Complètes* Ⅱ，Pléiade，p. 782.

② René Bertelé，*Henri Michaux*，Seghers，coll. «Poète d'aujourd'hui»，1975，p. 67.

③ «Postface»de *Plume*，*Œuvre Complète tomme* Ⅱ，Pléiade，p. 662.（本文作者译）

④ *Entretien avec Robert Bréchon*，*Œuvre Complète tomme* Ⅲ，Pléiade，p. 1463.（本文作者译）

omisme）的实践，以消除内在魔鬼以及阴影。

米修喜欢利用身体冥想进行写作。米修对于道家思想的接受在写作创作方面最明显、最形象化的体现就在于他所创造的形象“有洞的人”（homme troué）身上。这个身体上的洞首先与其先天性心脏病有关。他利用冥想消除病痛，想象了一个变了形的身体。其次这个洞也代表了“空”或者“虚无”。此意象来自其对《道德经》的阅读。另外，“左边人”（homme gauche）是其利用身体冥想所创造的另一个形象。米修因一场事故摔断右手，因而他利用冥想创造出了“左边人”这一变形的形象。“左边人”代表着一个从未被关注过的自我，一个怯懦、躲藏、笨拙、不灵活的自我。除此之外，米修作品中还有很多关于身体冥想的写作。

通过解放词汇（一个词就是一个存在，不再去关注词的具体意义），打碎意象，重建符号，他成为一个充分释放自我的人。这个喜好也被米修运用到了他的绘画创作上，因此，其作品中的个体变形被发展到了视觉变化上。这些可视的形也可被看作米修所创造的符号。“符号”（signe）一词在米修的作品中不同于语言学意义上的“符号”。米修的“符号”以其自身意义、自身形象展示了一个内在世界，并将抽象的精神运动具体化。这些形态联系于情绪存在。事实上，这些联系于内在的形，或者符号是开放的，每个人都可以从中寻找到自己。最终，形、肢体动作、身体成为米修的表达。因此，这些变形符号可以被看作米修自己的语言。每一种形都对应一种情绪。符号连接了虚拟身体和物理身体（即“内”与“外”）。也是通过此连接，使“内”与“外”相连接。这些变形符号实现了“内”与“外”之间的穿梭，表现了一个形象到另一个形象的动态变换，表达了从一种情绪到另一种情绪的转变。

因此，通过变形，诗人或者说是画家，创建了一个变化并且多样的世界。这个世界是米修寻求开放以形成自己内在之形的空间，是其通过他者寻找自我的空间，是其重塑自我的空间。这项生命以及个体性的创造活动反映了米修的内在自由。他的不同身份，比如诗人、画家、旅行作家、超现实主义者、神秘主义者、斑点主义者等，在多样的世界，将其转换到了不同的想象人生。这些身份同样阐释出不同领域之间的美学关系。然而，米修从来都不愿意被当作一个封闭于一种文化或艺术流派的人。克洛德·芬兹（Claude Fintz）① 解释说，米修对于神话学与美学关系最让人惊讶的发展是在不同世界之间的穿梭，在不同身体之间的循环区域，以及作品的形象具体化。② 因此，变形实现了在不同世界的穿梭，并建造了一个通向不同世界的中间地带。

总之，通过变形，米修在其作品中展示了一部“精神自传”③。这个对于“自我”的描绘始于其在古典书籍中对于精神的探索，并投身于“身体写作”，最终他尝试通过绘画中的形象变化寻找自我与释放自我。写作与绘画对于米修来说就像一面镜子。变形是一种通过外形、动作、符号所进行的深层交流。因此，主体在现实与想象之间奇幻变形。变形也像是一张灵魂面具。由此可知，变形是一种内在投射，他联系了灵魂与身体，主体与其环境。在这种情况下，物理身体成为变形的动力。这种变化的身体与福柯所解释描绘的“乌托邦身体”，即体现内心投射，无形的身体，颇为相似。

二　从写作到绘画

从以上探讨我们得知变形对于米修的创造力的影响，这也是对于米修作品的风格研究，是一种不停进行自我隔断与自我更新的创作风格。这种形象变化好似作者给自己戴了不同的面具。这样的更新循环像是一个莫比乌斯环④，米修在这样的循环中一直做着自我否定与自我重塑。

① 法国格勒诺布尔第二大学文学教授。

② «La mythologie la plus étonnante que développe Michaux à propos de la relation esthétique est celle d'un ‘passage entre les mondes’, d'une zone de circulation entre les corps, que matérialise l'œuvre». (Claude Fintz, *Henri Michaux*, *«homme-bombe»*, *L'œuvre du corps*: *théorie et pratique*, ELLUG 2004, Université Stendhal, p. 155.)

③ Claude Fintz, *Expérience esthétique et spirituelle chez Henri Michaux*, *La quête d'un savoir et d'une posture*, L'Harmattan, 1996.

④ “内”与“外”相互作用与主体发展。

由此我们发现，一方面，米修作品具有无与伦比的文化多元性；另一方面变形体现了米修作品从言语式书写到绘画式书写的转变。从这一点我们看到在米修的作品中，诗意从诗歌到绘画不断地扩散。换句话说，他的作品沟通了文学与艺术，将诗歌从语言美推向了形象美。米修作为“诗画家”在他的作品中尝试将文本与绘画连接在一起。他试图通过文字与图像向读者传递信息或者说是传递一种诗意。

米修作品中的绘画式书写主要表达了当时盛行的斑点主义思潮，并采用水墨表现形式。从这一点来看，他的绘画吸收了中国书法绘画思想，进行了一种符号式创作。人类从孩童时期开始就在潜意识中不断建构着自己的图像。文字已经不足以表达诗人的内心与情绪。从某种意义上来说，文字已经成了诗人的束缚。诗人从而转向图像表达。因此，米修的写作与绘画不能被分开看待，两者紧密相连。

从言语式书写到绘画式书写，米修释放了词语。从凝滞的形象到运动的形象，米修释放了意象。他实现了从使用文字书写来形成抽象的意象，到直接用图画的方式来形成可视性意象的转变。这种转变与米修通过其作品所作的自我更新，自我认知，自我分析密切相关。一位诗人可以变成一位画家，反之亦然。

诗人或者画家米修在其作品中进行了三次操作进行探索以实现从文字到绘画符号的转变。首先是从书写语言过渡到绘画语言。米修进行了一次字母与语言符号的隔断，并给予字母以形象上的意义。为了拥有其自己的表达，他还大胆创造了属于其自己的字母，以及属于其自己的象形文字。这使文字从言语意义转变到形象意义。这种变化预示着一个文字性的诗学作品向着一幅具有诗意的绘画作品所发展。在一些诗歌中，米修使用一些绘画符号来代替诗歌的音韵与节奏。比如，下面的诗歌作品：

Effarante progression
ernpoignant toute sonorité
laissant le sens
fonçant vers plus de retentissement
vers plus de
plus de
plus
Plus

PLUS

①

米修利用黑色的横杠来实现诗歌音韵上的变化。在重复了三遍“plus”一词之后，用黑色横杠来代表“plus”一词最后的“s”发音。黑色横杠的长短代表“s”发音的从短到长。这一写作方式给读者带来了听觉和视觉上的双重冲击。同时这种“s”的声音，也给读者带来一种生理上的压迫感。

Ces mots，voyons，lesquels étaient-ce
prononcés d'une voix si pincée?
……………………………………
……………………………………
……………………………………
……………………………………
……………………………………
……………………………………
……………………………………
Vision：un corset，
sur une poitrine，étroitement lacé，un corset.
Immobile rébus. ②

① IV. *Cannabis indica*，*Connaissance par les gouffres*，*Œuvres Complètes* Ⅲ，p. 63.

② IV. *Canabis indica*，*Connaissance par les gouffres*，*Œuvres Complètes* Ⅲ，p. 48.

在这首诗歌作品中，那些由圆点组成的诗句不是“省略号”。它们象征着诗人精神世界的词语，这些词语无法言说，由此它们只能发出如这些圆点般尖锐的声音。换句话说，这些圆点代表着诗人精神世界中词语的形。诗人用形象代替词语表达了自己的精神。诗人不仅用圆点这一符号尖锐的形来表达其感受，并用这一图像塑造了诗歌整齐的节奏。

接着，是从书写到绘画的过渡。语言已经不足以表达其内心，他将其内在投射于画纸上。通过斑点，他践行了其“幽灵主义”，这也是其“驱魔主义”在绘画方面的实践。他描绘内在幽灵以自我治愈以及自我寻求。

最终，是对运动意象的追寻。符号在米修的作品中被赋予了特殊且广泛的意义。符号的创造使其成功穿越不同领域的限制。此时，变形通过符号的变化被表现出来。这与中国书法绘画中的神、形、气有异曲同工之妙。

米修与语言符号做隔断，创造了绘画符号。这是诗人或画家将抽象精神具体化的实践。诗人跳出了言语、词句所带来的限制，回归人类交流的原初，用图像释放了其内在精神。

总之，通过变形，米修构建了自己的“变化”思想，以及其作品作为“中介”的价值。米修似乎给了我们一个将主体与一切相联系的道路，以及在“内”与“外”之间穿梭的方法。他总是让自己的创作处于

“变化”之中，并通过冥想将自己与外部世界相连接。由此，米修在其作品中畅游于不同世界，用其作品的多样性将诗学引向无尽的自由。

【作者简介】

朱婧，文学博士，西安外事学院讲师，博士毕业于法国波尔多第三大学法语文学与比较文学专业（国家留学基金委奖学金）。撰写博士论文《亨利·米修作品中的变形》，并发表诗学研究学术论文。

【通信地址】电话：18792850639，邮箱：jingzhu_ 2020@ outlook. com

【同意上传知网等网络】同意　朱婧

伏尔泰的“迷思”与“了悟”
——从《中国孤儿》到《伊莱娜》

厦门大学外文学院
■叶雨昕

【摘　要】18 世纪的法国戏剧界，“中国热”风靡一时。18 世纪中叶，伏尔泰的悲剧《中国孤儿》在法国成功上演，标志着“中国题材”的戏剧创作达到鼎盛时期。然而，其晚年的悲剧作品《伊莱娜》却表明剧作者对中国题材态度的转变。本文将以《中国孤儿》和《伊莱娜》两部戏剧作品作为切入点，通过分析解读两部作品的创作背景、剧情架构与人物塑造，深入挖掘剧作者伏尔泰的启蒙思想观念，进而揭示伏尔泰对“中国题材”由完全赞赏到持保留意见的转变原因。

【关键词】伏尔泰　中国题材悲剧　《中国孤儿》　《伊莱娜》　启蒙思想

Du revirement de Voltaire sur le thème chinois：de *l'Orphelin de la Chine* à *Irène*

【Résumé】Au XⅧème siècle, le thème chinois était populaire dans le domaine du théatre en France. En 1755, *L'Orphelin de la Chine* de Voltaire eut été mis en scène avec un grand succès, ce qui déclencha un engouement du dramaturge pour ce thème. Néanmoins, à travers *Irène*, une autre tragédie créée dans les dernières années de sa vie, Voltaire changea totalement son attitude au sujet de la Chine. Notre recherche analyse ces deux tragédies et appronfondit l'esprit des Lumières de Voltaire dans l'intention de relever la cause du revirement de Voltaire envers le thème chinois.

【Mots-clés】Voltaire　Tragédies sur le thème chinois　*L'Orphelin de la Chine*　*Irène*　les Lumières

引　言

18 世纪，“中国热”“中国风”风靡法国社会文化生活，尤其在戏剧舞台上得到了强有力的回应——法国剧作家竞相以中国题材为蓝本创作戏剧作品，一时间发展为 18 世纪的一种风尚。[①] 伏尔泰（Voltaire，1694－1778）作为这一时期古典主义悲剧界重要人物，也顺应时代热潮，于 1755 年 8 月 20 日，将改编自中国元杂剧《赵氏孤儿》的五幕悲剧《中国孤儿》（*L'Orphelin de la Chine*）搬上了法兰西喜剧院的舞台。

《中国孤儿》是法国剧作家对中国题材悲剧创作的成功典范，体现着伏尔泰本人对“中国题材”“中国形象”的个人解读与阐释，既是研究中国精神对伏尔泰本人启蒙思想影响的重要切口，也是探究 18 世纪中法文化交流不容忽视且无法绕过的第一手资料。此前的学者围绕《中国孤儿》这一主题追根溯源，研究视域纵横交错，从纪君祥原作《赵氏孤儿》在法国的译介传播史谈起，又横向拓展《中国孤儿》在法国舞台的演出情况与观众的评价反馈。国内已有的关于《中国孤儿》剧本的研究，重点以伏尔泰的剧本为契机，探讨 18 世纪法国社会的“中国热”问题[②]；或是对比伏尔泰《中国孤儿》与纪君祥原作《赵氏孤儿》的异同[③]；也有学者以《中国孤儿》为切口，描绘伏尔泰对中国哲学与儒家

---

① 钱林森：《十八世纪法国舞台上的中国风尚：以勒萨日的戏剧创作为例》，载《华文文学》2014 年第 3 期（总第 122 期）。

② 钱林森：《纪君祥的〈赵氏孤儿〉与伏尔泰的〈中国孤儿〉——中法文学的首次交融》，载《文艺研究》1988 年第 2 期。

③ 叶坦：《对伏尔泰及其〈中国孤儿〉的再认识》，载《戏剧艺术》2000 年第 2 期（总 94 期）。

思想的蓝图①。针对这一剧本的研究面面俱到，小到演员的舞美服装道具化装的布置，大到整个作品在欧洲其他国家的演出与传播状况。

考虑到前人研究多从戏剧学角度讨论《中国孤儿》的作品意义，笔者决定另辟蹊径，从创作背景、剧情架构和人物塑造等戏剧文体的角度去挖掘史料，将其与伏尔泰晚年的另一部“中国式”悲剧《伊莱娜》（*Irène*，1777）进行比较，结合伏尔泰的启蒙思想，探究剧作家对中国主题的态度由赞同到反对的转变原因，为深入理解伏尔泰的启蒙思想增添新的观点。

一　中国悲剧的创作契机

纵观法兰西戏剧发展史，我们不难发现，在18世纪以前，鲜有剧作家在作品中融入外国文化，即使对异域文化有所涉猎，也多为对古希腊、古罗马神话的改编与再创作。但自进入18世纪启蒙时代以来，新思想、新文化的活力很快流入戏剧领域，从秘鲁到德干高原，从中国到阿拉伯半岛，整个世界都被搬上了法兰西的戏剧舞台，伴随着对异域文化的探索，悲剧创作也开始带有地方色彩。

这种异域风在18世纪初期的古典主义悲剧中暂未崭露头角，伏尔泰作为悲剧界的重要人物，早期他对古典主义顶礼膜拜，沿袭17世纪的戏剧风格，贡献出了多部符合古典主义“三一律”的经典悲剧，其中不乏改编古代神话的作品，如《俄狄浦斯王》（*Œdipe*，1718）、《凯撒之死》（*La mort de César*，1732）等。但是随着此类作品的泛滥，伏尔泰开始为自己的作品寻找新的灵感来源，更是在其著名的理论著作《论英雄史诗》（*Essai sur la poésie épique*，1733）中，提出不应盲目崇拜希腊、罗马，反对“艺术受法则的束缚”，表示不能“受制于一种‘完全受约定俗成支配’的共同艺术法则”，认为“应该赞美古人作品中被公认美的

① 黄意明：《理想中国的图画——伏尔泰的〈中国孤儿〉》，载《上海戏剧学院学报：戏剧艺术》2000年第2期（总94期）。

那一部分……在任何方面都逐字逐句地学步古人是一个可笑的错误”。[①]

在这样的契机下，伏尔泰放眼外国文化，并将目光锁定于当时在喜剧界极受欢迎的中国题材，大胆地在这一新大陆上开疆拓土，《中国孤儿》便是这片疆土上的一座里程碑。该剧并非伏尔泰一时兴起、一蹴而就的作品，相反经历了两到三年的酝酿沉淀才得以问世，剧作家对待这部剧的态度严谨认真，又带着踌躇不决。早在1753—1755年间，伏尔泰曾多次致信好友，表达自己想要创作一部中国悲剧的设想，询问友人对这种设想的看法和意见。1753年8月10日，在写给法国大使德·阿尔让塔尔伯爵（Charle-Augustin d'Argental，1700－1788）的信中，伏尔泰提到：“在我这风烛之年，又开始构思一部充满热情的新剧（指《中国孤儿》），我很害臊，这都是怪老头的胡思乱想。”[②] 德·阿尔让塔尔伯爵作为中国迷，对伏尔泰的设想给予了充分的肯定和支持，坚定了伏尔泰的创作决心；1754年7月26日，伏尔泰再次致信，激动地称：“好了，我现在要写中国人了，既然您希望如此。不过我既非中国官员也非耶稣会士，我很可能会显得滑稽……我在勤勤恳恳地创作《中国孤儿》一剧。”[③] 除德·阿尔让塔尔伯爵外，伏尔泰还曾就《中国孤儿》构思问题，与德·阿尔让侯爵（Jean-Baptiste Boyer d'Argens，1703－1771）[④]、法兰西元帅德·黎塞留公爵（Louis-François-Armand de Richelieu，1696－1788）等上流阶层人士通信，这也充分说明了，剧作家在创作该剧前，预先考量了作品的受众和接受度，提前调查了社会需求，为作品做足前期准备，故《中国孤儿》一剧的诞生可看作一种“法国上流社会和知识阶层具有共谋性质的文化行为”。[⑤]

---

① 柳鸣九主编：《法国文学史》，人民文学出版社2007年版，第263页。

② Voltaire，*Lettre à A. M. le comte d'Argental*，Strasbourg，le 10 août. 转引自罗湉主编《18世纪法国戏剧中的中国形象研究》，北京大学出版社2014年版，第81页。

③ Voltaire，*Lettre à A. M. le comte d'Argental*，Colmar，le 26 Juillet. 转引自罗湉主编《18世纪法国戏剧中的中国形象研究》，北京大学出版社2014年版，第81页。

④ 德·阿尔让侯爵曾于30年代末出版《中国人信札》（*Lettres chinoises ou Correspondance philosophique*，*historique et critique*，*entre un chinois voyageur à Paris et Correspondances à la Chine*，1739－1740）。

⑤ 参阅罗湉主编《18世纪法国戏剧中的中国形象研究》，北京大学出版社2014年版。

《中国孤儿》的创作契机，一方面在于伏尔泰本人为古典主义悲剧注入新鲜养分的迫切愿望，另一方面在于当时法国戏剧界“中国题材”的兴盛。然而中国题材戏剧发展至18世纪末期，开始走向没落。在“中国形象”热度下滑的背景下，是什么原因促使伏尔泰着手创作“中国式”悲剧《伊莱娜》的呢？

自50年代以来，伏尔泰持续探索中国，晚年也坚持通过耶稣会驻华传教士的信件了解中国资讯。《伊莱娜》的创作灵感源于1773年9月18日法国耶稣会驻华神甫晁俊秀的一封信①，信中他提到自己听闻的一个关于12岁中国女孩的基督教故事②，女孩是“雍正年间为信仰而死的基督皈依者的嫡系后人”，她在圣体节前向传教士忏悔，因她违背了“足不出户”的女德，传教士以此询问她，是否未来也会同样违背上帝的意愿，女孩坚定地回答“宁死也不会违背上帝”。但传教士仍不放心，让她在圣母前发誓，甚至让她恳求圣母赐死。几天后，女孩因为面部生疮而病倒，死前脸上竟挂着欣慰的笑，传教士将其解释为女孩因以死守住了对上帝的忠心而感到欣慰。

这个大有炫耀“神迹”意味的宗教故事使伏尔泰大为震惊，他抽取了这个故事的核心主线：受传教士迷惑的中国女子，用结束年轻生命的方式捍卫贞节女德，并在此基础上做了大幅度的修改。1777年12月18日，在写给蒂伯维尔侯爵的信中，伏尔泰更改了整个故事：“在这些既不奇异也无教益的通信（指《耶稣会士书简集》）中，有一封晁俊秀神甫的来信……这个无赖曾说自己给一个15岁女孩施礼，这个女孩将被一个恶棍强娶。而晁俊秀神甫告诉她：‘向圣母祷告吧，祈求她与其让你屈服淫威不如让你去死。’女孩对他的话深信不疑，夜里便痛风去世了。”③在此信中，伏尔泰直言《伊莱娜》正是以这个故事为原型创作的，剧本

① 晁俊秀神甫，原名François Bourgeois（1723—1792），1767年8月13日抵华，主要在广州与北京活动，1776年接受路易十六的命令主管整个法国的在华事务，该信收录于《耶稣会士书简集》（*Lettres édifiantes et curieuses*）第三十二卷。

② 宗教故事出现在1724年《耶稣会士书简集》第十八卷中，由巴多明神甫（P. Parennin）讲述。

③ «A. M. le Marquis de Thibouville», in *Œuvres complètes de Voltaire*, *Correspondance générale*, Paris: Chez Furne, 1838, tome 13, p. 389.

讲述外国王后在夫权和教权压迫下挥刀自尽的悲惨命运。剧本初看之下似乎与中国题材并无瓜葛，主人公的身份已经完全脱离了“中国形象”，但究其根本还是取材于中国民间传说，借洋衣讲中国事。

从创作背景的角度来看，《中国孤儿》完完全全取材于中国故事《赵氏孤儿》，是剧作家怀着激动憧憬的心情，反复推敲慎重创作出的作品，伏尔泰作为中国文化的赞扬者和推崇者，看到了中国文化之长以补西方文化之短，他肯定中国人的道德观念，欣赏儒家思想，这种对中国文化的热爱促成了《中国孤儿》的问世。另一部悲剧《伊莱娜》改编自中国民间骇人听闻的宗教故事，宗教愚昧戕害性命的情节违背了伏尔泰宣扬理性主义、反对宗教狂热的启蒙思想，他秉持反对批判的态度写下该作，与创作《中国孤儿》时的态度截然不同。

二　中国外衣下的法式悲剧

为探究伏尔泰态度转变的深层原因，还需进一步从两部悲剧的剧情架构和人物形象等角度分析剧本内容，分别对两个剧本中涉及的中国题材进行剖析，阐释伏尔泰透过两部剧作所传递的深层思想。

（一）《中国孤儿》——美德的化身

伏尔泰的《中国孤儿》在纪君祥原作《赵氏孤儿》基础上进行了大量的加工改编。首先，在时间维度上，《赵氏孤儿》的时间背景设定在春秋时期的晋国，讲述朝中重臣赵氏一族的兴亡史，剧中最大的看点在于赵氏遗孤长大成人为家族复仇。而伏尔泰则将故事时间改为元朝初年，把当时为人熟知的13世纪鞑靼蛮人成吉思汗加入故事中，让他充当嗜血残暴的屠岸贾，执掌婴儿的安危，并将主要人物精简为张惕夫妇和成吉思汗这三人；尤其是伏尔泰删除了原作中遗孤成人复仇的重要情节，让故事在婴儿被赦免死罪之处戛然而止。这样的情节设置完全迎合了18世纪法国悲剧的审美趣味，一是满足了“三一律”，使整个故事可以在一天之内、一个场景中完成——以婴儿性命攸关为开场，以张惕夫妇与暴君成吉思汗对峙周旋为高潮，最后以婴儿得救存活为结尾，若加入长大成人、替家族报仇的情节，则会拉长时间线、增加场景，破坏定律；二是伏尔泰本人认为复仇的血腥场景既不符合古典主义悲剧对高雅趣味的追求，也与仁爱宽容的人文主义精神和启蒙思想相悖。由此可得，伏尔泰在创作《中国孤儿》时，有意顺应时代潮流与法国受众的品味，并融入了自己的道德准则，间接体现了他“本人乃至整个启蒙时代对全人类道德风貌的崇敬与期待”①。

伏尔泰在剧中将至高无上的美德赋予每个角色，哪怕是野蛮残暴的一代君王成吉思汗也变得有血有肉、泯然众人，有诸多不得已和无奈，激起观众“人非圣贤孰能无过”之感慨。剧末，暴君被张惕夫妇的美德打动，放过婴儿性命的结局引得观众潸然泪下，“一个叱咤风云的马背英雄变成了道德与美的崇拜者”、“一个被文明感化的野蛮人”②，点明了“美德终将战胜暴力”“野蛮会向文明屈膝”的主旨，伏尔泰将中国形象作为弘扬美德的载体，可见当时他对这一题材是寄予厚望的。

成吉思汗作为反面角色在伏尔泰笔下已显露人性与道德的光辉，更不必说剧作家对张惕夫妇美德的着力刻画了。剧中，张惕是程婴的原型，尽管伏尔泰对剧情进行了大量删减，但完美保留了忠臣“牺牲亲生骨肉，换取效忠者之子活路”的主线剧情。虽然当时大多数法国观众对杀子效忠的行为感到不解，但不妨碍他们被这种大义灭亲的牺牲精神感动。原作程婴的义举是对封建忠仆精神的完美展现，伏尔泰在塑造张惕时柔化了程婴的冷血和对生命的淡漠，在他的性格中加入了一丝犹豫和为父的无奈与纠结，使人物不失原作的品德又更加真实鲜活，体现主人公内心深处感情与理性间的冲突。

张惕之妻伊达梅是全剧唯一的女性形象，伏尔泰对其进行了别出心裁的加工。原作《赵氏孤儿》中的女性形象均是顺从夫权、恪守妇道的中国封建女性，如晋国公主将遗子托付给程婴后，便立刻悬梁自杀、追随亡夫，其托付孤儿的行为宣扬的是中国传统的家庭观和宗法观，保护

① 罗湉主编：《18世纪法国戏剧中的中国形象研究》，北京大学出版社2014年版，第89页。

② 罗湉主编：《18世纪法国戏剧中的中国形象研究》，北京大学出版社2014年版，第89页。

孤儿的动机强调的是延续夫家香火的传统观念，而少了母亲对孩子本能的保护。此类中式封建形象如果生硬地照搬至法国舞台，可能会引起当时观众的反感，所以在处理这个女性形象时，伏尔泰本能地将自己的人文主义精神融入该角色，使其成为一个出于母爱本能护孩儿周全的平凡母亲，让她将家族荣誉和血脉传承抛之脑后，在孩子面对生命危险时，她无视封建尊卑、敢于反抗强权，为婴儿争取活下去的人权。伏尔泰借伊达梅的反抗与呐喊表达自己对封建君主专制的思考和态度，“我们不欠君主们什么，绝不用鲜血向骨灰献祭”，“对我们而言，他（君主）的名字不比父亲和伴侣的名字更为神圣”①。她面对暴君时不卑不亢，表现出理性与天才对盲目野蛮所具有的优越性。在这个女性身上，观众既可以看到母爱的光辉，也可以感受到理性与人性的坚韧和道德的力量。

伏尔泰对三个主要人物的刻画，一方面采纳了部分中国传统美德，如原型身上具备的忠君仁义；另一方面，他用启蒙思想对人物进行润色，使角色的行为思想更符合法国启蒙时代下的道德准则，将成吉思汗描绘成一个明事理、具有同理心的君王，将伊达梅塑造成具有抗争精神、不畏强权的母亲等，人物塑造既展现了中国古代的传统美德，又投合了法国观众的审美趣味。

在《中国孤儿》一剧中，伏尔泰用中国题材颂扬美德，将中国形象包装成美德的化身，给法国观众心目中种下了中国的美好形象，德·洛拉盖伯爵（le Comte de Lauraguais，1733－1824）曾在观演后亲笔致信伏尔泰，不吝赞美之词，并称“希望从中国精神里栽种出所有可以为国效力的东西”②，足见这部悲剧对中国元素积极的宣传作用。

（二）《伊莱娜》——礼教的枷锁

伏尔泰借《中国孤儿》塑造了品德高尚的中国人物形象，而到了18世纪后期，他对中国的态度发生了改变，从《伊莱娜》一剧便可窥知一二。1777年2月，伏尔泰完成《伊莱娜》的初稿，但该剧直到1778年3

① Voltaire, *L'Orphelin de la Chine*, Ⅱ, 3.

② Voltaire, *Correspondances*, n° 3035, p. 482.

月16日才在法兰西喜剧院第一次公演。

前文提到，悲剧《伊莱娜》的创作灵感来源于伏尔泰从驻华传教士处得知的一则宗教故事：年轻中国女孩受传教士蛊惑，用自杀守住了贞节，剧作家以此为原型，设计出剧本的主线剧情，讲述君士坦丁堡王后伊莱娜的悲惨人生。年轻时的伊莱娜与青年阿列克斯（Aleix）相恋，但她的母亲卖女求荣，将其强行嫁给了暴君尼塞弗尔（Nicéphore）。为了救出心上人、推翻暴君统治，阿列克斯与众人发起了暴动，暴君尼塞弗尔被杀死，众人推选阿列克斯成为新君。登上王位的阿列克斯恳求伊莱娜改嫁，与他一起治理国家，然而伊莱娜的父亲身为虔诚的宗教信徒，坚决反对女子再嫁，伊莱娜也无法放下贞节改嫁杀夫之人，阿列克斯一气之下扬言要杀死伊莱娜的父亲。最终，饱受爱情与女德折磨的女主人公伊莱娜，在父亲和阿列克斯面前拔刀自尽，以死守节。

剧中，暴君尼塞弗尔和上位新王阿列克斯强娶伊莱娜的暴行是专制主义和夫权对女性压迫的真实写照；而女主父亲的形象则是父权与教权主义的集合体，他极力劝说女儿恪守妇道、虔诚信教，并声称这是对亡夫和上帝应尽的义务："假如在这悲惨的战争中失去了帝国和丈夫，那么守住妇德吧……唯有上帝的王权牢不可撼……"[①] 来自父权与教权的压力成为伊莱娜自尽的主要诱因之一；最后，女主人公自身对女德贞节的恪守和对宗教信仰的愚从是蒙昧主义戕害性命的直接证据。这部剧揭露了启蒙思想的三大敌人——专制主义、教权主义和蒙昧主义对人的迫害和对人性的禁锢，剧作家借此宣扬反教权、反封建的理性主义主张。

伏尔泰两部悲剧对中国古代传统品德的描写采取了相反的态度。在《中国孤儿》中，剧作家将君臣忠义和女子贞顺表现为美德，并加以赞扬；反观《伊莱娜》，归顺的女子在父权、夫权、教权的三重压迫下选择自戕，女德妇道、宗教纲常变成了捆绑自由的枷锁、吞噬生命的诅咒，他不加掩饰地抨击了封建君主专制统治下的道德标准和宗教束缚，哀叹美德牌坊和宗教狂热下中国女性的愚昧。在这部悲剧中，中国形象不再

① Voltaire, *Irène*, Ⅲ, 2.

是美德的载体，而变成受封建制度、教权主义和愚昧荼毒的反面教材，与伏尔泰的启蒙思想背道而驰。

三　从“迷思”到“了悟”的态度转变

在前文中，通过解读两部悲剧的创作背景、剧情架构和人物塑造，不难看出伏尔泰对中国题材悲剧的创作态度发生了由赞赏到反对的转变，造成这种转变的原因离不开其启蒙思想的日益精进和对中国认知的逐步深入。

宗教主张是伏尔泰启蒙思想的一大核心内容，他本人对宗教问题颇为关心，他坚持反教会、反教权的主张，认为宗教一方面是封建专制统治者控制压迫人民思想、变相剥削人民利益和粉饰政治罪行的卑鄙手段，另一方面灌输迷信、扭曲真理、愚昧大众，阻碍了人民追求进步与理性的脚步，引起宗教灾难，荼毒百姓心智，他指出，宗教“不是健康树上的毒果，而是一棵树，这棵树本身是有毒的，必须连根拔掉这棵永远散布毒素的树”。[①]

作为一位自然神论者，伏尔泰欣赏并赞成中国的自然宗教，反对神学体系下高度制度化的神权，因为“上帝”极易被教会利用成为剥削压迫人民的手段，所以应该仅仅将上帝看作一种美德与良心的载体，心怀敬仰，使其成为一种美好的信仰，用以自觉地规范道德思想、约束不良行为，从而达到维护社会秩序的目的，伏尔泰在《哲学辞典·宗教问题》（*Dictionnaire philosophique*）中进一步阐释：“真正的宗教应多谈道义少谈宗教，它叫人正直而不使之荒谬，它不需要刽子手支持其威信，也不为了一些难解的诡辩而血染大地，它只教导人们崇拜上帝、正义、仁恕和人道。”[②] 同时期的中国始终保持着自然宗教的纯洁，伏尔泰指出：“这种道德，这种对法的服从，兼之于对人杰的崇拜，构成了中国的

① 葛力、姚鹏主编：《启蒙思想泰斗伏尔泰》，世界知识出版社1989年版，第238页。

② ［法］伏尔泰：《哲学辞典·宗教问题》，商务印书馆1997年版，第689页。

宗教，也即帝王和文人的宗教。皇帝开天辟地就是至高的教皇。他能通天，是天地之主宰。他是帝国最伟大的哲学家和说教者，他的法令几乎都是道德准则。”[①] 这与伏尔泰“一种宗教可以被归结为一种道德”的观点如出一辙。创作《中国孤儿》的这一时期，伏尔泰肯定中国社会稳定的秩序以及不同于西方唯上帝论的自然宗教，试图借用中国道德文化的理性宗教来批评当时欧洲的教会，用中国的德治社会作为标准来实行开明君主专制政治[②]。

伏尔泰不止一次在其剧作中披露宗教罪行，早在1732年的《扎伊尔》（*Zaïre*）一剧中，他便指出：宗教的派别之争，不仅会剥夺人的天赋人权，限制人身自由，而且会戕害真情，制造悲剧。1742年，他创作《穆罕默德，或宗教狂热》（*Mahomet ou le fanatisme*），以伊斯兰教创始人为主人公，并将其塑造成一个阴险狡诈的恶棍——他欺诈良民只为谋私欲，老奸巨猾骗取群众信任，传播宗教迷信。剧本标题的后半部分“宗教狂热”，凸显了主题，剧中的穆罕默德是一切宗教迷信创始者的化身，伏尔泰以此剧抨击了宗教迷信对人的欺骗和毒害。他以戏剧作为传播启蒙思想的工具，揭露宗教狂热将人民引向愚昧无知、以蒙昧主义混淆人民的理性的事实。

晚年创作的《伊莱娜》一剧延续了他反教权的思想，否定女主人公对宗教的愚昧盲从，隐射当时耶稣会的种种恶行。18世纪耶稣会在欧洲各国和教会中名誉扫地，背负玩弄权术、虚伪狡诈的骂名[③]，其修会于1773年被教皇克雷芒十世废止。这样臭名昭著的耶稣会无论如何粉饰在中国传教的目的，都不免让人怀疑其中是否有戕害生命、毒害灵魂的行径在，而伏尔泰恰巧从传教士的信中得知了“中国女孩信教暴毙”的传闻，无知的中国少女被宗教蒙骗却被鼓吹成“神迹”的谬论无疑坐实了耶稣会在他国的卑劣行径，天主教的魔藤已经蔓延到了中国，剧作家曾

① ［法］伏尔泰：《风俗论》上册，梁守锵译，商务印书馆2003年版。

② 黄意明：《理想中国的图画——伏尔泰的〈中国孤儿〉》，载《上海戏剧学院学报：戏剧艺术》2000年第2期（总94期）。

③ 罗湉：《18世纪法国戏剧中的中国形象研究》，北京大学出版社2014年版，第108页。

经欣赏的文明国度已不再是净土，故在激情下创作出这一揭露宗教骇人罪行的剧本。因此，伏尔泰反教权的宗教主张和当时耶稣会的丑恶行径是导致其在创作《伊莱娜》时对中国题材采取负面态度的原因之一。

其次，随着伏尔泰对中国文化的了解进一步深入，整个封建时期的中国全貌日渐明晰。50 年代开始，他持续探索中国文化，1756 年著有《风俗论》一书，向法国乃至欧洲人民介绍中国悠久的历史文化和别样的风土人情，书中他特别提到：“中国人最深刻了解、最精心培育、最致力完善的东西是道德和法律。儿女孝敬父亲是国家政府的基础，在那里，文官被视为城乡管理的父母官，而国王则是帝国之父，这种思想深深地印在人们的头脑里，使这个庞大的帝国变成了一个大家庭。在中国，父权从来没有削弱……”[①] 这时的伏尔泰对中国封建礼教持中立态度，对中式美德也以肯定与赞美为主。1764 年，伏尔泰在《哲学辞典》[②] 一书中，更加翔实地介绍了中国的情况，尤其提到“所有到过中国的传教士和中国人，凡是听到有人对他们说西方人改变了中国这个帝国，尽都付之一笑”。[③] 表达了对中国人坚守固有的传统文化与信仰的认可，认为西方传教士无法将教权的糟粕渗透进这个文明古国。然而，法国传教势力在中国不断扩张，越来越多的中国资讯传播进法国，使得法国人对中国封建制度了解越发深入，晚年的伏尔泰不再戴着玫瑰色眼镜看中国，并发现早期史料对中国形象的建构大有美化粉饰的成分在，这个东方国度并非想象中的先进文明，思想上受封建礼教束缚，政治上受专制主义压迫，这些中国文化中的不尽如人意之处与他的启蒙思想与人文追求相背离，使其对中国题材的悲剧创作热情减退。

1755 年，伏尔泰在创作《中国孤儿》时选择性地避而不谈剧中封建君权、夫权对女性的压迫，只展现人物形象的美好一面，是因为他对当时的中国仍抱有美好的幻想，这个神秘的东方国度是儒家思想的发源地，

---

① ［法］伏尔泰：《风俗论》上册，梁守锵译，商务印书馆 2003 年版，第 249 页。

② 王珍：《伏尔泰〈哲学辞典〉及其他——经典选读（之六）》，载《科学与无神论》2009 年第 2 期。

③ ［法］伏尔泰：《论中国 · 哲学辞典》，商务印书馆 1997 年版，第 321 页。

是培育文明美德的温床；而到了 1777 年，经过 20 多年的探索与积淀后，他用更为严厉的态度审视在中国土地上发生的故事，将其改编成披露封建礼教“吃人”的“明文公告”，将当时中国封建文化中落后消极的一面借法国悲剧的形式展现，推翻了从前为中国美德建造的空中楼阁，“代之以对中国落后愚昧风俗的居高临下的怜悯甚至不屑”。[①]

结　语

伏尔泰将自己的反封建专制反教权的启蒙思想，以悲剧为媒介呈现在法国舞台，他笔下的中国形象从美德的化身转变为被封建礼教捆绑献祭的牺牲品。本文通过剖析伏尔泰不同时期的两部中国题材的作品——《中国孤儿》和《伊莱娜》，阐释剧作家对这一题材由赞成至反对的态度变化，探讨了伏尔泰对中国题材从“迷思”至“了悟”的深层原因。

“中国题材”在 18 世纪法国戏剧界经历了由盛及衰的流变过程，《中国孤儿》盛极一时，却又宛如昙花一现，当法国人不再透过彩色玻璃看中国时，这片异域国度对他们的吸引力也大打折扣。最终，“中国题材”在 18 世纪跌下神坛，卷入历史的洪流。

【作者简介】

叶雨昕，硕士研究生，就读于厦门大学外文学院法语语言文学系，从事法语语言文学研究，曾于 2020 年在《厦门大学外文学院第十三届研究生学术研讨会、第三届外国语言文学博士论坛论文集》发表《中介语理论视角下中国学生的法语冠词偏误》一文。

【通信地址】电话：18794871521，邮箱：862408401@ qq. com，福建省厦门市思明区思明南路 422 号南光三厦门大学外文学院

【同意上传知网等网络】同意 叶雨昕

① 罗湉主编：《18 世纪法国戏剧中的中国形象研究》，北京大学出版社 2014 年版，第 110 页。

加拿大法语文学研究动态及前景预测

外交学院外语系
■王晓侠

【摘　要】加拿大法语文学在国内外的研究态势因加拿大英语文学的相对强势和法国文学的强烈光芒而处于世界文学主流的边缘。但其历史上经历的“殖民文学”与“被殖民文学”的双重境遇，赋予了它寻求、建构“民族身份”的执着；它在加拿大后殖民时期多元文化主义的语境中面临民族身份渐次淡化的冲击而选择的立身哲学对世界各国处于边缘位置但又现实存在的“民族文学”或“小文学”的生存发展都有着不容忽略的启示意义。

【关键词】加拿大法语文学　民族身份　多元文化

Research Trends and Perspective of the Canadian French Literature

【Abstract】The research situation of Canadian French literature at home and abroad is on the edge of the mainstream of world literature because of the relative strength of Canadian English literature and the strong light of French literature. However, the dual situation of “colonial literature” and “colonized literature” experienced in its history endows it with the persistence to seek and construct a “national identity”; it faces the weakening of the “national identity” in the context of multiculturalism in the post-colonial period of Canada, and its standing philosophy has enlightening significance for the survival and development of the "national literature" or "small literature" that are in the marginal position in all countries in the world.

【Key words】Canadian French literature　National Identity　Multiculturalism

一　加拿大法语文学的国际研究

加拿大法语文学作为加拿大文学的组成部分，相较于加拿大英语文学在一定程度上受到世界文学界的漠视。这一现象，与加拿大的地域环境、历史进展、社会形成及文化背景有着密不可分的联系。加拿大在成为法、英殖民地之前是一片荒芜野蛮的土地。从发生学的角度看，加拿大法语文学是对法国文学的继承与发展。但事实上，加拿大法语文学自诞生于 16 世纪的“新法兰西”时期开始①，便被法兰西文学耀眼的光芒映衬得黯然失色，一如加拿大英语文学直至加拿大成立联邦，都未能摆脱英国文学的阴影，寻找到属于自己的独立身份。随着加拿大的国家与文化意识在二战后渐渐苏醒，20 世纪中后期，加拿大文学的声音才在国际舞台上听到回响。加拿大文学批评家诺斯洛普·弗莱（Northrop Frye）的神话—原型批评理论在整个西方文学评论界引起强烈反响②，他对加拿大文学后殖民性所做的精辟论述既丰富了当代后殖民批评研究，又为世界研究加拿大文学开辟了新的路径和方法。从此，加拿大文学在世界文学领域开始占有一席之地。不过，无论是弗莱的批评研究还是有关加拿大文学的国际评论，大都是以英语文学为蓝本，法语文学极少被提及，即使被提及，也往往处于从属位置，一带而过。

加拿大国内学术界最早有关法语文学的专门著作当属加文学史学家和批评家卡米耶·鲁瓦（Camille Roy）1918 年出版的《加拿大法语文学

① 人们通常将 16 世纪（1534 年）法国人 Jacques Cartier 登陆加拿大后所写的探险日记看作加拿大法语文学的渊源。

② 弗莱开创的神话—原型批评理论曾一度与马克思主义和精神分析学在 20 世纪五六十年代的西方论界形成过“三足鼎立”的局面。

史手册》，该书指出，整个加拿大法语文学的特点在于维护法国十八世纪的宗教传统而拒绝接受法国当代文学的影响，将加拿大法语文学同其宗主国法国的文学发展紧密联系在一起，是殖民文学研究的代表作。该书作为当时加法语文学发展史研究的权威，先后历经 17 次再版，直至 1959 年结束①。此后法语文学研究在加拿大长期处于空白。

20 世纪六七十年代世界民族独立运动掀起高潮，加拿大魁北克省的平静革命亦将民族问题炽热化。1967 年皮埃尔·德·葛朗普雷（Pierre de Grandpré）组织撰写了《魁北克法语文学史》②。从著作的名称也可看出，评论在传统的文本介绍的基础上，将视角扫描到魁北克民族身份的寻求问题。但 20 世纪七八十年代结构主义理论一时风靡加拿大大学文学课堂，大家致力于零散、无序的形式主义理论辩争，将深入、系统的民族文学研究搁置起来。直至 20 世纪九十年代，拉瓦尔大学于 1991 年出版了题为《魁北克文学生活》③ 的五卷巨著。它一改以往评论多集中于文本介绍的传统，将重点放在了文学创作的物质基础上，即对出版社、书店、图书馆、作家群体的培训等做了较为全面的总结研究，同时对每个创作时期的意识形态问题也做了探讨，魁北克民族政治环境对文学创作的影响略有提及。1997 年洛朗·马尤（Laurent Mailhot）的《自起源之日起的魁北克文学》④ 面世，较之以前的著作，涉及的作家作品更多更全面，但针对每个作家每部作品的评论都非常简略，从学术角度看更适合作为文学爱好者业余概览的资料；目前国际学界有关加拿大法语文学最新、最充实、最具权威性的评论著作当属由米歇尔·比隆（Michel Biron）、弗朗索瓦·杜蒙（François Dumont）和伊丽莎白·纳都－拉法热（Elisabeth Nardout-Lafarge）合著，2007 年首印，2010 年再版的《魁

① Camille Roy, *Manuel d'histoire de la littérature canadienne de langue française*, Montréal, Librairie Beauchemin limitée, 1959.

② Pierre de Granpré, *Histoire de la littérature française du Québec*, Montréal, Librairie Beauchemin, 4 volumes, 1967—1969.

③ Maurice Lemaire et Dinis Saint-Jacques, *La vie littéraire au Québec*, Québec, Les Presses de l'Université Laval, cinq tomes, 1991—2005.

④ Laurent Mailhot, *La literature québécoise depuis ses origines*, Montréal, Typo, 1997.

北克文学史》① 了。该书的最大特点是兼顾了文学创作的内外两个层面，既对文本内部结构及内容有所介绍，又对创作的社会历史、政治背景、意识形态等外部环境有所解析，在对魁北克文学发展史的梳理过程中凸显了文学与民族意识的关系，也在最后一个章节对加拿大文学的去中心化等后殖民文学特性做了概要的陈述。

二　加拿大法语文学在中国的研究现状

国内学术界对加拿大文学的认识与国外形式趋于一致，多数文学评论家熟谙弗莱的“神话原型”及后殖民批评理论，但对加拿大法语文学却知之甚少。南京师范大学傅俊教授主持编写的《加拿大文学简史》②（2010年由上海外语教育出版社出版）是唯一一本在中国出版的将法语文学囊括其中的加拿大文学史书籍。2000年孙桂荣编著的《魁北克文学》③ 对不同历史时期魁北克法语作家的作品内容做了极为简要的概述。此外，业已发表的有关加拿大法语文学的论文寥寥无几，最早可追溯至20世纪80年代。王泰来1981年发表的《加拿大的法语文学》④ 从比较宏观的角度，由历史、经济、政治、文化（宗教）等几个层面探讨了加法语文学的发展历程。之后散见于各学术期刊的相关论文基本上拘泥于某一位作家作品的具体研究，倾向于文本内容的介绍和写作技巧的解析，缺乏对加法语文学理论层面的整体性论述。2013年加拿大英语文学家爱丽丝·门罗获得诺贝尔文学奖，很大程度上提升了加拿大文学在国际学界的声誉，加拿大法语文学也因此而吸引了更多专家学者的关注。但在中国，除了胡小跃翻译的伊夫·博歇曼的《街猫》外，似乎并没有更多的加法语文学作品在中国文坛引发更大的反响。2016年北京大学出版的

① Michel Biron, François Dumont et Elisabeth Nardout-Lafarge, *Histoire de la littérature québécoise*, Montréal, 2007.

② 傅俊、严志军、严又萍：《加拿大文学简史》，上海外语教育出版社2010年版。

③ 孙桂荣：《魁北克文学》，外语教学与研究出版社2000年版。

④ 王泰来：《加拿大的法语文学》，载《国外文学》1981年第3期。

《加拿大研究》一书收录了陈燕萍的论文《魁北克文学中的国家诗的民族主义特点》①，论文从加法语诗歌的政治性和民族性出发，认为魁北克文学“成了正在经历巨变的魁北克社会最好的表达方式，成为魁北克人寻求和肯定集体身份的重要场所”。此外，加拿大法语文学中的女性写作近两三年来也成为某些学者的研究对象，并作为国家级或省部级的社科基金项目被立项。冯琦的论文《多元文化视域下加拿大法语文学发展概览》便是其2018年国家社科基金青年项目“加拿大法语文学女性写作研究”及2017年贵州省哲学社会科学规划青年课题“加拿大法语女性文学创作中的文化冲突研究”的阶段性研究成果。该论文认为，加拿大法语文学的各个发展阶段不仅烙上了清晰的历史印记，而且反映了民族文化身份的建构与发展②。

三　加拿大法语文学的研究前景

综上所述，加拿大法语文学在国内外的研究态势受制于两方面的因素：加拿大英语文学的相对强势挤压了它的生存空间；法国文学的强烈光芒黯淡了它本身在国际文学界的存在感。这类处于边缘地界的“小文学”毫不意外地会遭遇集体无意识的抹杀或忽略，在对它们的研究中既缺乏人文的关怀，又缺失系统、深入的理论支撑，但这种现象并不表明它们的存在没有意义。相反，加拿大法语文学在夹缝中生存发展的抗争赋予了它更加顽强的生命力和独特的创作风采。当有人称颂门罗为加拿大的“果戈理”时，也有人将博歇曼奉为加拿大的巴尔扎克，甚至有人预言不久的将来，加拿大法语文学也有望登顶诺贝尔文学奖。事实上，加拿大法语文学在北美大陆的存在历史悠久于加拿大英语文学，经历了加拿大英语文学所不具备的“殖民文学”与“被殖民文学”的双重身

① 陈燕萍：《魁北克文学中的国家诗的民族主义特点》，载刘意、陈燕萍编《加拿大研究》，北京大学出版社2016年版。

② 冯琦：《多元文化视域下加拿大法语文学发展概览》，载《法语国家与地区研究》2020年第3期，外语教学与研究出版社2020年版。

份，对其“民族身份”的寻求、建构、执守有着不同寻常，不可替代的社会历史进程和内在精神气质，它在加拿大后殖民时期多元文化主义的语境中面临民族身份渐次消解的冲击而选择的立身哲学以及它对周边英美文学的抵制、借鉴和吸收等对世界各国处于边缘位置但又现实存在的“民族文学”或“小文学”的生存发展都有着不容忽略的启示意义。

因此，将加拿大法语文学置于“民族身份认同”这一语境中去研究是具有开创性和可行性的，既可打破加拿大法语文学研究传统思路的窠臼，又可弥补目前学界对加拿大法语文学研究在这些方面的理论和实践空白。语言叙事、故事情节、作家生平、创作背景等不再是研究的主题，而是利用跨学科的研究方法，力求深度挖掘、还原加拿大法语文学本身蕴含的学术价值之潜能，展现其在世界文学舞台上既独具风格，又极具启迪意义的风采，一定能为丰富我国的国别区域文学研究做出一份贡献。

加拿大法语文学自“新法兰西”时期的游记、宗教和历史文学直至 21 世纪初多元文化主义环境中的文学作品，历时四五百年的创作历程，从生成，到存在和发展，每一个时期都与“民族身份认同”这一带有政治意识形态色彩的哲学问题不无联系。随着早期法裔移民在加拿大开展探险、传教、商贸、移民等活动而诞生的法语文学，自然反映了法裔居民的历史变迁、社会政治经历及文化寻求历程；在经历了殖民与被殖民的历史，经历了建立国家、两次世界大战，和战后的移民浪潮后，“民族意识”和“身份构建”成为加拿大法语文学创作永恒的主题。若通过文学、哲学、人类社会学、政治学等跨学科的研究方法，借助当今文化文学研究界处于世界前沿的“民族认同”概念和“后殖民”批评理论，按照国家、社会、文化发展的时间顺序，对加拿大法语文学的生成，现状和发展做深入的梳理和研究，将是一个既有新意，又有强大的理论支撑的研究项目。加拿大法语文学在经历殖民文学（宗主国法国文学传统）、反殖民文学（既反英裔国土殖民者文学，又反美国精神殖民者文学）、多元文学（与移民文学共处）三个主要的发展阶段时，一直就如何寻求自己的民族身份，创造出自身的文学独特性进行着孜孜不倦的探索：16—18 世纪的游记随笔、宗教报告和乡土文学中的殖民视角处处体现了对法兰西民族传统的守成和归依；18—19 世纪的报刊文学和历史小说在对由殖民者到被殖民者身份转变的质疑和审视中，重新构建、认同了相对于英裔殖民者的法裔民族身份；19—20 世纪随着加拿大联邦国家的建立，魁北克民族独立意识渐次增强，出现了政治诉求极为鲜明的“国家诗”的创作，哲社评论界亦兴起有关“少数的权利”、“承认的政治”等哲学思潮。[①] 总之，厘清“民族身份认同”这个政、史、哲跨学科概念的形成和变化与加拿大法语文学文本之间形成的互动关系，应是加拿大法语文学研究前景中一件大有可为的事情。更值得一提的是，20 世纪下半叶加拿大成为世界上第一个官方宣布建立多元文化主义的国家。随着 20 世纪末新移民浪潮的到来，多元文化主义语境中各民族对其身份的诉求逐步淡化，趋于消解，同样对加拿大法语文学的民族身份和特性也起到了解构功能，移民小说和先锋文学中的“反文化”与“新写作”旨在使“民族文学”去中心化，并试图在文本中建构一个“世界公民的身份”。在如今的全球化时代，研究民族文学的去中心化，或对民族身份特征的追逐渐次消弭，可促使进一步探究加拿大法语文学与其他民族文学在时间、空间和主题上的相连性，在表达人类普遍认知的共性上的相通性，从而在一定程度上求证文学中的“人类命运共同体”这一宏大命题。

通常，学术界对“民族身份认同”的研究主要是在“民族国家”的层面上来进行，也就是说，如果研究“加拿大文学”的民族认同，往往是着眼于加拿大这个国家整体，来看文学中的哪些因素可以构成标志加拿大这个“国家身份”的特征。这里，民族和国家是同一层面的，而加拿大法语文学的“民族认同”研究是对一个国家内部不同族群意义上的少数民族文学（魁北克民族相对于英裔民族而言，是事实上的少数民族）研究。加拿大这样一个有着移民传统的国家，尤其自 20 世纪 90 年代以来，随着世界各国移民蜂拥而至，它距传统的民族国家的定义越来越远，因而成为世界上第一个官方宣布奉行多元文化主义的国家。从某

① Michel Biron, François Dumont et Elisabeth Nardout-Lafarge, *Histoire de la littérature québécoise*, Montréal, 2007.

种意义上来讲，加拿大国内的马赛克文化使得这个国家具有了某些小型国际社会的特质，在这种多元文化主义的背景中研究加拿大法语文学的民族身份从寻求，到构建再到慢慢趋于消弭的过程，是对研究世界后现代文学中民族身份问题的一个缩影，也是尝试探索文学中“人类命运共同体”这一宏大主题的一个小小的但却透着光亮的窗口。

【作者简介】

王晓侠，女，外交学院外语系教授，北京大学、法国普罗旺斯大学联合培养的法语语言文学及比较文学双博士，主要研究领域：法语语言与文学。代表作为 *L'écriture du Nouveau Roman：entre l'objectivité et la subjectivité-suivie d'une étude de réception et d'influence en Chine*（《法国新小说写作：主客观之间——及其在中国的接受和影响》），法国巴黎友丰出版社（ÉDITIONS YOUFENG），2010 年 12 月。主要论文为《萨洛特〈你不喜欢自己〉的主体评析》，载《外国文学评论》2011 年第 4 期；《萨洛特作品中的语言学——一种向性真实的表达》，载《外国语文》2011 年第 1 期；《从新小说到新自传——真实与虚构之间》，载《国外文学》2010 年第 1 期；《试析法国新小说叙述话语的自反性》，载北京师范大学文艺学研究中心《文化与诗学》2009 年第 7 辑等。

【通信地址】邮箱：mail：wxaurore@ cfau. edu. cn，电话：18500538595，100037 北京市西城区百万庄大街 10 号院 1 号楼 1 – 111